GAEA

Gaea

安雅之地

班與唐——著

安雅之地

目錄

導讀
記憶話語的對話

《流麻溝十五號》口述紀錄整理者
曹欽榮

探索我們的過去

安雅之地是個什麼樣的地方呢？小說一開始短短幾句，彰顯了探索「記憶話語」的深意：

「……再不久，我們就能夠在光亮的地方相會。我們會在安雅之地等待相遇的時刻。」

而小說中的「我們」是誰？真能渡過大海風暴，到達彼岸嗎？「我們是一群被迫烙下記憶的人，無法輕易經由言說或文字來傾訴，但請不用擔心，因爲我們還擁有相信。」烙下深深記憶的我們，相信歷史眞相的「記憶話語」對話時刻會到來，現實世界的我們被歷史和記憶翻攪，困擾著未來方向。小說因相信對話而誕生「言說」！

當我閱讀，不時想起基隆和平島上的成長記憶，回憶起每日晨曦，東方海上升起的太陽，照亮波痕閃爍的海面，延伸無垠世界，令人遐想大海遙遠不知名地方！成長中聽過不少人與海的近代傳說，例如島上一戶人家的父親於一九四七年「二二八事件」前後，與一些人開著漁船出海，再也沒有「回家」！而兩戶琉球家庭在和平島上比鄰而居，增添生活經驗中對於琉球人永遠的好奇，反問自己來自何處。

當我閱讀《安雅之地》，腦中不時閃過記憶中曾經聽過的傳說裡，是否有東方海上「琉球」中文字詞「安雅」的隱喻傳說。「安雅」是小說虛構一個不存在的神祕他方嗎？是人們逃離世間苦難，想像的烏托邦世界？還是小說藉由反烏托邦，交混、融合眞實世間樣態？一邊閱讀，試圖猜測的我，或許也想望海角樂園一隅的答案？

從讀者視角想來，小說帶給讀者的「記憶話語」有時候比起閱讀歷史事件的口述和檔案，感覺更加清晰「眞實」？我想從成長經歷中與小說設定空間的地緣關係，以及二十多年來參與二二八和白色恐怖紀念行動的紀錄來推想，許多讀者會從小說中理解什麼樣的歷史事件和記憶話語對他們的影響呢？投入情感元素是小說動人之處。

作者衍生附錄故事，讀者會認爲這是明示創作的歷史根據嗎？還是幫助了讀者，引路去探索歷史的樂趣？我順著小說閱讀時，好奇作者時而夾著附錄，我是先讀完小說文本，到最後才看了附錄。

附錄鋪陳了二戰前後一些重要事件，遠至日本殖民統治前的移民家族地方史，近如一九七〇年代台灣北部地區和沖繩與那國島，互相看得到黑白電視的時代（成長中的記憶很好奇這是爲什麼？）由於地理位置如此之近，海外台灣人有設立祕密發射台向台灣放送訊息的想法。

眞實活躍的海上「走私」，一度盛行。我所知道的，除了兒時聽聞傳說，包括走私。這些年知道確實有宜蘭反對人士逃亡至與那國島，由大阪人權工作者轉搭兩次飛機前往與那國島接人，一九七〇年代「走私人」成爲外交事件的故事……一九八〇到九〇年代，黑名單偷渡回台，除了搭飛機闖關回台，台灣南部海域變成主要接送闖關者的地方。

事件後的冷戰記憶

我以爲這本特殊類型的「記憶話語」小說，反射了台灣當下關鍵轉折的時代，開放環境下的歷史記憶話語權爲讀者準備了豐富的寓言趣味，這和傳統上被稱爲「歷史小說」有何區別呢？區別的因素重要嗎？區別的意義對讀者而言，於閱讀小說時有何重大收穫呢？

區別之一是現實感帶給讀者貼近著當前環境的思考，外在威脅凸顯島內自由空氣下創作的故事，使得小說的空間舞台更為靈活多變，縱橫大洋，人物充滿想像力。主角從戰前基隆航向內地神戶，到「帝都」的大學，學習文明知識，戰後滯留轟炸後混亂的東京，經歷了一段面臨身分認同的衝突事件，卻意外受贈回鄉物品，這件看似無足輕重的物品，串接起人物角色不同的慾望，到小說尾聲之時，有形物品的無形記憶任務還沒結束，它成為生活在安雅之地人們的隱性記憶所繫。

另外，小說中一再被喚醒的地圖及圖上符號的物件之謎，吸引著讀者往前閱讀的動力，而「記憶話語」所繫之處之一是位於地圖中已消逝的文字嗎？尋找地圖上符號之謎，讀者閱讀時想像、遨遊話語之中。

主角自日本回到台灣，意外進入報社工作，親身經歷二二八事件，認識神祕的「陳先生」，因而改變了主角往後的命運。陳先生作為戰中世代的知識分子，經歷被殖民和現代「文明」洗禮後，敏銳觀察戰後台灣命運不安的未來，他個人選擇話語行動的意志，明知不可為而為，將使命神祕地傳遞給主角。而自認為無論如何「要完成陳前輩的使命安全抵達安雅之地」的主角，未來會如何呢？東亞冷戰局勢初始，小說結束於安雅之地的日常生活。

小說始於東北季風的海上，主角從政治舞台的台北翻山越嶺，夜行日潛，輾轉到達宜蘭南方澳漁港，逃亡出海。讓我想到不只二二八事件後的逃亡，白色恐怖風暴來襲之時，不少流亡者，或許走著相同的路徑，但是也有抵抗意志裡從來沒有逃亡海外想法的案例。

太平洋海域展延幾千年人們在島嶼之間流動的歷史，大洋西側的小小島嶼之間，與海為伴的島嶼記憶，卻很少被世人普遍所知！對照當下處於世局前沿的台灣，地緣政治、晶片戰爭，反諷了人們與歷史眞實「相遇」的可能和不可能。台灣島內處於後威權的關鍵時代，剛經歷未完成的法治轉型正義的第一階段，如何運用充滿糾葛的歷史線索、豐富複雜的記憶素材，在創作沃土上開展繁花盛開的各種藝術創作，需要創作者深刻探究歷史記憶和理解表現為讀者當下反思的連結作用，而歷史小說，於自由環境備受外在威脅的國際局勢下，出現了另類創作的環境機遇，不遠的歷史事件進入了當代文學領域的新世代創作時刻。

小說帶出了繼續探索東北亞各國和地方歷史記憶「眞實」為何？專心注目歷史「眞實」是否能夠為區域「和解」之路在地緣政治的灰色地帶夾縫中，掙脫傳統地緣政治思考，幫助當代歷史記憶繁盛敘述話語而產生對話，另闢全新跨境的文化交流路徑，有賴於我們如何有意識地看待過去。

很推薦大家來讀這本意味深遠「看待過去」的小說，它組織了「不確定」過去的種種說法，將台灣北部海域地理和歷史的流動「事件」、「記憶」擴展開來，內容設定的人物、情節、曲折線索，構成新的「歷史小說」故事，令人讚賞。

記憶與遺忘的話語

我們的社會是否能從過去吸取養分培養當下的歷史意識？在當代世界討論歷史普及進入公共領域時，藝術實踐向來被視爲扮演當代觀衆親近歷史和記憶的「公共歷史」媒介，例如：文學、視覺藝術、展演戲劇，和電影、攝影、漫畫等等，在經歷轉型正義時期的台灣社會，能幫助公衆理解，甚至面對法治體系處理過去「人權侵害」之間的關係嗎？藝術深刻化歷史記憶的錯綜複雜樣貌，向觀衆傳達的作用被廣泛討論，小說是藝術再現歷史記憶的重中之重。

小說最後，主角遠離了動亂，過去的記憶暫時放下，美軍軍管下的琉球與台灣被稱爲冷戰島鏈前沿的小島上，卻安頓著流亡者重生的相遇，主角到底是陳先生還是李燦雲？戰爭漸漸遠去，威脅卻持續存在。韓戰結束的東亞，冷戰漫長記憶傷痕，要到這個世紀才漸漸被揭開，長時間的記憶流動，令人意外地漫長，歷史眞實在模糊中需要被再創造！

不論實際行動、心靈懷想，「回家」是永遠的創作主題，陳先生或李燦雲融合爲一，終有一天，他回得了家嗎？還是遙望雲霧籠罩的台灣高山，日夜等待回家之時？我也想起綠島上一九五〇年代的思想犯於山上一日勞動結束後，回到勞動改造營地的路上，眺望台灣南部山海，想著回家的日子又近了一天！

對每一位生活在台灣的人們而言，記得戰後歷史的過去，於日常生活中談論民主自由的故事裡，離不開現在進行式的反思：「你知道追求自由的代價是什麼嗎？」

記憶和遺忘拉鋸糾纏的話語，如何在小說中被作者書寫，並且與讀者對話——永恆的烏托邦與反烏托邦交融的話語，請您細細品嘗小說話語的新記憶，正在重構我們對於家園記憶的歷史。

導讀

理想鄉與台灣移民群像

導演、製片
黃胤毓

二戰結束後的數年之間，台灣及沖繩、日本與世界各國的政治動盪，二二八事件與沖繩八重山群島的歷史命運如何交織，一直是一個難以被一一採證和統計的歷史事實。但介於當時台灣和八重山群島民間興盛的偷渡路徑，以及日治時期八重山群島與台灣頻繁的來往與移居，可想見應當有些知道此路徑的人會選擇逃難到八重山。在我這十年因拍攝及製作「狂山之海」紀錄片系列計畫而採訪、耳聞過的事蹟，確實也有許多人是於二二八事件發生前後，因台灣的政局動盪而直接或間接地選擇透過偷渡的方式，回到／抵達八重山，展開了新生活。

小說、紀錄片與現實的連結

在我的兩部紀錄片之中，兩位主人公也都是於二二八事件前後選擇回到八重山。《海的彼端》主角玉木玉代女士（1926-2022，台灣名石玉花），其丈夫的王木永一家人於一九三〇年代抵達八重山做農，是當時在石垣島上，許多來自台灣、攜家帶眷的鳳梨農民的其中一家。王家於戰爭時期被疏散回台灣，而王木永與玉木玉代在那幾年之間相識、經歷了自由戀愛後，卻因被警察懷疑爲不肖分子，被抓去警局審問。這恐懼的經驗也直接影響到了王家一家人選擇在兩年後的一九四九年，前往蘇澳港坐上小船，偷渡回到了熟悉的八重山，重拾鳳梨農家的農耕生活。

而《綠色牢籠》主角橋間良子女士（1924-2018，台灣名楊氏緞）則是一九三〇年代隨其父親抵達西表島惡名昭彰的「西表礦坑」，其父擔任管理台灣礦工的工頭。在經歷過龍蛇雜處一般的島上礦坑生活後，一樣在戰爭期間被疏散回台灣，但在二二八事件的那年，經歷台灣政局動盪及社會恐慌的氣氛，毅然決然決定舉家搬回西表島。而偷渡的路徑，一樣是蘇澳港，據橋間阿嬷口述，當時買通漁民協助偷渡回八重山，須要住在港邊附近隨時待機，一待就是一個半月，終於到了某一天天時地利，可以順利帶上一家人出航。

與此接近的故事，在我訪談超過一百位的八重山台灣人之中，也聽過其他人的經歷及家族故事。多半都是透過先抵達最接近台灣的與那國島——也是戰後著名的偷渡港及走私貿易的據點，再輾轉換船轉到石垣島或是西表島等八重山群島的其他更大的聚落。

在這樣的來回遷移之中，有些是基於政治因素，有些則是謀生討生活，但也有許多是時代下的隨波逐流，隨著地緣及親友關係而決定前往八重山。與二二八事件有直接關係的當事者中，其中也有曾被媒體數次報導過的吳蒼生先生，其因掩護朋友而被列入黑名單，選擇偷渡到石垣島。他因此成爲失去了身分與國籍的人，終生出入境台灣及日本皆須簽證，其保留有標註「無國籍」身分的「再入國許可書」與「中華民國台灣地區出入境證」等文件，也曾在我們二〇一六年《海的彼端》於台中文學館舉辦「八重山的台灣人：國界流離中的回憶與家土」特展時實物展出。

理想之地、安樂之島

在本書中，主角李燦雲也像是這樣流離於國界中，孤獨而渴望找到生存之地的一員。八重山的台灣人及與那國島建立起的國界外的島嶼網路，也成爲能夠接納這些流亡的人們，一個避難的角落。在本書中所訴說的「安雅」的概念，其實也是沖繩離島傳說中數有記載的「理想國」——一個能擺脫政治迫害威脅的安樂之島。在故事中看似「安雅」即是與那國島：「安雅」二字在與那國島文獻中並無該漢字使用，但其日文唸音若用渡難語（與那國語）來對照，則有「東の家」（東側之家）的巧妙語意。在與那國島的傳說中，也相信有一個在其南方的「はいどなん」（南方的都南／渡難），又稱作「あんどぅぬちま（安土の島）」。而在八重山最南端，也是日本最南端的波照間島，也有類似的傳說，指在琉球時代因嚴苛的人頭稅制，有些人坐船逃到的「ぱいぱてぃろーま」（南波照間島）——一個南邊的安樂之島，一個如今無法被證實的傳說島嶼，人類學界則多認爲該傳說疑似指稱台灣的蘭嶼。無論如何，在這些類似的傳說中，帶有強烈文學性的浪漫色彩，這些能夠乘著船冒險渡難的「另一個理想鄉的島嶼」——一個能逃離現實迫害並展開新生活的島嶼、一個已有先民抵達並展開雙手迎接的溫暖之地，想必是島嶼性格的島民，一個反反覆覆的渴望，也是對理想世界的想像。

身爲一個長期耕耘「八重山台灣人」田野的紀錄片創作者，很樂見有其他形式的創作以這塊土地作爲題材發揮，並將這段歷史中顚沛流離的生命給寫出來。裡頭的人們有許多眞實不過的樣貌，既是台灣歷史中難以被關注到的海外台僑的故事，也是沖繩及日本歷史中一群最難以被呈現及記錄的、來自前殖民地的台灣移民群像。

好評推薦

記者　松田良孝

作者以二二八事件的時代爲背景寫《安雅之地》，那個時代，南方澳和與那國島之間的海洋是走私與偷渡的地區。換句話說，在那片海洋壓制與自由互相爭執。走私和偷渡是被取締的對象，有死亡風險，但是，在另外別的角度來看，它又給追求自由的人們通往未來的線索，又給戰後遭遇困難的人們食物和衣服。這篇小說是一部歷史娛樂作品。這種看法當然沒有錯，再加上，在此我想讓讀者知道的是作者透過這部小說讓我想起在全世界各個地方有些人們爲了擺脫壓迫渡海的情況。總之，《安雅之地》是讓讀者的視野打開的現代性歷史作品。

現代性歷史作品

《八重山的台灣人》、《被國境撕裂的人們：與那國台灣往來記》作者

無名者的日記

致看不見的你：

此刻的我已遠離凶猛的海潮，請放心，沒人會再受傷。

別怕，至少此刻是如此，我們是一群被迫烙下記憶的人，無法輕易經由言說或文字來傾訴，但請不用擔心，因爲我們還擁有相信。

請相信時間會消退血腥的泥地。再不久，我們就能夠在光亮的地方相會。

我們會在安雅之地等待相遇的時刻。

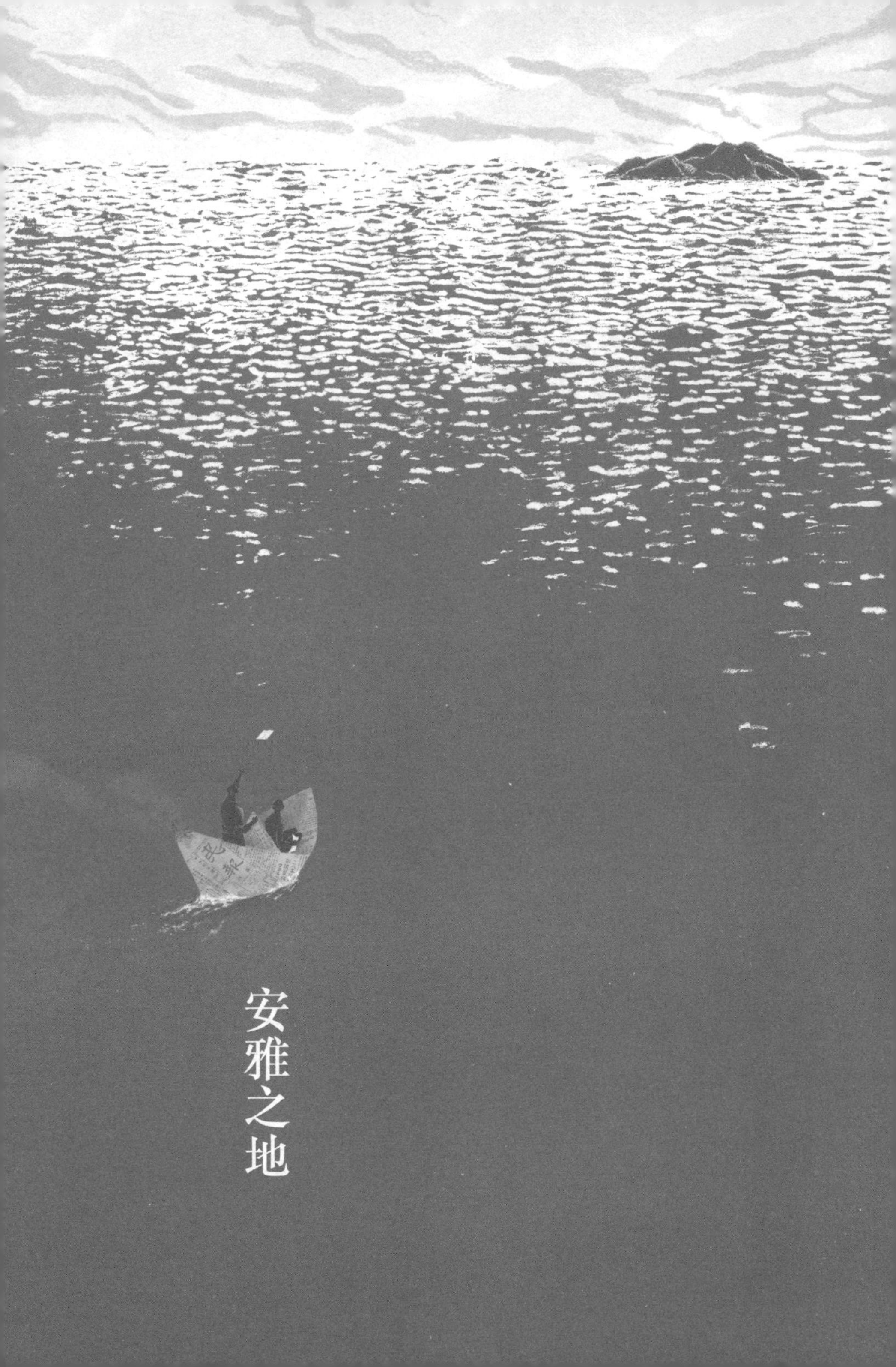

安雅之地

一九四七年春末

南方澳往琉球海域

風殘暴

海波撞擊船身的力道，完全感受不到春天應有的祥和氣息。

船身突然傾斜，一疊麻布袋倒壓在我身上。我回過神，身上刺鼻的嘔吐味又一次衝擊鼻腔。

大浪把二十多噸的漁船抬起來，高舉到空中後迅速摔落在海面，船像撞擊石塊傳出脆裂的聲音。駕駛艙的漁師們仍照常聊天，但我快不能克制腸胃汁液衝破咽喉。

一個浪尖又來了。

不行了，嘔吐物再次衝破嘴的防線，吐在礁溪寡婦送我的衣褲。酸臭的嘔吐汁液透進衣料，貼緊我的肌膚，提醒我，要是衣物的男主人已經去另一邊的世界，輪到我的死期可能也快了。

「喂，人家的貨物不能吐。」

「少年人，你第一次跑船搭？」

我想抬起頭看問話的人，但是頭太過沉重，只能靠在麻布袋上，用斜倒的角度看向問話的人，是跟我一起在南方澳上船的兩名男子。他們偶爾跟船員交談幾句聽不懂的琉球語，整趟航行我除了克制反胃的衝動，再來就是思索怎麼跟兩位同鄉打好關係。

「兩位大哥看起來體力比小弟我好太多了，有沒有什麼辦法不暈船呀？」

他們冷笑一聲，眼神從我身上移開。看來我的友善訊號沒有傳達成功。

「對呀，哪像我們無法做掛眼鏡的人。」其中身材細瘦的男人說，衣物輕薄得僅能掩蓋他皮下的骨頭。

「少年人，走船生活很痛苦，上船前要想清楚搭。」另一個男人身形比較矮小，隔著輕薄的衣物，透出他壯碩的體格。他的顴骨高聳，笑的時候會露出尖銳的虎牙，句尾多了「搭」的音。

細瘦的男人走到我面前，蹲下來，從口袋掏出一顆黑色類似藥丸的東西，逼近還躺在麻布袋上的我鼻前，有股像尿的臭氣撲來。

「走船人都歹命，但是這粒吃下去就免煩惱了。」

端詳男人手中的黑藥丸，希望從光滑的外衣多少看出其中成分。

「他怕被你毒死搭。」矮壯男人開口，「少年人，船不是隨便人都能上來搭，你有準備有價值的東西送島的頭家搭？」

浪再次掀起來，黑藥丸從男人的手中滾落。我的胃再次翻攪，沒辦法顧及黑藥丸滾到何處，旁人的聲音聽起來像是隔了一層罩子。

少年人、你叫什麼名字、你來做什麼。

他們的冷笑連同腥臭的嘔吐物，攪和我混沌的腦袋。

不行，不行，我不能說。陳前輩交代過，我是沒有名字的人。

大浪把船舉起來，震得所有人倒地。麻布袋用力撞擊到船壁，破肚流出砂糖粒跟米粒，蔗糖的香氣黏附在浸滿海水的鼻腔。

船艙裡的琉球漁師跑出來，吆喝大家趕緊把貨品綁好，夾雜我沒聽過的詞彙，只理解到我得趕緊抓一條繩子，把自己固定在船上。

那兩個男人早坐定在另一端，拿到繩子熟練地固定好自己，等待船挺過這波大浪。他們冷眼看我，看琉球人碎唸地鬆開我綁的繩結，然後重新固定好。我要成爲他們的夥伴，還有很長的路要走。

浪不斷拍打船身，水花弄濕我全身。我努力用身軀掩護口袋的皮夾，裡面收有李君的寫眞、金鍊條，還有陳前輩給的地圖。

我緊閉雙眼，那是我唯一能暫時逃離此刻的方式。一進入黑暗就分不清張眼還是閉眼，只感覺到眼窩脹滿彎曲的稜線，在縱走山脈那幾天數不清的日與夜反覆地看，熟記粗黑的墨水痕指引隱形的路，帶我穿越坪林，沿著溪流到達蘭陽，然後再沿著海岸到南方澳。地圖的最下方寫有一串數字，我不知道那串數字會聯繫上誰，只曉得我必須代替陳前輩聯絡對方。終究還是逃不了，陳前輩早將我推入不是死就是活的難題，只能張眼看船隻如何受海浪無情對待。

海上的天色似乎從深黑轉爲靛藍。不知道現在是上午還是下午。不知道父親跟姊姊是不是推著堆疊得像巨獸的竹簍，走在基隆河畔。不知道他們是在前往圓環的路上，還是回去社子的路上。

幹，陳前輩爲什麼不自己逃跑？爲什麼要託付給我地圖？爲什麼要對我說那句話？

——李燦雲，你知道追求自由的代價是什麼嗎？

□

我哪裡會知道，自由的代價是要被通緝，藏身在始終圍繞霧氣的山林，好像一直在水池裡步行，身體永遠乾不了。支持我持續吸吐每口氣息的是那張柔軟躺在口袋內的地圖。

金鍊條、皮夾、地圖。金鍊條、皮夾、地圖……我反覆對自己背誦。

它們提醒我，即使是無名之人，我還是知道自己是誰。

但是我不明白，陳前輩既然已經準備好地圖，為什麼不自己逃亡？他哪來的勇氣，賭上自己的性命把付出一生心血的計畫託付給我，要我搭船去東邊的小島，發送出特定的電頻給遠方不知名的人，期待用記憶編織的電碼，能重訴人親眼看過的事物。

——從現在開始，李燦雲已經不存在，你是無名之人。

我沒來得及問陳前輩，有誰會相信無名之人說的事情呢？實際入山才會警覺，人類對於世界的體感認知過度仰賴街道。要是抽離道路，人會失去找到目標的方法，陷入無止盡的迷惘，直到找回方向。

陳前輩的地圖已標示好三角點、等高線和村落，從石碇、坪林連線到礁溪。一年左右的海軍訓練，還是能讓我大致判斷自己在地圖的哪裡。可是，怎麼知道自己是走在對的道路？要是找不到，判斷錯了呢？我的身體濕冷忙著顫抖，想不到任何得救的可能。

逃亡有許多寂靜的時刻，剩下我與思緒的對話，分不清究竟是環境的聲音還是幻聽。口袋裡的金鍊條，再也沒有機會讓姊姊擺脫父親的掌控。

我的記憶裡沒有母親，家中連一張母親的寫眞、畫像都沒有。父親從不提母親的任何事情，只有偶爾姊姊在梳頭髮時，會提到以前最愛給母親梳頭綁辮子。她梳頭的時候絕不看鏡中的自己，而是側身斜視頭髮挽起的高度，測試紮好後的頭髮會不會鬆動，眼珠從沒有停留在自己的臉蛋，然後頂著扎實的盤髮穿梭屋內，用那雙長滿粗繭，顯得過於早熟的雙手，整頓好父親的早飯與出門衣物。

我小時候常纏著姊姊問，爲什麼鄰居總說，幸好產婆經驗夠豐富，才沒有兩條命都送走？高我一個頭的姊姊會轉過身體，逗弄我頭頂剛長出的短刺頭髮。

「阿雲，你半夜偷吃的米飯都長到哪裡了？有沒有認眞長高啊？」

後來我越長越高，相比之下姊姊永遠縮在少女的身形裡，跪在地上擦拭父親酒醉的嘔吐物。

「阿雲，你未來一定要有出息喔。」

父親當然看得出來，姊姊的早熟與幹練只是假象，這個家始終浸泡在社子的爛泥，餐桌只長得出爛葉子配番薯、鹹醬瓜。就算父親再怎樣折彎膝蓋，揹起比人還巨大的茶葉布袋，在大稻埕街道奔走，仍是與李家祖先積累的豐厚家業無緣。

那是一場虐殺，父親會撕裂酒燙過的喉嚨控訴，說日本人進城的那天【註二】，連帶奪走他的眞實人生。眞實的他，應該坐在李家古厝內，作收取辛苦人田租的少爺才對。

生在錯誤時代的父親，最愉快的時光是蹲在門邊，喝光用工錢買來的酒，然後將胃袋殘存的可憐食糜，吐光在門邊。要不是鄰居經過會看到醉倒的父親，我才不想把他扛進家，忍受他像斷去手腳的動物，蜷縮在地面上扭動，只能氣憤地用頭搥地板。

再怎麼敲破頭皮，這間陷在爛泥的爛房，是父親一生的總結。這些都無關時代的對與錯，不過是剛好隨河流波紋折起皺摺，不在意土地上多了哪些外來者的雙腿插進泥地，吸取著土壤累積世代的養分。

——阿雲，你離開是為了回來嗎？

等我回過神，我已經來到一處頹垣的村落〔註二〕，榕樹根包覆著殘缺的紅磚牆，仍看得出村落的形狀，在鄰近邊坡的地方有座小土地公廟，披覆滿苔蘚。我攤開地圖，找不到有村落的標記，可能在日本時代就已經消失，也有可能地圖上的墨跡淡了。每次攤開，我都會擔心哪天寫在地圖最下行的祝福語也會消逝，世上再也無人能替我證明那行字的存在：

註一　日本人進城的那天：請參考附錄一。

註二　頹垣的村落：請參考附錄二。

願你順利到達安雅之地。

我選了殘有屋簷的磚屋，靠著牆邊坐下休息，感受到胸口壓抑不住心臟的跳動，闔上眼睛的時候，分不清楚究竟是我的心跳聲，還是遠方有人的腳步聲。我沒辦法閉眼太久，我不敢暴露在樹葉之外。

夜晚即將驅散日光，我只好躲在廢棄的磚房，睡在有屋簷的地方還是比樹洞好。村落看起來荒廢一陣子，應該不會有人會想回來。這裡發生過怎樣的事件，只能在我腦袋任意想像，也許純粹是土地貧瘠，也許是發生過疾病，也許發生過什麼戰爭，是不是跟祖先們遭遇的過往一樣？地圖攤在碎裂的磚瓦上，漸漸失去日照，整個山進入黑夜。

夜晚的山會變成另一個世界，有時遠處傳來嚎叫聲，但更常經歷的是死寂的安靜。我逼自己專注地呼吸，刻意留意氣息進出肺部，才能確保自己在這片黑暗中是真實存在的形體。

吸，我是李燦雲。

吐，我是李燦雲。

吸，我要坐船到東邊小島，我要完成陳前輩的使命安全抵達安雅之地。

——阿雲，小心感冒唷。

我跳起來，心臟跳得劇烈，眼睛努力在沉靜的黑裡辨識聲音的來源。

女人的聲音又出現了。是姊姊在說話。

然而過了片刻，周邊僅有風吹樹葉摩擦的聲響。

我說服自己趕快休息睡覺，但是耳邊還是不時有聲音傳出來，有時聽起來像是動物的叫聲，有時又像是女人的聲音，在我快進入睡夢時驚醒我。想像與現實的界限，好像隨時可以游進游出。直到天亮，我才發現自己確實有睡著。

早晨陽光在周圍蒸出一層水氣，我確實還在廢棄的村屋，身體完好，周圍只有我踩踏樹葉的窸窣聲。我為土地公廟摘去苔蘚，合十祭拜一陣子。眼睛被太陽刺得發痛，祭拜完朝太陽方向看去，我發現一條隱約的道路往前鋪疊。朝太陽升起的方位繼續走下去。沒想到我也會有相信神明的一天。

我的心臟跳得劇烈，隨那條隱形的道路不斷向太陽前進，有時聽到遠方有瀑布沖刷的聲音，聽久了像是聽見機關槍連發的射擊聲，耳朵覺得發脹，但是道路一直沒有斷絕過。

太陽在樹影間穿梭，就在四周的光線快消逝前，我終於從茂密的竹林中，望到農人存水肥的桶子堆放林下，旁邊雞舍的雞隻在籬笆內不安竄動，雞冠頭頻頻瞥往竹林外的我。

我小心繞過雞舍，緩慢踩著石頭、樹根走下坡坎，雙腿回歸到市鎮鋪造的路面，忍不住跪地好一陣子。

呼，我還活著。我得活著完成陳前輩的任務，要怎麼穿過市鎮抵達南方澳？平坦的地面很容易暴露行蹤，像是房舍傳出的煙裊、飛過的鳥類、屋內走動的人影，跟山林比起來太過稀疏。我想起自己也有陰影，一個被通緝的影子，趕緊躲到山壁附近，在暗處裡觀察路上有沒有人影。

附近都是稻作水田，西落的太陽隱蔽到山的另一頭，零星的人群回到土角厝。等到入夜，每戶的窗口亮起鵝黃的火光。我決定趁黑夜行動，繼續朝南方澳前進。

順著路走下去，進入房屋愈來愈密集的市鎮，房屋木板還掛有日本時代的門牌，寫著「礁溪庄」。我想知道現在的日期，但是接近車站太危險，大概只能憑運氣，看能不能撿到報紙或聽見收音機。

街道看起來跟過往無異，人們正常生活，有吃飯、行走跟談話的聲響。張望四周，沒有軍隊的蹤影。不知道是不是我多疑，總感覺氛圍過於安靜，有不能過度張揚的壓力。

碰，碰，後方傳來敲門的聲音。

幹，我居然沒注意到，軍人就在我的後方。我屏住氣息，躲到燈光照不見的地方探頭，軍人正在向一戶人家盤問。在這個距離下，我要是奔跑肯定會被察覺，那群人問話完，說不定會開始清查每條暗巷，到時候我也逃不掉。

就在旁邊，我發現有戶人家的後門敞開著，屋內的燈火流瀉照映在山壁。

我抓住天上掉下的希望跳入屋內。

身後的門馬上有人關上，鎖起來。

一名女子跟我對上眼，她的身後有一群孩子，原本正吵鬧地分食鍋內的粥，一看見我立刻傻掉，湯匙掉進鍋子裡發出聲音。

「對、對不起。」

經過不知多少天，那是第一句自我喉嚨發出的聲音，感覺粗糙、野生，連我自己聽到都嚇一跳。

孩子們看起來很驚嚇，稚嫩的臉頰肉微抽動，尤其是年紀最小的孩子，眼眶始終有水光在閃。

女人趕緊轉身輕撫孩子們的頭。

「這是阿爸的朋友，陳先生，阿母有事情要問他，你們不可以吵鬧喔。大兄帶弟妹上樓睡覺。」

最大年紀的孩子瞄我一眼，早就看穿阿母拙劣的謊言，卻還是不得不點頭，轉身催促弟妹上樓。他們依序爬上樓梯，隱身到閣樓木板的另一端，聽見最大年紀的男孩呼喚弟妹的名字，隔著木板傳來躺平、棉被摩擦的聲音，一陣子才恢復平靜。女人把閣樓關起來，一聲清脆的喀噠聲。

過度安靜的房子，剩下我與女人互望，不斷接收女人盤問的眼神。女人究竟想從我身上獲得什麼？或許她早就預謀好，故意敞開後門讓我跳入。等我進來後鎖上所有的門，我沒辦法隨意逃出去。外面還有軍人在巡視，要是我跟女人有任何衝突，一定會引起他們的騷動。搞不好女人想把我繳給軍人？

不對，這間房子有不對勁的地方，過度的安靜像是被迫遭人掏空。環顧房子的擺設，一間有閣樓的民房，附近雖然都是農田，但屋子沒擺放什麼農具，反而餐桌對面有一張書桌，後排有木箱堆砌而成的書架。前門邊懸掛男人的帽子，或許家中男主人是做文書工作，不是種田的農人。

「很渴吧？」

女人拿起桌上的碗，咕嚕咕嚕地倒入水，我的喉嚨跟著燒起來。

碗裡的水閃爍微弱的燈光，遞到我面前。我接過碗，直愣著自己的倒影蓋住水面的燈光，喉嚨繼續在發燙，發出渴求水的慾望。從逃亡那天開始，我越來越分不清楚理智線在哪裡。說不定，眼前的女人不是真的。

「不用害怕，喝吧。」

我繼續凝視碗內的水，我差點認不出自己，鏡片背後的眼睛凸得像兩顆棗子，雙頰露出尖聳的顴骨，嘴角跟下巴長滿細小又鬈曲的鬍子。我想起以前在東京，總愛跟他人嘲諷沒有人能比佐藤春夫長得還醜。

不，眼前的這個人，比佐藤春夫醜不知道多少倍。

沒有人會相信我是李燦雲。

我閉上眼睛，小心捧起碗，小口啜飲。

喝下第一口，我的喉嚨變身成控制不住的野獸，急著想灌入更多的水，不管胸口嗆得很難受，也不管液體還卡在咽喉。

「慢慢來，這鍋粥你也可以吃。」

旁邊還有一只空碗，我直接拿起來舀鍋內的粥，配水大口呑嚥起來。我徹底喪失理智，沉浸在進食的慾望。

不知道究竟喝了多少碗水，等鍋內的粥被我舔光，我才意識肚子膨脹的感覺，不是感覺到滿足，反而放大了空虛感，呼求更多的食物。女人始終在旁邊安靜地陪伴我，在我咳嗽的時候輕拍我的背，拿手帕擦拭滴落我身上的米水。

等我恢復理智，其他的感官變得清晰起來。我聽見前門的方向，隔著木板門有軍鞋摩擦沙地的聲音。

女人早就注意到門邊的騷動，她用眼神對我示意，要我離窗邊遠一點。我緩慢起身，蹲到書桌旁邊，小心不露出身形。

我抑制心跳的聲音，想仔細聽外面的動靜，盤算最好的逃生路徑。女人眞的打算把我交出去給軍人嗎？爲什麼沒有先限制我的自由，還是食物有下藥？我能逃去哪裡？用盡力氣搞不好也撞不壞門鎖，那些軍人衝進來馬上就能抓住我，根本不需要制服我，當場開槍處決我就好——擅闖民宅，欺凌婦人的匪徒——我能想像報紙標題會如此下，應該是排在第二版的地方，不會是首版。當然，如果現在還有報社在運作的話。

女人打開儲藏櫃，拿出一瓶酒走到外面。開門前，她看我一眼，嘴角揚起安心的微笑，就跟姊姊每次轉身前的表情相同，永遠保持笑容，轉身面對她正在殘損的前途。我想叫她住手，但是女人馬上消失在門板的另一端，只有我窩藏在安全的室內。

門外傳來男人們說話的聲音，語調帶有濃厚的腔調，難以跟我所知的北京話聯想一起，舌頭打轉地說了些語氣像道謝的話，每句的句尾女人都簡短應和。

門板被一陣爽朗的笑聲，震得微顫抖。三兩的軍靴再次出發，走動的步伐像是一群放學的孩子，唱起故鄉熟悉的歌。聽不太懂歌詞的語言，但旋律是悠緩的曲調，應該不是軍歌。

等歌聲走遠後，門再次打開，只有女人進來。

「爲什麼不把我交出去，妳能換到比粥更營養的食物。」

「輪不到你來說教。」女人挽起袖子，從櫥櫃拉出大箱子，裡面裝滿書本、日記本還有男性和服。女人從書籍裡抽出一張寫真，那時的她穿著精心挑選的洋裝、繫帶皮鞋，頭髮俏麗地在耳邊鬈起，眼眸瞇笑起來時沒有疲倦的神態。男人一手靠在樹幹，襯衫的袖子捲到手肘，有著寬闊的肩膀以及英挺的鼻子。兩人在結滿橘子的樹下笑得燦爛，對著鏡頭停格幸福的瞬間。任誰看到這張寫真，都會想像男女從此過著美滿的日子。

眼前拿著寫真的女人，穿著素衫、涼鞋，指甲縫卡有泥土，面容早就看不見當初天真、幸福的模樣。

「有沒有見過這個人？」

我別過頭。女人接著掀開日記本內頁，整齊的毛筆字寫有日記主人的名字。

「對不起。我不認識這個人。」

「你們在哪裡會合？要去哪裡？」

「我自己一個人而已。」

「他說要回學校拿東西，順便確認學生有沒有回到家。你們是不是有事情瞞著我？」

「我想妳誤會了。」

女人從椅子上跳起來，日記本的紙張被她抓出縐摺，「都一個樣子，說我誤會、說我想太多，到最後你們什麼都不告訴我，我怎麼可能甘願。」

我對女人的激動，擠不出半點話，我應該要安慰她，但我同時不想沾染她的絕望。她的言語自曝淌血的傷口，袒露給我看，我曉得不該輕易碰觸。

女人別過頭，一隻手遮住額下的眼睛，懸在空中的指尖微微顫抖。

「我不知道要怎麼回答問題，孩子每天都問阿爸在哪，外面那些人遲早也會來問我頭家去哪，我要怎麼回答，說死了嗎？」

我張開口，發不出聲音，房子裡的所有，一同陷入女人的哀傷。後方空蕩的書桌更像是擺盪的幽魂，提醒還活著的人，日子已經被掏食得乾枯。看著女人顫抖的手，我什麼都幫不上忙。我唯一能做的事只有離開，繼續躲在暗處，做一個沒有身分的人形。我根本沒有資格留在這間房子。

我低下頭，收拾桌上散放狼狽的鍋碗，陶瓷碰撞的聲響輕敲女人的思緒。她沒有抬頭看我，只是凝視著鍋碗。

「後面有木桶，我拿石鹼跟乾淨的衣服給你，東西你不用幫我收拾。」

我向後退想要閃躲，但女人已經站立到椅凳上，試圖從櫥櫃裡拉出衣服。那是一套乾淨完好的襯衫、長褲。女人接著彎腰，拿出櫥櫃底層的木盒，拿出一雙稍微褪色的烏布鞋，

「你穿穿看這雙，看會不會合腳，很久沒人穿了。」

沒理會我的推託，女人放下鞋子、衣物，便到後門外舀鍋內的熱水，倒進臉盆後沉重地放上餐桌。她拿起一條毛巾浸入熱水，抹點石鹼搓出泡沫，擦拭我的全臉，石鹼的味道跟姊

姊慣用的牌子不同。

「剩下的你自己來，剃刀就在旁邊。」

女人走到外面，留我一人在屋內。

水盆的水還冒著熱氣，擦拭過的臉變得光滑、刺痛，我一時有點不適應。我拿起剃刀除去短小剛硬的鬍子，脫去全身衣物，用力擦洗髒污的肌膚。等我重新戴起眼鏡，凝視自我水中的倒影，我像是佯裝李燦雲的人，總是有細緻的差異存在，雙頰塌陷，嘴角撐不起來，而且眼神看起來飽受驚嚇。

在東京裝成大學生的李燦雲、在街道與李君談天的李燦雲、在茶房和杏子鬥嘴的李燦雲……絕對不會是現在這個枯瘦、神經敏感的可憐人。

穿上這間房子男主人的衣物，感受到男主人的肩膀比我寬廣，腿也比我長。這是撐起一個家庭的身軀，也是作爲父親應揹負的家族責任，現在卻被我這個陌生人佔據。乾淨的衣物本來就有了男主人，沒必要穿在陌生人的身上，或許我直接消失，對女人來說才是最好的解脫。

當我抬起頭，女人早站立在門邊看著我。

「原來你這麼年輕，結婚了嗎？」

我搖頭，「對不起給您添麻煩了。」

「你看起來跟我弟弟差不多大，如果他有活到現在的話。幸好他沒聽我的話去相親，不然又要多一個孤苦的寡婦。」她用微笑回應我的錯愕，「他去南洋。以前他一天到晚說要離開宜蘭，去台北才有機會出頭，男孩子是不是都是這樣想？」

我想避免屋內過於安靜的氣氛，硬擠出話：「他一定想回來，只是來不及告訴妳。」說完卻感覺更尷尬，我趕緊低頭，從舊衣服的口袋拿出皮夾，放進新襯衫的口袋。女人拉住我的手肘。

「沒有人知道他的下落，你們長得眞的很像。」

我屏住呼吸，不敢回看女人的視線。

「拜託你，別連這一點要求都要拿走。」

「可是我不是……」

「你們只會說這句話，有哪一天是輪到『我』決定？」

我深呼吸一口氣，難以面對女人的眼神。聽在她耳裡，再漂亮、美好的理想，都不會是她的救贖。

「妳願意相信我嗎？」

「什麼？」

「我知道聽起來很瘋狂，但請相信我，我要去的地方叫『安雅』。人們都說那裡沒有戰爭的紛擾，那裡可以再次擁有生活，無論你是什麼身分、你曾經做過什麼。」

「安雅？」女人愣了一下。

「妳的先生一定在安雅等妳，等紛擾退去的那天。如果妳的弟弟還在世，肯定也是在那裡等待，所以請妳答應我，務必要照顧好自己，等到他們回來的那天。」

女人的臉扭曲成笑容。

「我辦不到，你只是想騙我，再次當留下來的那個人，對吧？」

「對不起，我沒辦法證明我說的是實話。我只能告訴妳，我相信安雅的傳說，再不久，我們就能夠在光亮的地方相會。天就要亮了，我該出發。」

淚水從女人的眼裡溢出來，滑落她已經僵麻的臉頰。

「好，我相信你。」

她伸出一隻手，緩慢搭在我的頭上。

「就這樣約定了。」

我不敢相信，我欺騙了一個陌生寡婦。

□

站在懸崖邊，看著浪濤反覆吞沒岩塊，我面向海，反覆對看不見的陳前輩吶喊：你滿意了嗎？我站在這裡，但你自己又在哪裡？

我在原地等待，只聽見海鳥飢餓的叫聲。

海鳥不斷在港灣上方盤旋，尋覓不小心滯留岸上的小蝦蟹，一些曝曬多日的蝦殘骸早已被啄食得不剩。

我問好不容易出現的漁師，他們都搖頭，根本沒聽說過什麼陳前輩。

熬過波湧的海象，把胃袋舊有的殘餘全翻攪出來。李燦雲的記憶消失了，陳前輩自然也該是不曾存在的存在。

此刻，我們等待前方如巨人身軀的島嶼，緩慢吞噬掉日頭，不可見不到光明的我們，躲在巨人營造出的巨大陰影中，安心地呼吸喘息。學會躲在日光照不見的地方，是逃亡者此生的生存策略。

漁師們歡舞起來，關掉船隻的引擎。一名滿臉鬍子的漁師走到我身後，替我鬆綁腰際的繩子。

「歡迎來到都——南[註]！」他發現我沒反應，於是改成日文：「與那國——島，琉球。現在管制比較嚴格，我們等天黑再前進，剩下來的時間，我們先來喝泡盛吧！」

我們籠罩在島的陰影中，夜晚的清涼正逐漸從腳趾傳上來，伴隨漁師哼唱的古調，浸泡在濃郁的酒氣，逐漸遺忘自己做了多沉重的抉擇。

我緩慢站立起來，依舊看不清楚島的全貌。寡婦手的重量，還停留在我的頭頂，終究我不知道她的名字，她也不知道我的眞實身分。我終於準備要抵達跟寡婦以及陳前輩約定好的地方，安雅之地。

註　都南（dunan）：與那國語名對「與那國島」的稱呼。

水缸的金魚

一九四六年秋初
神户往基隆的引揚船
氣溫如記憶溫暖

我不是張揚追求民主自由的那種狗屁讀書人。那種玄虛的價値，不是我加入報社的原因，也不是我當初逃家的理由。再說，我連大學都沒畢業。

當初逃到東京唸書，只是單純想遠離父親用社子泥濘做的牢籠，設法拖垮所有能前進的動力，於是我寧願相信酒樓打牌士紳告訴我的未來：依循他們走過的路，未來便會讓我與他們在某處交會。

在與他們相遇之前，我以爲道路鋪展的方式是線性，就像地圖上的路線圖是一條線到底。他們笑我傻得太過可愛，摘掉我的眼鏡，把鏡片對著地圖紙張，要我仔細看眼鏡側邊折出的線條。

我才知道，原來路會隨鏡片彎曲。

說到底，地圖畫出的路線只想讓走路的人以爲會到達目的地。誰會曉得，目的地只是讓人羨慕卻到達不了的遠方。

忘記是從幾歲開始，每到下課後我便在街頭閒晃，尋找打零工的機會。通常店家看到我身穿破爛的制服，會以爲我是來路不明的孤兒，塞給我點心連忙驅趕我。

直到我找到一間遠離大街的酒樓——嚴格來說根本不算酒樓，隱匿在紅磚的商貨店舖樓上，壁面精細的石雕沒透露任何家族來源，底下也沒掛招牌。一樓堆放瀰漫乾香菇與茶葉氣味的乾貨，但仍難掩蓋樓上飄散下來的酒氣及清脆的洗牌聲。

就是這間幾乎不算存在的酒樓，改變我對地圖的看法。

「你就站在那邊，那個柱子旁邊，看到幾個穿制服的大人來，就喊幾隻鳥仔。」酒樓的櫃檯交代我站在酒樓對街，每天緊盯往來的人潮跟車子，確定二樓洗麻雀的聲響不會被警察打斷。人車聲一陣陣過後，洗牌聲跟雨水打在雨淋板一樣響亮，時常到近午夜的時間，那些人才會紛紛走下樓，頭小心地藏匿在圓邊帽底下，坐人力車離去。

櫃檯依約給我十錢。回家路上，我的手始終緊抓那十錢，不願輕易將手從口袋裡拔出來。

我開始習慣站對街的時光比在學校的日子還長。倒也不是討厭上學，我當時純粹覺得握住十錢，有能掌握自己命運的感覺，即便那很可能僅是錯覺。

盯梢其實是很無聊的工作。我說服自己，盯梢就像在欣賞教師辦公室漂亮水缸的金魚。養魚的人是是一名細瘦乾淨的年輕音樂教師，聽說是從東京隻身來台灣的讀書人，口袋不時裝有好吃的糖菓。當他決定要掏出飼料時，孩子們感受得到甜蜜的滋味，仰起頭簇擁到他周圍，教師輕放每顆鮮艷的糖到他們手中，像是在餵金魚。他們噘著嘴，來回吸吮口中的糖菓，只差在眼睛沒有膨脹變得跟金魚一樣。可惜他們天生不是當金魚的命，不管吃多少食物，仍舊長得乾枯黑瘦，就跟我一樣。

「阿弟仔，小小年紀就戴這麼厚重的眼鏡啊？你有個對你期望很高的父親呢。」經過亭仔跤的豐腴婦人，喜愛摸一摸我頭頂的刺短髮，遞給我她們剛從市場買來的水果。我開心地啃著蘋果，酸甜的汁液流淌到手肘，她們似乎覺得更滿足。

「阿弟仔，要順順利利長大喔。」

我的眼鏡讓我也成爲缸內的凸眼金魚。

後來，我學會待在水缸內觀望外面。金魚簇擁著撒落下來的飼料，但眼睛總是在觀望別的地方。街道的推車、人力車每日循看不見的軌道往返，載運麻布袋往港口、車站，滾起沿線店舖的乾香菇與茶葉氣味。

常用水缸的視野看街上的人們後，我終於看懂了，知道地圖上的每個人註定得勞動一輩子，儘管做到膝蓋折彎、背脊駝起，也走不出這張地圖以外的地方。

我在這張地圖上發現了父親，看他使勁在後方推著載滿茶葉袋的推車，不想承認自己沒辦法幫前方年輕苦力分攤太多的力氣。

同樣站在同一張地圖的我，不自主顫抖起來。我好像看見了自己的未來。

我無意間打了一個噴嚏，不小心滾出懷內的蘋果，滾到一個穿白衫男人的腳邊。炎熱的夏天穿著密包腳趾的皮鞋，總覺得與這條街格外有距離感。

下一秒我懂了，提起嗓門大喊：烏仔飛來啦！

樓上變得寂靜無聲。

那刻我也察覺，隱形的水缸似乎被我打破了。

櫃檯繃緊發紫的嘴唇，扭轉我的耳朵。白衣人早就不見蹤影。

「死小孩知不知道警察長什麼樣子？難不成要我把你抓去派出所，說你偷吃人家東西才知道警察長什麼樣子？」櫃檯大力甩著我的肩膀，抖出街邊婦人給我的小零嘴，恨不得連帶把我拿的工錢也抖出來。

就在櫃檯提起手臂，準備揮向我的臉頰時，我看到穿著黑色馬褂、蓄著八字鬍的男人，舉起琥珀色的菸管抵在櫃檯的手肘。

「阿弟仔的臉掛這麼厚重的眼鏡，打壞就麻煩啦。」他們說完，用傳自腹部的笑聲，鎮定地笑著，讓櫃檯漸漸冷靜下來，到外面張羅人力車。

「阿弟仔，明天你來樓上，我們有事情要交代。」

從那天開始，我變成專門幫那些士紳跑腿送信的小使用人，收取他們的小費之外，還有酒樓照常發的工錢。當然，他們按時盯緊櫃檯有沒有照常發工錢。後來櫃檯跟鄰居打聽到，白衫人離開後是進了派出所，也只能繃著發紫的嘴唇發給我工錢。

「阿弟仔，你知道台灣人要怎麼變成日本人嗎？」

我搖頭。那群士紳的身體依舊緊捱牌桌，敏捷地摩挲麻雀牌，挪動留長指甲的小指頭，要我遞菸管過去。

「講一嘴流利國語、穿西米羅、腳套皮靴，這些都只是做樣子而已。最重要的事情是『相信』，你要打從心底相信自己是爲了那面日之丸旗仔存在。有的日本人做不到這點唷。」

他們爲了證明給我看，開始教我怎麼考高等科，讓我贏幾輪牌局，湊學費用。

「你不要管其他人怎麼講，一定要跟導師堅持報名考試。如果有人質疑你的家庭背景，就拿你阿爸那套故事，但是，切記，不能講抗日。」

偏偏父親講最久的就是抗日的段落，在嘔吐物的酸腐味之際，訴說祖父是如何吆喝庄內的男人連夜跋涉加入義軍，留下挺著身孕的祖母在連夜槍炮聲中度過。

——你祖母晚年一直喊，看到無頭的祖父坐在中庭哭整夜，哭到屋瓦全不見變成道路。幹，出生在這個時代，眞的是詛咒。

那個無頭祖父的頭畫像，懸掛在樑柱上緣。小時候總覺得祖父在瞪底下的我們，好像做任何事情都會對不起這名慘死的老人家。後來我習慣了，在祖父的眼底下挾起社子爛泥種出來的次等葉菜，放進口中咀嚼，配粗糙的番薯，就讓他見證李家的命有多窮酸吧。

我在口試關卡告訴日本面試官，李家的遭遇是時代的必然，爲的是迎來先進的社會，爲東亞民族的共榮努力。

放榜之後，那群有錢人好開心，覺得天大的復仇計畫正在實現。下一步，他們教我怎麼考大學。他們說，拯救台灣人的命運就靠我們這一輩了。我不介意加入他們的遊戲，成爲被他們利用的小人物。他們並不眞的關心我跟姊姊的童年，也不打算拯救我困頓的家，我只是他們用來報復政府的小棋子。

我問他們，去內地讀書，就能帶姊姊逃得遠遠的嗎？

「雖然地圖總把路畫得很筆直，但這世上的道路不可能是直的。我們會在某處相遇的，阿弟仔。」

船票從士紳緞面的袖口，滑到牌桌的中央。

我決定出發去內地考試。

出發的當晚，我覺得樑柱上緣的祖父畫像整晚俯視沒闔眼的我。

我在內心默默祈求祖父保佑姊姊，小心越過家人熟睡的鼻息，提著一只士紳送我的舊行李箱出發去東京。我說服自己，這麼做能拯救姊姊。那時的我還沒意識到自己的懦弱，爲逃離的衝動辯解，說成是保護他人。

坐上輪船，我才想起那群士紳從沒告訴我他們的名字。未來要相見，得憑自己的本事了。

□

我順利考上早稻田大學，但幾個月過去，始終籌不到足夠學費。

我成爲遊蕩在校園的假大學生。

然而再怎麼躲藏，還是躲不過戰爭。

踏上東京不到一年，許多學部收到停學的勒令，軍人進到校內發送志願書，將我們關在同一室內寫下自己的姓名。就連我這種身分不明的學生，也被抓進教室，強迫塡寫志願書。

我的名字李燦雲，烙在志願書。李家出現了一名皇國子民。

想不到自己眞的變成日本人了，我感覺自己距離無頭的祖父更近了。

縱使國家把殖民地人視作正規軍人，但我們這群本島人看在眞正的日本人眼中，仍舊是該犧牲掉的牲畜，留在軍營只會消耗糧食。無奈我們這群剛加入的台灣預備生受訓時間還未滿，不能立即送上戰場，只好把能飛上空的人全送到天上，能在地面爬行的就派去搬運砲彈。倘若不小心炸死在山間，軍隊便剛好少幾張消耗糧食的嘴。

壓在鼻梁上的厚重眼鏡，害我不夠格當飛行員，只能加入搬運砲彈的行列。有次砲彈好不容易推到山嶺，突然響起空襲警報，身旁的同僚對著我瞪大眼睛。我們之間沒多說什麼，吞下口水，咬緊牙繼續推砲彈，推到樹林底下，祈禱敵機不會發現這個大寶藏。

那時，沒有人哭喊救命，所有人很冷靜坐在彈藥旁，等待、等待，聽著胸口的心臟砰擊炮筒的鐵壁，不久看見遠方降下鳥叫般的燒夷彈，山下民房一個個燒起來。

在山嶺的我們才意識到，自己逃過一劫。

還是預備生的我們，已經習慣天空隨時有敵人的惡意迅速閃過，像是生活在草原的野兔，隨時得注意天上的老鷹。除了躲藏，沒有別的辦法。

有時敵機的速度比警報快速，降下的火海取代日常的景象，認真生活的人們以及結穗的田野，全部消失了。

這片黏著黑炭與屍塊的焦土，證實士紳告訴我的：地圖總把路畫得很筆直，但世上的道路不可能是直的。

□

終戰不到一年，焦土孵出一座座的棚架，傳達人們強烈的求生慾望。

我們這群滯留在日本的台灣人，突然得學習挺起胸膛，拿著比日本人還多的配給做起黑市生意。學寮幾個大學長湊一湊錢，把多餘的麵粉轉賣給剛開的喫茶店，換來更多的牛肉罐頭跟白米。要眞正體會過油膩、熱燙的食物滑進食道，才知道尊嚴的滋味是什麼。

但是新橋暴力團毆打台灣商人的事件〔註一〕，讓我們再次回想起，台灣人無論是在美國、日本或中國眼中，都只是弱小的存在。十九日下午，有些學長、學弟跟隨商人去華僑聯合會，要求代表團做點事情，但晚間那些人回學寮時，身上的衣衫染著細小的血跡。

「幹，開車經過警察署，警察看到車上的人是台灣人，馬上就開槍，分明是報仇！」

「你娘咧，警察一定是跟暴力團勾結！」

看過現場的學長、學弟吶喊，學生聯盟〔註二〕要負起說眞相的責任，告訴中華民國政府，

註一　新橋暴力團毆打台灣商人的事件：請參考附錄三。

註二　學生聯盟：請參考附錄四。

滯留在日本的中國人遭受到怎樣的委屈，使得編輯部的工作量瞬間增加不少。

澀谷警察開槍打台灣人，打破水缸屏蔽的幻象。台灣人好不容易在焦土拓荒出新路，撿拾任何能用的木板、木柱搭起一片片的露店，沿著鐵路軌道一路蔓延生長，像是發現丁點日照的豆苗，不顧一切地努力向著日光成長。

但是，槍擊輕易射穿了嫩莖，豆苗終究僅是作爲採收的嫩苗，無法在這片土地扎根壯大。

在新宿混了半輩子的郭頭家，聽到我打算回台灣的時候，差點把手中的扇子扔向正在搬醬油瓶的我。

「憑你現在的本事，你回台灣能做什麼？」郭頭家撐大閱歷無數商場的眼睛，指責我的才智比藏在天井的老鼠還低。手中的扇子隨語速加快，卻阻擋不了郭頭家噴出的口沫。

「阿雲，你自己也有察覺到吧？你最大的優點是能夠混入任何人種。這裡才是你能發揮才能的地方，美國人哪管你是日本人、中國人還是朝鮮人。」

幫郭頭家做事快一年了，我還是沒辦法習慣他叫我阿雲。

「比起待在這邊，回去幫國民政府做事，不是更好嗎？」

「結束戰爭的人是誰？是美國的原子彈啊！阿雲，如果連這個道理都推論不出來，我就不曉得你在早大都唸了什麼。」

這點郭頭家倒是說得沒錯，我在早大沒唸到什麼書，倒是很會隱藏身分，學東京人的腔調、裝束，代替愛玩的少爺去考試，成功讓學位證明書印上其他人的名字。

最先察覺我是假學生的人，是時常請我到食堂吃飯的學長。

他是學生聯盟的文化部部長，時常需要找人傾訴他與一名女給的感情困擾。

我曉得這是陪吃飯的代價，甘願吃白飯配學長的口水。只要時不時插幾句話，學長就會以爲找到感情的浮板，把我當成救命恩人。

「燦雲君是不是覺得，我不應該在靜子小姐面前刻意提到敏子小姐，是嗎？但我以爲這麼做，會讓靜子小姐更在意我。靜子小姐一直不明確告訴我心意，可是家裡一直來信催促我回家……」

「女人是激不得的。」我伸手拿起學長沒喝完的味噌湯，「我勸你，沒本事要到兩張船票的話，不如不要告訴任何一個小姐。好好的道別反而是折磨彼此。」

「我其實沒很想回去。回去能做什麼？學中文很痛苦，我看到投過來的中文稿，好想放把火直接燒掉，當作不存在。啊，燦雲君，你來幫我忙吧？」

我假裝沒聽到，繼續埋頭喝味噌湯，不划算的生意不做。

「你來當編輯部的編輯，我就包你的吃住。」

我馬上放下碗。

「好，成交。」

在我答應的那刻起，到底我是學長的救命恩人，還是學長手中的棋子，我已經不太會分辨了。

「這裡就是編輯部，請當自己家別客氣唷。」學長帶我走進學寮地下室，指著陰冷、堆滿滯銷月刊的房間說。

整間房中唯一的桌子上，放有一只木盒疊滿隨時都要垮掉的稿紙堆。瞥幾眼，看起來多半是瀰漫情慾的情詩，還有看不出邏輯架構的憤慨評論。

很好，我看得出來這是沒人願意做的工作。

「把木盒裡面的稿分成能刊、不能刊兩大類就好，剩下的工作就交給你的部員來編排。好啦，這邊就交給你囉，燦雲君。」

學長關上門，我立刻連打好幾個噴嚏。這裡的氣味讓我想起台灣的雨季。

我從沒想過這種爛地方，有天會有千金小姐走進來。

李小姐才是真正的早大文學部學生，總是一襲高雅的洋裝配皮鞋，我敢說她一定是名門閨秀。讓女兒選擇進大學，而不是結婚做妻子，表示女方家長對女婿的期望更高。

我們的第一次見面，她怯生生地走進學寮的地下室，纖瘦的腰繞過紙箱裝的印刷紙，問這裡是不是編輯部？

我推一推眼鏡，快速拿起一份稿子，腿蹺在書桌上。

「沒錯，這裡就是編輯部。請問要找哪一位？」

「我是來投稿的。」

她打開隨身的布袋，跟身上的洋裝有怪異的不協調感，拿出裡面的一張稿紙，放到桌上。我看一眼，是一首詩。

她後退半步，留給我時間讀完。我反覆在字句間游移，將腿放下來，端坐椅子，提起鉛筆，克制住筆尖細微的顫抖，鄭重圈出幾個字。

「這幾個地方，我覺得用詞不夠精確，看得出來作者行文的生澀感。這個地方的節奏感有點粗糙，有聽過堀辰雄嗎？我覺得他的主題跟妳有點相似，妳可以先看看他的作品。雖然有很多缺點，但是投稿總是需要很多勇氣，我相信經過修改後會是不錯的作品。」

我努力壓抑發燙的臉頰，語氣儘量顯得從容。其實我不確定換什麼詞才叫精確。其實自從幫人家代考之後，我的腦袋只記得堀辰雄的句子。我儘量擠出微笑，希望自己的無禮能稍微顯得禮貌。

聽完我的「解釋」，她立刻抽回稿紙。我不想表現出太過得意的神情，安靜地等待眼前的千金小姐準備面掛淚珠地奔離現場，我就能鬆口氣，減少為他人作品負責的壓力。

「能跟您借筆嗎？」

「什麼？」

她沒等我意會過來，直接抽走我握在手中的鉛筆，筆桿豎直得跟她的背脊一樣，然後選角落邊高度剛好能當桌椅的木箱坐下來，趴伏在木箱上修改稿子。

我故作鎮定拿起新的稿紙，裝作認眞整理、修改的樣子，祈禱她會耐不住地下室陳年的霉味，匆匆帶著稿離開。

編輯部總是收到一堆稿子，但是能登上月刊的數量有限，編輯與其做審稿工作，不如花多點時間在拒絕稿件，立場不能偏袒舊帝國主義，拒絕偏離人道主義的言論，挑出毫無根據的謠言，篩一輪下來，剩下的文章勉強足夠月刊的分量。

看完整疊稿子，我脫下眼鏡，搓揉發痠的眼窩，趁機瞄一眼千金小姐。沒想到她仍低頭，手中的筆沙沙地摩擦紙張，好像時間從未前進過。

那是我第一次察覺到，從過去到現在為止，我沒有享受過如此平靜的時光，好像有人終於調鬆了發條，周圍空氣的空隙終於能容納氧氣。她發現我正注視著她，那抹微笑讓我忘了我們是從西條八十，還是北原白秋，一路聊到橫光利一與川端康成。我沒看過她說的所有作品，但是我能從她的眼裡看見某個模糊的風景。

我以前怎麼從沒想過，平日腳踏的道路不是用來向前抵達某方，而是爲了享受與某人走過的路途，即使是盯著他留下的腳印，也能感到十分幸福。

最後我們趕上末班車的時間，她在車站改札口前停下來。

「那我明天再來吧，李君？」

她伸出手，表示要握手。

從那次之後，我們開始互稱李君。

在沒有上課的時間，她會背著異常破舊的布包，坐在固定的位置寫稿。不管學寮有多吵鬧，她依舊專注低頭，偶爾會問其他人渴不渴，她想去泡壺茶，讓腦袋休息一下。編輯部的其他人也開始好奇：她是誰、哪裡人、住哪一區？

「喂，燦雲君，她是你的親戚嗎？」他們不明白我們爲什麼互稱李君。

面對他人的疑問，我們都相視微笑，繼續並肩走一起。

我也好奇李君的眞正身分，她來自哪裡？在什麼樣的家庭成長？爲什麼會來東京讀書？要回台灣嗎？有婚約嗎？疑問包裹新的疑問，一直在我喉嚨裡滾動，好幾次就要衝出口，可是，一旦跟李君眼神交會，滾在喉間的疑問瞬間蒸空。我並不需要知道答案，才能跟她維持這段感情。

「李君，爲了自由，你願意犧牲多少？」她撿起地上的紅葉，我這才意識到秋季到了。

我不敢告訴李君，躲在地下室印出的文字，能撼動這個世界多少？大家不是都親眼見證了，天空閃過如細點的砲彈，能在片刻扭轉多人的命運。

澀谷事件過了兩個月，每當有人提起國民政府，大家已經會有共識地先不屑哼氣。學寮內開始有人鼓吹，把怒火轉移到美帝身上，目標轉向解放日本。有些人選擇加入共產黨，有些人想要儘早回台灣。每個人都得做出選擇，就算結果可能會背叛誰。

那晚李君頭髮披散，抓著我袖子的手異常冰冷。

我以爲那是求救的訊號，以爲能做一回英雄，拯救心愛的女人。

路燈下蛾群飛舞的影子，印在她的眼睫上。我問她願不願意和我一起逃離東京。雖然我不知道道路的目的地在哪，但只要有李君在身旁，光是行走在道路上就能創造出深刻意義。

李君聽到我的話，睜大眼睛。

「對不起。」她的手沒放開，只飄開眼神。

她說，她其實不叫李君。她眞正的名字其實是林李綉治。林是丈夫的姓氏。早在離開台灣的那刻起，她就決定好未來是跟隨丈夫留在東京。

原來那晚的秀髮還有蛾影紛飛的眼神，是在乞求我幫忙一起勸她的丈夫留下來，不要偷渡去中國投入戰爭【註】。

□

「阿雲，全部都有準備好嗎？」

「有啦，有啦，我一個人過去就好，頭家你留下來顧店吧。」

「爲什麼？幹，眞夭壽，你這個笨蛋，那個女人也要去？」

「李君主動說要替我送行啊，我能拒絕嗎？」

我以爲郭頭家要扔出摺疊扇，大罵我放不下對李君的情感，但郭頭家只是對著手上的木盒呢喃。

「唉，你這個人，沒救了。」他打開木盒，裡面躺著一條厚實的金鍊條。

「只拿一張假文憑回去太丟人，這條也帶去吧。」

「可是，那條遠超過我的工錢吧？」

「是一個瘦到全身是骨頭的寡婦拿來換白米的。哼，我才不要留著累積怨念，拿去啦！」郭頭家抽起鍊子，甩在我臉上，幸好我趕緊接住。

註　偷渡去中國投入戰爭：請參考附錄四。

我忍不住大笑起來，不理會郭頭家的白眼，對他鄭重地鞠躬。

「這些日子非常感謝郭頭家的照顧。」

我沒聽見郭頭家說什麼話，只有感覺到折扇的竹骨架輕敲一下我的肩胛，接著郭頭家的腳步聲挪移到了二樓。

□

其實我有告訴李君，不必出自愧疚認爲自己該做些什麼，我完全不在意，眞的不在意，請她好好保重身體，但李君還是堅持要來碼頭替我送行。

看到她穿著我們第一次見面的那套洋裝，我的心臟還是緊縮了一下。她照常稱呼我李君，我忙顧著保持臉上的笑容，制止自己習慣性地在她的眼眸裡尋找景色。

我問她怎麼來的？她指向車站方向，說跟丈夫搭車來，等等送完我就會去車站跟丈夫會合。

聽到她提起丈夫，我瞬間腦袋一片空白，不小心讓氣氛沉默下來。

「李君，妳覺得未來在台灣嗎？」

「什麼？」她愣了一下，睜大眼睛凝視我。

那雙眼眸的睫毛，還是能撼動我內心的焦慮。

她微笑，點頭。

「我相信李君會寫出你的未來。」

我還沒來得及問，我不知道她要我寫什麼，輪船突然響起衆人齊唱的〈螢之光〉，碼頭邊的人也加入合唱。歌聲帶著旅人退回戰爭前的日子，好像不過是出門遠行一趟，隨時都能再搭上同一班船回來。

我好像有些明白，那群士紳篤定我與他們會在某處相遇，是因爲我們凝視著同一張地圖。日本、台灣在同一張地圖，地圖看得見朝鮮、滿洲、平壤……地圖上的道路不會牽引彼此相互接近，但無論是準備從何處離去的旅人，總是有辦法相信，同一張地圖的我們，未來有天總能在某處相會的。

黑板的名字

一九四六年冬初
台北城太平町
聽唱盤的下午

原本輕柔的合唱歌聲停了。茶房【註一】有人點另一張唱盤，換成周璇高亢的歌聲穿梭在人群的談話間，共通的爵士旋律混雜中台日語的嘻笑聲。

一群記者擠在角落邊，圍聚一張小茶几旁，攤放桌上的茶水散發冷涼的色澤，三明治都完好無缺。我夾在前輩之中，不時推弄鼻子上的眼鏡，設法融入他們的話題。櫃檯邊的杏子一直對我使眼色，我刻意趁推眼鏡時捏一捏鼻梁，假裝對著畫滿符號的筆記本在想事情，迴避杏子的眼神。

「不然你們先提員林事件【註二】切入司法程序的問題，別讓他們找其他理由迴避。」

「好，然後你們可以緊接切入民主自治的問題，提民選地方首長。」

註一　茶房：請參考附錄五。

註二　員林事件：請參考附錄五。

「唉，我們差不多該散會了吧？」賴前輩指牆上的時計，「長官公署臨時通知各家報社，想必事先有準備，不會輕易回答這些問題啦。」

我忍住翻白眼，懶得戳破賴前輩的眞心話。他想的肯定是街邊的冰紅茶，才不是訪問工作。

「賴仔，那有什麼問題，請你們家陳主筆現在動動筆，晚上立刻刊出火力大開的社論，明天大家會準備好瓜子、茶水，等著看長官公署鬧笑話，哈哈哈。」

賴前輩趁舉起茶杯，閃過不屑的神情，其他人忙著低頭收拾東西，沒特別注意到賴前輩的表情。

「好了，燦雲，你先回辦公廳整理電訊，等我們回來可能有得忙了。」

賴前輩拍拍我的肩膀，跟著其他人離開茶房。餐盤的三明治、紅茶全部成爲我獨享的點心。我闔起空白的筆記本，伸手準備抓起食物。另一隻手立刻衝上前拍打我的手背。

「拿叉子啦。」杏子小巧的臉蛋鼓起雙頰，嘴巴噘得跟金魚一樣可愛。「哼，阿雲是討厭鬼。」

「噓，不要那麼大聲叫我『阿雲』啦。」我張望一下四周，確認前輩是不是都離開了。我可不希望以後，整間辦公室都阿雲、阿雲地叫我。自從郭頭家擅自叫我阿雲，我就發現我沒辦法忍受男人叫我阿雲。

「沒辦法啊，前輩都在討論公事，我怎麼可能叫他們分心去看小杏呢。」

「你去東京走一遭回來，只學會耍嘴皮嗎？」

杏子說完頭側向一邊，擺出最能彰顯鵝蛋臉的迷人角度，面對我舉起的寫眞機鏡頭。觀景窗裡的杏子，長有一張素靜如麵皮的臉蛋，換上什麼風情的妝容都特別耐看。

「你在東京會幫李小姐拍照嗎？」

「妳誰不提，就只會提到她。」

觀景窗內的杏子轉爲憐憫的神情。我沒按下快門，緩慢移開寫眞機，打算用手撥弄盤中的三明治。杏子再次拍掉我的手，滑坐到我身旁，整條手臂緊挃著我肩膀，我能聞到她身上的脂粉味。

「阿雲，很多事情本來就不會順你的意呀。」

「也不是那個意思。算了，跟妳說這些妳又不會懂。」

「阿雲討厭鬼。」

杏子溫熱的身體離開我的肩膀。剛好另一個侍應生送叉子來桌邊，我低著頭接過後翻弄已經零散的三明治。我常忘記杏子也是有眞實性格的女孩，尤其是面對我這種窮苦的男人，身上搾不出半點小費，卻還是願意陪我聊天。她反而比更多人知道我眞實的樣子。即使我拿著報社配給的寫眞機，坐在茶房裡蹺腳談天，我仍舊是當年替酒樓士紳跑腿的窮苦小孩，以爲努力打拚就能夠脫離痛苦，但現實的痛苦跟影子一樣，有光亮一照便會現形。

「對不起。妳說得對，我是討厭鬼。」

杏子伸出手掌，舉到我面前。「那你要送什麼給我賠罪？」

我揮掉她的手，切起盤子內的三明治，「送妳一個忠告，那個賴先生，妳千萬要離他遠一點，他不是什麼好人。」

三明治切開後，蔬菜切片跟餡料反而糊在餐盤上，看起來更凌亂。杏子一手搶走刀叉，俐落切下帶有完整麵包跟餡料的一口，送到我嘴邊，我不得不張開口。

「可是在我看來，賴先生跟你差不多呀，都喜歡在上班時間泡茶房，要不在外面閒晃。」

杏子原本還要餵我第二口。我退後，推開她的手臂，掛起寫眞機起身。

杏子露出意味深長的微笑。

「好啦，不打擾杏子小姐接待更重要的客人。」

「祝李先生上班愉快，慢走唷，我就不送了。」杏子從座位跳起，身影馬上晃進櫃檯後方簾幕遮起的後場。

我一個人推開茶房店門口，門在我背後啪地關上，懸在門邊的鈴鐺，晃動得像是譏諷的笑聲。

太陽滑落到西邊街屋的後方，將東側的亭仔跤照得白亮。我打著哈欠，伸直腰桿，跨上報社發的自轉車，在街道上滑過緩步的行人。

從靜修女子中學旁彎進田邊小路，遠方會看見兩層樓的低矮洋房，慢慢從黃澄澄的稻穗海中升起——那間就是報社。

報社周圍有矮松木環繞，前身是個日本官員的房舍，院外有間使用人的房間，現在拿來堆放用不到的家具，房內進駐報社的各種印刷機具、辦公桌椅，三天兩頭都瀰漫著菸味以及粗魯的笑話，早已將屋子原有的優雅氣息熏得走味。

每次推著自轉車走進報社大門，我還是會想起半個月前的自己呆站在門邊許久，遲遲不確定該不該走進去。自從回到台灣，就發現發布招攬新人消息的政府部門，看到實際有人來投履歷的時候，只會招招手表示台灣人員額就那幾個而已，下次要提早把握機會呀。想到當初問李君未來是不是在台灣，現在恨不得打自己巴掌，再把頭埋到土裡，最好一輩子不要見到人。問那什麼愚蠢問題。台灣根本比學長說得還慘，會講中文又怎樣，雇主看到應徵者不是外省人，好頭路的機會便關起門來。

報社的門口張貼應徵人員的單子：誠徵記者助手，歡迎二十至三十歲有志青年前來應徵，薪水可議。

我的手上拿著郭頭家幫我寫的推薦信還有假文憑。前進、後退都沒有路可走。

相信李君會寫出你的未來。

可惡，丟臉死了。

我硬著頭皮推開報社的門，沒有祕書小姐，沒有任何人在意有個陌生男人推開門走進來，整間屋子浸泡在陳年的菸味跟油墨味混雜的刺鼻氣體之中，害我忍不住一直咳嗽。我提振起精神，找到整間辦公廳桌子最大的人，然後邁開步伐，在埋頭寫稿、來回奔走的社員間穿梭，像自己也是其中的一員。我來到桌子最大的人面前，彎下腰，高舉自我推薦的信，滿臉通紅等待對方的答覆。

過了許久，對方吞吐地說他不是負責人，他只是庶務兼資財。

「小弟，你應該找那個許總編才對。」

他指向辦公廳最裡面的窗邊，有張小桌子堆放高過人頭的稿子，有個眼袋極深的男人埋頭拿著筆在稿紙塗改，上方的屋樑懸著寫有「時代證言」的大匾額，好像壓得男人挺不起來背脊。

那是我第一次見到許總編。我挺起腰桿，假裝剛才認錯人的意外不存在，再次高舉起推薦信，表明應徵記者助理工作的來意。我刻意想表現鎮定，但我的內心早就從頭涼到腳底，除了呆立在原地，我不知道該怎麼回應這個尷尬的狀況。

那時的許總編放下手上的紅筆，用沾滿紅墨的指尖往旁邊一指，要我跟他進去一間有厚重木拉門阻隔的倉庫。我們在堆滿紙張跟墨水的層架之間面試。

「我們的待遇不算高，你知道吧？」

我懶得糾正，傳單根本連待遇多少都沒寫。

「我不想考教師。反正薪水還不是比外省人少。」我說謊。

許總編質疑的眼神從假文憑後露出來。

「早大文學部？」

我點頭，「不過我還會說中文，嗯，會寫中文。」

許總編按照假文憑原本的摺痕將它折起，收進口袋。

「你走進來有發現嗎？報社不是教育機構，沒有人會去理會一個陌生人走進來想做什麼，因爲眞正重要的事情每天都在發生，每天有上百則電報稿傳來，如果沒有人整理它們，外面的人就會蒙在無知裡。我們要做最正確、最即時、最重要的事情，比你桌上放涼的茶還重要，你能理解嗎？現在請你回答我，你有辦法把外面那堆電報稿整理成能上稿的狀況嗎？」

「我不知道。」我腦袋瞬間空白，不小心講出眞心話。

於是，我當天直接從倉庫走出來，開始第一天在報社的工作，那天我也忘記提醒應該算工錢，一心只想要把桌上疊得比頭還高的電報稿分類、重新寫成字數恰當的稿子交給許總編。下班後，庶務要我塡人員資料，我才意識到自己順利錄取了。

進報社之後，我的工作其實沒有太多機會用到中文。白天我負責當賴前輩的助理，掛著比自己身價還高的寫眞機，在街上閒晃記錄「新聞」、「歷史」，套用許總編頭上的四字箴言「時代證言」。

透過寫眞機看出去的街道，有城內男人、女人的笑靨，撐開爲度日而勞累的僵皮，由我替他們決定用何種表情烙在底片上。每拍完一卷，我就交給庶務，收在櫃子裡。瞄一眼拉開的抽屜門，裡面累積好幾卷底片，天知道有沒有機會被沖洗出來。儘管底片燒錢，許總編相信，報社一定能茁壯到出產印有寫眞的報紙。在那天來臨前，記者有責任做好記錄的工作。

要不是爲了薪水，我肯定不會繼續待在空有理想卻不懂得做生意的傢伙身邊。老實說我不在意報社的興亡，我只想得到人脈和機會就迅速脫身，偏偏賴先生不給我半點機會認識任何重要人物，他是個保守的懶鬼，靠打聽路邊小販的消息，草草寫幾行字，要我代替他進辦公廳產出一篇文章。

「不要那麼認眞啦。同一則新聞誰來寫不都是一樣？衆人共同相信的版本，就會是事實啦。」

賴先生接過小販送上的冰紅茶，示意我滾開，別打擾他讀小說的快樂時光。

通常我獨自晃回辦公廳的時候，牆上時計已經指到四點鐘，充滿忙碌的交談、走動聲。外面跑新聞的記者都陸續回來，屁股黏在座位上忙寫稿，準時送給許總編批改。

從樓梯口這端，我一眼就望見桌上堆滿等待我來整理的電報稿。坐我對面的小林窩在紙堆後，注意到我走靠近時，抬起長滿面皰的臉，推推厚重的眼鏡，但眼鏡還是滑了下來。

「燦雲君，你去哪裡了？」

「抱歉、抱歉，外面有事情耽擱。」我不敢看他那些即將爆發的面皰太久，「下次請你吃米篩目，好嗎？」

「許總編在催了……」小林壓低音量說，匆匆瞥一眼許總編方向，像看到貓的老鼠一樣豎起肩膀，再次躲回紙堆後方。

小林早就改成中文名字，但我還是習慣叫他舊名。他站起來的個子分明比我高，但是站得像貧弱的樹苗，讓人擔心熬不過颱風天，而且膽子出奇得小，一丁點嚴厲的眼神都可能害小林停止呼吸。

我趕緊捲起袖子，接手桌上還沒處理的電報稿件。報社收到的稿件常有漏字或錯字，我們得幫忙理順前後句的文字，整理、翻譯成正常的新聞稿，然後填上我們自創的吸引人標題。標題就是記者助理唯一能發揮的創作。

報社所有的稿子都要交給許總編的紅墨筆字審判生死，筆尖讀過的痕跡，留下螞蟻大小的紅斑，直到筆尖碰到看不慣的段落，用激動的紅圈來表達質疑，完畢後扔到腳邊的木盒，大概十分鐘後，庶務就會拿起一張張稿子喊名字，要人拿回去重寫。

我看穿報社的無聊遊戲。不管許總編的眼袋被劣質文字壓得多沉重，他也改變不了消息的生死時限。每分每秒，都有新的消息蹦出來。舊的不馬上送出去，新消息便會過期。因此，不管手上稿子的文字多麼粗糙，該上刊的新聞還是得上刊，寧可丟出品質不良的文章，也不想錯失街邊人們流行的閒談話題。

何況，所有的報導都只是作陳前輩社論的陪襯罷了。

自從我發現這件事情，我便領悟到稿子越早交越好，根本不必在意許總編怎麼看待那些稿子。反正不管寫好寫壞，許總編依舊會扔進退稿箱。其實不光是我發現這個運作法則，年紀較長的社員，包含賴前輩在內，早就曉得不必太過認真看待手上的稿子。時間一到，在時間內把寫有文字的紙放進木箱子才是最要緊的。

我拿著寫好的稿，按照許總編桌上用地區來分類的箱子放置，盡了領這份薪水該盡的多數本分，不多一分，不少一分。

正當我準備轉身，留意到有個細微的聲音環繞在許總編周圍，好像距離很近，卻又很像距離遙遠，有點像誰拿著鋼筆，用穩定的速度割劃著紙張纖維。張望四周，不可能是許總編畫圈的筆畫發出的聲音，也不像坐桌邊的社員，絞盡腦汁設法在紙張寫下文字的節奏。那個劃破纖維的速度，那個人的寫稿聲，聽久了便覺得像無情的機槍，完全不需要思考或猶豫。

我發現聲音是倉庫傳來的。

那間倉庫正是我面試那天進去的倉庫，厚重的木製拉門原是要阻擋社員擅闖偷拿珍貴稿紙，但是有心想偷拿還是找得到機會偷混進去，拿到全新的紙張。

突然，我感覺後脊有人對我吐氣。轉過頭看，是矮小的庶務。

「站在這邊看什麼？反正你不會有那個膽在陳前輩面前偷稿紙吧？」庶務不屑地說完，轉頭撇下呆愣的我，抓起木箱中大疊被退的稿件一個個喊名字。

我退回座位，手肘輕碰小林，示意倉庫的方向。

「喂，陳某人又躲在倉庫寫稿。」

「不要推我！我差點寫錯字。」

「喂，你覺得陳前輩今天為什麼要進來？他平常根本不進辦公廳。」

「你管那多做什麼啦？是有比陳前輩厲害嗎？」

「林——文——勝——」

庶務一叫到小林的名字，小林趕緊閉上嘴巴，臉色蒼白地站起來，努力站穩腳步去拿回稿紙。小林常嘮叨說絕對不能喪失這份工作，家裡的父母兄弟姊妹都仰賴報社的薪水供應。他也時常懊惱說，當初為什麼要唸商科，早知道就選工科，就算換政府，所有的馬達、自轉車還是會壞掉需要人修理。

眞是無聊，小林怎麼就看不懂，報社運作的一切都很無聊，一點意義都沒有。報社從上到下，大家只認得陳前輩的社論，所有報導的刪改，僅是騰出字數空間留給陳前輩的社論罷了，根本不會有人在意文筆。

陳前輩、陳前輩，大家總是這樣稱呼他，但整間報社沒人知道陳前輩的姓名。

報社樓梯旁的牆壁掛有創社元老的合照，包含我從未見過面的王老闆，坐在寫眞正中央，全套的西服，拄著手杖，一副標準的有錢士紳模樣。站在後排的陳前輩戴著巴拿馬帽，臉頰細瘦狹長，特別的是有雙細長眼睛，凝視著寫眞外的世界，似能劇面具有不問世事的穿透力，凝視久了會讓人不自覺顫抖。陳前輩脖子掛有一條暗紅色的圍巾，有隻手繞過圍巾搭在他的肩上。順著手的方向找，手的主人居然是難得露出笑容的許總編，眼神清亮，沒有沉重的眼袋。

寫眞裡只有他們倆有肢體互動，看起來是要好的朋友，最下方寫的日期是昭和三年，相館的名稱看不出來是日本還是台灣。

沒有人眞的知道陳前輩是誰，但是大家相信陳前輩代表著報社。

通常陳前輩出現的時間不固定，有時還沒脫下帽子就完成交稿任務，影子消失在堆滿紙稿跟油墨的報社樓房。

「四點啦！四點啦！」庶務揚起短小的手臂，扯開喉嚨喊。樓上輪轉機運轉的聲音，震落天井（天花板）的粉塵，許總編頭頂的四個大字「時代證言」跟著抖動起來。

報社最忙碌的時刻即將開始。

每個記者助理立刻終止手邊的工作，撐起笨重的身體，捲起袖子，捲得越高越好，再穿上沾滿油墨的圍裙，走上二樓。樓上原本應該是一間間的臥房，原本床鋪、櫥櫃的位置，被鉛字櫃、鑄字機，還有黏著油墨的雜物工具櫃取代。樓上的窗戶只設單邊，沒辦法通風，印刷的油墨跟鉛粉瀰漫在空氣中，惹得我很想揉眼窩。字盤已經裝好，負責送紙的人站立好位置，謹慎地將一張紙送進機器，在巨大的運轉聲旁反覆檢視試印的成果，確認沒有錯字才開始送紙。

我跟小林負責把印好的報紙堆疊好、捆綁起來，送到樓下門口邊等待的送報員。即使身上穿戴圍裙，衣袖邊還是會沾染到油墨，又要浪費石鹼花時間搓洗。

送報員收到報紙堆，俐落綁在自轉車的鐵架，固定好報紙，推起自轉車滑個兩、三步，迅速離去。我們滿頭大汗目送他們離開，終於能感受到微小的涼風吹拂顏面。一天結束了，終於可以下班好好休息。

「大家等等，總編有事情要宣布！」

庶務站在門口，踮起腳尖朝已經騎上自轉車的員工大喊。我們幾個人按捺內心咒罵的聲音，拖著腳步回到屋內的走廊，煩躁的議論聲被封裝在不通風的走廊，發出陣陣汗水酸臭的味道。

「噓，總編來啦。」有人小聲輕呼。

人們的討論聲音逐漸收起，好像有人瞬間吸光聲音，留下許總編一人疲憊的步伐聲朝我們走來。吵雜的聲音消失了，屋子混雜汗水、菸草還有油墨的氣味則被逐漸放大。

許總編走上樓梯間，背影剛好蓋住那張合照，沉重的眼袋卡在無神的眼睛底下。

「今天，我們報社成立就要滿一年了，回首每段銷售的成績，代表著各位背後付出的辛勞，各位辛苦了。」

沒想到許總編的聲音意外有力量。人群中三兩道掌聲冒出來，帶動其他人一起鼓掌。

「他是指陳前輩前天寫的社論〈員林事件論政府濫權〉。」賴先生小聲在我耳邊說，鼓掌的聲音最爲響亮。

「社長沒辦法親自到現場，感謝諸位平日的辛勞，先跟各位說聲失禮。還請各位不吝惜賞光到新中華大酒家[註]小宴……」許總編的聲音瞬間被大家的歡呼聲淹沒，小林擠在厚重眼鏡中央的小眼睛，跟著嘴角抽動迷離的神情，我頭一次在報社看見他溢出幸福的表情。

天色已轉變成藍靛色，準備進入黑夜。行人及自轉車紛紛擁出報社，朝酒樓的方向出發。我轉身要走出報社時，有人撞了一下我的肩膀，一個頭戴帽子的身影迅速閃過，在我視線跟上之前，那道影子閃進倉庫，僅剩下厚重的木門擋在外面。

我努力轉著腦袋。那個身影應該是陳前輩吧？

「走啦。」有人勾住我的脖子向後拉，「讓陳前輩顧家吧，趕快走啦。」賴先生還沒喝酒，聲音已經像是酒醉。

我隨便附和幾聲，趕緊走到他前方，掙脫他想拉攏師徒關係的意圖。

跨上自轉車，踏板來回地上下轉動，幾乎不用動到大腦，就能感受身體順著道路起伏往前邁進，但誰眞的知道會前進到哪裡？或者，根本沒有在前進？地圖的道路故意讓人以爲會通往某個目的地，人要到晚年才會看穿地圖的詭計，原來到頭來都被困在同一張地圖。

要是留在原地呢？

我的思緒忍不住飄往倉庫的畫面。報社晚上沒別的事情了才對，爲什麼那個只會關在倉庫寫稿的傢伙還留在裡面呢？

寬敞的中山北路被我們的自轉車隊佔據，像是一群囂張的學生，沿路吵鬧到太平町。坐

註　新中華大酒家：請參考附錄六。

後輪鐵架的人，還沒等車停下就先跳下來，搶著衝進酒樓，只爲了搶先看見店內的艷影。

這間不是我小時候工作的那間酒樓，甚至可說比當時那間還要豪華。穿旗袍的侍應生熟練地挽起社員的手臂，帶我們進入屋內最裡面的房間，裡面完全聽不見外面的聲音。服務生不間斷送上鴨肉、螺肉、魚肉，大家的嘴巴只顧著吃，沒人有空問從哪裡買來高級品，好像政府的經濟食堂禁令不存在般。許總編坐在正中央，手支著下巴，在鬨鬧的場合顯得突兀。

有人大聲敲玻璃杯，要大家安靜一點，許總編要開酒了。

許總編起身，席間的人屏住氣息，專注看著許總編手上的紅酒。軟木塞拔下的瞬間，酒氣鼓動鼻腔內的每條神經，大家撐大鼻孔，努力吸食許總編手中酒瓶內的香氣，無論是好酒還是壞酒，就是酒啊。

酒滑入身體後，沒有人記得清楚此刻與過去有多少差異，我們好像仍活在以前的年代，大聲唱起日文版的〈蘇州夜曲〉【註】。前輩倒酒的時候，叮嚀我們穿著衣服的酌婦可以接近，但看見裸體的酌婦要趕快跑。

捧肚大笑的我們，好像都忘了外面的世界早就沒有酌婦，沒有討厭的警察大人。我們沉浸在荒廢的時光，酒醉的腦袋跟炸掉半邊的總督府差不多，再怎麼殘破，日子還是要過下去。

看來無論是哪個時代，城內不缺少買醉的人，逃避家庭、逃避戰爭義務。

還沒到午夜，一群人半個身體躺在亭仔跤。我喪失從包廂走出來的記憶，仰望屋簷外的夜色如墨般濃黑，找不到半點星光跟月亮。我摸一摸鼻梁，確定眼鏡還在。

附近的人踢了我的頭，我不管是誰先揮一拳過去，打完才發現是小林，分不清他是醉得沒意識，還是被我打昏的。我拍打小林的臉頰，他毫無反應，看來只能小心調整他的脖子，讓他的頭靠在柱子旁邊，免得被人或車子輾到頭，然後牽起自轉車，獨自散步回家。

街道的路燈，瞇在眼縫裡變成飄浮的火球，無論面向哪個方向，看起來都一樣。我站立原地休息，用力搥胸口，阻止胃裡的東西吐出來，這時我才發現，口袋的重量感覺跟平常不一樣。

我的心臟停止跳動，發現皮夾不在口袋裡面。

我敲著混沌的腦袋，努力思索最後看見皮夾的地方，大概只剩下報社，但是我不記得有把皮夾拿出來，除非不小心掉出來，但到底怎麼會掉出來呢。

我努力辨別街景的樣子，朝報社的方向出發。走了半天，路似乎沒有前進，我決定騎車，迎著風在無人的街道馳騁。風吹散頭髮，感覺世界還是停留在過往的時間，沒有前進也

註　蘇州夜曲：請參考附錄八。

沒有後退。突然覺得，世界是不是忘了時間，遺失在滿布星點下的明治橋。我閉上眼睛，再張開，我意識到自己早跌坐在燈柱底下，趴倒的自轉車空轉著輪子。下一秒，嘴巴跟身上全是嘔吐物，我在路邊吐了。

慘了，現在的我，恐怕連走路回家都有困難。

胃一陣一陣地擠壓出酒樓的昂貴食物，經過消化液的浸泡過後，高級的肉類全散發同一種酸腐氣味。

在我昏沉的視線裡，有雙腳走過來。我抬起頭，從帽子外圍輪廓判斷，看起來有點眼熟。他修長的身體折半，彎下腰俯視著我，臉埋在路燈光線之外。

是陳前輩嗎？

「你叫什麼名字。」

我瞇眼，努力想看清楚他的輪廓，但是內容物是一團漆黑。

「我……」

話還沒說完，胃袋內的食物再次衝出喉嚨，我跪在地上嘔吐，鼻水及眼淚橫跨在我臉上，沒辦法看清楚陳前輩的表情。我只感覺到有隻手，輕拍我的背部，等待我反射性地將一切吐出來。

「全部吐出來吧。」

我忍不住了，下頷的肌肉鬆開，全身本能性地痛苦發抖。

——你以爲你是誰啊，躲在倉庫寫稿算什麼，你付錢給社長嗎，憑什麼每次都有你的版面！

那句話到底有沒有從我的口中逃脫，我已經沒印象了。我記憶的最後畫面是人力車夫綁頭巾的腦勺，後來就是我家的屋樑。到底我怎麼進入家門口、倒在堆積竹子氣味的屋裡，整個過程我全部不記得。黑暗中聽著家裡時計的齒輪聲，墜入死寂的睡夢中。等我稍微清醒，看見長髮披散的姊姊跪在旁邊叫醒我，時間是早上四點鐘了。

家裡的櫃子、牆上的寫眞，浸在剛發亮的世界裡，看起來好清新。

「阿雲，好一點了嗎？」

一塊熱毛巾貼到我的臉頰，姊姊用我熟悉的力道擦拭我的臉，我努力想掙脫她。

「沒想到你也會喝成這副德性，別以爲長大就可以亂來。」

「好了啦，我自己擦。」我搶走姊姊手中的毛巾。

我發現身上的衣服已經換成乾淨的汗衫。我驚坐起來，沒想到頭痛得像是要爆炸，我不得不彎下腰。

「你爬起來要做什麼？」姊姊邊倒熱茶，邊揚起眉毛。

「我的，皮夾……」我咬緊牙擠出字。

「我放在你桌上啦。欸，那個女孩子是誰啊？長得很可愛喔。」

姊姊把熱茶湊到我嘴邊，蒸氣熏走酒精的噁心感。等我接過茶杯，她收走毛巾，起身準備走到炊事場。

「姊姊？」

姊姊回頭，頭髮披蓋在疲憊的臉旁，看起來睏意尚未褪去。

「算了，沒事。」

「什麼啦？快點說！」

姊姊不打算放過我。我假裝不耐煩轉過身。

「對不起，我沒賺到錢就回來了。」

姊姊趁我沒防備的時候，戳我的肚子。

「阿雲，我很開心你回來了。阿爸已經出去找竹子了。」

阿爸根本不想要我回來。

姊姊已經走到炊事場，沒聽到我的嘟噥。

柴火的香氣慢慢瀰漫屋子，蓋過青竹子的刺鼻氣味。

我撐起一邊的身體摸索桌子，打開皮夾檢查，金鍊條確實地躺在李君的寫眞旁，但是旁邊多了一張折疊的字條。

時間會推向我們相遇的那天。

不行，我還是想不起來字條怎麼來的。我倒在姊姊鋪好的床被，懊惱沒趁機告訴姊姊，求她不要再爲這個家耗盡青春。我有金鍊條，不怕找不到好人家。我在腦中反覆琢磨姊姊會推託的藉口，我要怎麼逼姊姊放心，我們對話的畫面隨時計的節奏敲擊腦袋。

等我再次張開眼睛，已經是下午四點。

我居然還沒到報社。

下午四點，掛在牆上的時計還在運轉，齒輪的聲音如往常運走。照慣例來說，現在的我應該要在報社二樓，跟瘦弱的小林聯手抬起千份報紙，交給送報的人。

可是，我的關節不聽使喚，從袖子掏出手臂的穿衣動作，慢得像卡在映畫膠卷的影格。

不行，我用冷水拍打雙頰，命令自己清醒一點。鏡子裡的我，看起來比平日還要模糊。

我拿起掛在旁邊的毛巾擦拭臉，毛巾卡有姊姊慣用石鹼的氣味，但卡在布纖維的竹子氣味還是去不掉。

原本堆在炊事場的大竹簍已經被載去賣了，剩下還沒收邊的小竹簍放在熄滅的熱灰旁乾燥。從我回到台灣後，父親的膝蓋不再需要爲茶葉賣命，吃完晚飯常一句話也不說地蹲坐爐子旁，編織竹簍好幾個鐘頭。聽姊姊說，他甚至連酒都不太碰了。

我用力打醒自己的臉，跨上自轉車出門。沿路的景物似乎也比平時遲緩，人的行走、車子的移動都是可被分解的動作，卡在時間構成的畫框。順著平時上班的路線，橫跨河面的明治橋就在前方，要是再繼續騎下去，我就會如計畫抵達報社，就會看到許總編坐在堆積稿件的辦公廳。

算了，我不知道，我不想知道。自轉車帶我跨過明治橋，報社就在那個熟悉的轉角巷子裡。天氣非常悶熱，但我的身體格外冰冷。我加快踩踏的腳步，車輪漸快飛轉起來，血液跟著有節奏地在體內流轉，路邊人影糊成彩色的光影，聽到有人大罵騎車當心點。

我的心臟狂亂地在體內蹦跳，隱約的不安、興奮與宿醉在身體鼓動。我要是失去報社的工作，在這個地方還能做什麼呢？李君還會相信，我會寫出自己的未來嗎？

城內的微風，夾帶晚飯的氣味。我發覺自己的肚子確實餓了，氣味引領我來到圓環，傍晚開始聚集下工的工人蹲坐在旁邊，啜飲端在手上的熱湯。

我張望一下周遭，尋找父親跟姊姊的身影。

這個時間點不只有工人，還有許多剛下課的學生，像麻雀徘徊在兜售甜食的攤販周圍。

「身上有錢嗎？沒有的話趕緊回家幫父母做事，不要鬼混！」一個賣糖葫蘆的小販張開手驅趕一個長得矮小的男孩。

豔紅閃亮的糖葫蘆讓男孩離不開，他克制自己別伸出手抓糖葫蘆，只能定站在攤販的旁邊，手指放在自己的嘴邊，用眼神想像吃進嘴裡的滋味。

「旺仔，邊角料要不了多少錢。」

我順著聲音來源看過去，想不到說話的人是父親。

小販旺仔搔搔頭，揀一塊做壞的糖葫蘆給男孩。晶亮的光澤，撐大男孩的眼眸，他一口塞入嘴裡，將手中把玩的紙鶴送給小販，翅膀還看得見課文的國語字。

男孩鼓著腮幫子溜走，幾個看到的小販互視而笑。

「死小孩，肯定上課沒認眞上課。李仔，不是每個人的孩子都像你家的大學生，會讀書又孝順。咦？那是你兒子嗎？」

他們瞬間轉向半隻腳已經跨上自轉車的我。

可惡，我逃跑失敗了。

另一邊坐在草蓆的姊姊抬起手，示意我坐到父親旁邊。

我對他們點頭打招呼，刻意忽略臉已經漲紅的父親。

「李仔，你兒子來探望你啦。嘖，難怪你一臉得意。」

父親板起面孔，收起剛才同情男孩的慈父樣貌，低下頭繼續編織小竹簍。換姊姊漾起溫柔的笑臉，繼續招手，招呼小販一起來草蓆坐。

「聽你阿爸說你在報社當記者，是不是？」

他們突然問，我愣了一下，點頭。

小販們眼睛亮起來，拉著椅凳往我靠攏，有人端來杏仁茶，吵著要優先告訴我「新聞」。另一個人不甘心，遞過來熱燙的肉圓。他們爭吵誰有資格先報消息給我。

「大家都有機會，一個一個說，一個一個來。」我順著氣氛打起圓場。奇怪，我根本沒辦法幫他們寫，我不知道自己爲什麼要鼓勵他們。

「杏仁茶都涼掉了！我先講啦，我先！」

肉圓小販說完，忙著分送肉圓給聽眾，群眾立刻支持肉圓。

杏仁茶小販用力地坐在板凳，正對著肉圓小販，挑釁地抖起腿。

眾人安靜下來，等待肉圓小販開口。

「之前啊，我有個熟客在日本時代就在當警員，經常下班來吃肉圓，匆匆吃完就匆匆離開，話不多，我也不太清楚他結婚沒、他住哪裡、他在哪個派出所……」

「拜託，講重點啦！」眾人抱怨。

「好啦，我要講了。有一天，他吃完還不走，我肉圓都賣完，東西全都收拾乾淨，就剩他手中的那碗，而且他第一次只咬了一口，沒有吃乾淨。我坐在旁邊看報紙，等到路燈亮了，他的肉圓還是沒吃完，看起來也不打算離開。我沒辦法，不得不趕他，結果他居然哭起來。一個大男人在路邊大哭，我頭一次遇到。我問他怎麼了？他說……」

大家安靜，等肉圓小販繼續講，小販換上嚴肅的表情。

「我記得他這樣說。他說以前有個教師叫田中先生，他會把所有學生留在教室，要全班在黑板上寫上『名字』。他說：『如果田中先生回來，黑板上還沒有名字，全班都要接受懲罰』，所以大家都有默契，永遠都會選同一個同學……」

小販停下來喝口水，嘴巴便不再開啓。

「然後？」眾人鼓吹。

「我不知道。他還沒說完就走了，後來我再也沒見過他。」

其他人咒罵幾聲，收起椅凳離去。

我停下速記的手。這篇故事根本稱不上什麼新聞，頂多是投稿的有趣雜文，但報紙版面有限，怎麼樣也不會輪到這篇沒頭沒尾的小報消息刊報。

肉圓小販瞪大眼睛，盼望我說點什麼，我掛著淡淡的微笑，不知道該如何輕輕放下小販的期待才好。每日爲銅錢奔波生活的市井攤販，要是有自己的故事登上報紙，就能每年過年跟親友大肆炫耀。小販看我說不出話，內心的希望似乎燃得更旺，張開嘴打算繼續說服我。

正當他吐出聲音，瞬間被圓環突然颳起的風給帶走。我沒聽見他說什麼，只看見無數片攤販的草蓆掀起，大家驚呼一聲。

我看見圓滾的竹簍滾到腳邊。回頭張望，數個不同大小的竹簍滾著圓圈，四散在圓環各處，感應著風的力道，時而滾，時而停下，時而後退，一些人幫忙追逐起竹簍。

後方突然傳來響亮的巴掌聲。

披散頭髮的姊姊倒在空推車旁，掩著半邊的臉。

在我意識過來前，我已經跳到父親面前，阻止他再次搧姊姊的面頰。

「廢物！全是廢物！你來做什麼！」

「現在你眞面目才露出來？剛剛裝什麼慈父，可笑！」

父親高舉的手改抓住我的領口，我感覺動脈被擠壓得跳動更劇烈。

「阿爸，不要生氣啦！不要生氣啦！」

姊姊試圖擋在我跟父親之間，用力想拉開我們糾纏的手臂，但無論她如何哭喊，我跟父親的雙手早已像緊纏多年的樹枝，誰也不願意做先鬆開的一方。

「你到底回來做什麼！不去工作，還學阿舍（紈褲子弟）遊蕩！」

「我倒是不知道你這麼慷慨，邊角料隨便送給陌生小孩都不用算錢。」

「幹！」

父親揪在我領口的手，往上挪移到我的脖子，指甲掐進我的肉。我繼續盯著他的眼睛、脖子，看他的鼻孔及瞳孔打開，飽含焚燒的怒火，那是從小就看慣的危險警訊。就算他打算把我掐死，我還是打算一直盯著他看，不打算逃開。

「你、想要我消失、直接說啊。」我擠出最後的氣絲，湊成一句話。

我看到他眼裡的怒火敷上一層水澤，粗壯的指節一個個泛白，鬆開，我再次吸得到空氣。

「幹，沒用，眞的是沒用，為什麼要回來！」

突然間父親忘了要施力，輕易地讓我推開他。我忍不住跪地，猛烈咳嗽，任由姊姊不斷安撫我的背，像在照顧無助的孩子。

我不是小孩子。我不要當小孩子。

我躲避姊姊的手，硬是撐起身體，抓住自轉車。

「你記清楚了，李燦雲沒有回來，李燦雲已經死了，消失了。」

我一腳跨上自轉車，離去充滿甜膩與肉味的圓環，車速飛快得將零件震得吭吭作響，掩蓋後方姊姊的叫喊聲。

回家的路斬斷後，道路騎起來卻更沉重。

路燈不知什麼時候亮了，前方就是明治橋，橋面微小的震動，感覺得到底下基隆河沖刷的力道。

該不該過橋？過了橋能去哪裡？我現在在地圖的哪裡？我佇立在路燈底下，腳一停下來，痠麻感立刻攫住肌肉。

不如就去報社吧。我決定掉頭，往報社方向騎去。說不定會遇到許總編，好好地道歉，應該有機會保住工作，總之先走一步算一步吧。

來到報社門口，一樓的燈還亮著，搞不好許總編還在裡面。我蹲坐在花圃，整理自己的呼吸，緊抓著胸口的皮夾，腦中閃過各種道歉說詞。

偏偏這時的肚子叫起來，剛剛實在是不該隨便浪費體力，車子騎那麼快做什麼。我不知道理智能保持到什麼時候，說不定我會餓到頭暈，立刻把金鍊條當掉，拿姊姊的未來換取短暫的食物。

幹，我到底在做什麼，我怎麼這麼沒用。

蹲在報社的花圃，我才發現這裡的草地意外整齊，大家每天那麼忙碌，有誰能照顧這些細節？難道是拍總編馬屁的庶務嗎？報社應該沒多餘的錢能請人割草，而以庶務的個性，更不可能親自做割草工作。

這間報社還有太多我不知道的事情。我以後的生活重心，就要變成這間報社了嗎？

唉，前提是我沒被報社開除的話。

正當我決定起身，鼓起勇氣走進報社。有一個身影從門廊跑出來，向花圃的我前進。對方的身形中透出帽子的形狀，在那張看不見五官的黑臉裡，我感覺到對方的凝視。

「是陳前輩嗎？」

對方沒有回答。

瞬間報社的燈被切斷，對方的輪廓跟黑暗完全融合。我只聽得見自己的呼吸聲。

「走，時間到了。」來自對方的方向說，馬上有隻冷涼的手爪圈住我的臂膀。

我想起皮夾裡面的奇怪字條。

「等等，字條是你寫的嗎？」

對方不顧我的遲疑，硬是拉著我的雙腳在濃黑中行走。

我也不知道爲什麼，我願意跟著疑似陳前輩的影子走。

黑暗讓人失去方向，無法確信手腳、頭身的位置。途中我感受到草葉掃過腿部，腳下鬆軟的泥土地承載我們的重量。我跟隨那隻陌生手的暗示，趴伏在地面，穿越黑暗的草原。遠方有水流聲愈來愈接近，冰冷的水氣跟著鑽進骨頭，但那隻手仍保持同樣的速度，拉我不斷前進，不容許有遲疑的時間。

直到我看見返照岸上燈火的波光，我慢慢學會待在黑暗中凝視明亮的物體，我終於看得見陳前輩的人影，頭戴帽子的高瘦男人，捲起袖子撥開蘆葦叢，拉出一艘竹筏。

「跳上去。」

「等等，你到底是不是陳前輩？」

影子只傳來笑聲，被河水的沖刷聲打得粉碎。

——這是你最後的機會，能跟過去徹底斬斷。

好一陣子，我只聽得見基隆河沉悶的水聲，撞擊腳邊的卵石，細微的震動在腳底下鼓譟。我不知道自己在等待什麼，也許是希望有人阻止我，不要輕易踏上那艘竹筏，天知道會帶我去哪裡。

——從現在開始，李燦雲已經不存在，你是無名之人。

是嗎？

——你將擁有從頭的人生。

我想要從頭的人生嗎？

影子已經跳上竹筏，隨河水逐漸漂移。

我閉上眼睛，奮力跳向陳前輩，在落水前的瞬間，遠端的橋及燈光在眼底掀起波盪，河水的味道滿是污濁的腥味。

防空壕

一九四七年春末
安雅（與那國島）到石垣島
危險的豪雨

船隻浸泡在深夜的汪洋，漁師再次啓動引擎，晃著滿是泡盛氣味的船隻，悠緩朝島的缺口接近，像是準備緩慢送進巨人的口中。

「少年人，給漁師的禮物準備搭？」講話語尾習慣加「搭」的男人，笑得露出兩顆尖銳的虎牙。

我點點頭，摸索身上的皮夾。他們大笑，再次舉起黑藥丸在我眼前搖晃。

船底傳來摩擦東西的聲音。黑藥丸掉落，體格較小的男人咒罵，引擎再度關閉，亮起油燈，光照亮周圍的岩塊，布滿遭海洋舔蝕出的洞穴，陷成駭人的深洞。海岸線離船隻目測至少還有十町以上的距離。

「都南到了，錢。」

他們分別交給漁師兩大麻布袋。漁師打開，裡面有玻璃罐撞擊的聲音，他的笑容跟著聲響撐開濃密的鬍子。

「少年人，有機會再見啦。」

等漁師點頭，兩名台灣人跳下船，兩粒頭顱漂在漆黑的海中游向島嶼。黑藥丸滾到我的腳邊，船上剩我一個外人，琉球人的眼睛全黏到我身上。

我掏出口袋裡的皮夾，拉起金鍊條，在黑夜的海上抓不住任何光芒。

漁師皺起眉頭，嘴巴縮回濃密的鬍子裡鼓動著腮幫，像是隔空咀嚼我手中的金鍊條。

「我想跟他們一起下船。」

琉球人沒理會我，用我聽不對的語言激辯，不時怒看那條鍊子。我的心跟著黑藥丸滾到船邊，或許我早該把藥丸吞下，免得擔心走私的漁民把我丟到海裡餵魚。直到鬍子漁師吆喝一聲，海面似乎顫抖了一下，那些琉球人抖抖肩膀，蹦地跳下海，游向巨岩的島，一顆顆腦袋離開油燈能探照的視線。

剩下一盞油燈，照亮漁師滿臉的鬍子。我讀不出漁師的想法。

「好，走。」

「走？」

引擎發動，船身傾斜，海水微微潑上船板，我們逐漸遠離島的巨岩，朝無際的大海前進。我不知道要被載去哪裡，口水不自覺淹上喉嚨，我不敢把視線移開漁師的後腦勺，祈禱下一個目的地不是等待餵食的漁場。

「請問我們要去哪裡？我什麼工作都願意做，做什麼都可以。金鍊條不夠的話，我可以想辦法賺更多錢，拜託。」

漁師轉過頭，洪亮的嗓音跟浪花拌在一起，我分不清楚是在大笑還是怒吼。

船身繼續搖晃，我的胃袋恢復方才的記憶，開始翻攪起來，我不得不趴在船邊，隨時把嘴巴對著船外的浪花嘔吐。黑藥丸還在滾動，我忍不住猜想，若將僅剩的力氣花費在抓住藥丸、吞進肚子，或許我就不必再受到折磨了。

「你，名字？」

我撐開疲弱的喉嚨，試著拼湊出名字。通常走船人該叫什麼？吉福？吉順？

「吉……吉……」

「陳（ちん）？陳先生嗎？太好了，廖老婦人見到你一定很開心。」

好極了，在我想好名字之前，漁師誤以為我叫「陳先生」。黑藥丸也順勢滾到我腳邊，我撈起來，用門牙刮出陳皮與樹木的味道，不知道是不是心理作用，我確實覺得噁心的感覺正在消退，心跳恢復平靜，作為死前的寧靜倒不是壞事。

「我能回與那國島嗎？我有重要的事情要去那邊。」

「看廖老婦人的臉色。」這次我確定漁師是在大笑。

周圍的海景一律絕望得平坦，任何突起的物體，像是偶爾跳躍的魚群、不明的漂流物，都能帶給人強烈的安全感。直到我懶得分辨是否為幻覺，島嶼的輪廓終於浮現在海上，沒有高聳如巨人的岩壁，而是軟綿的沙灘，環繞中央隆起的山群，看起來是個比與那國島更隨和的地方。

我暗自希望，住在這片隨和之地的廖婦人，也會是個和藹的婦人。

海面的天色開始透出紫色，船隻在離海岸線有一定的距離下停下引擎，看來是準備要跳下海，游上岸。

我告訴漁師，我不會游泳。

「我，大城先生，你，陳先生，請多指教。」

我最後的印象是籠罩在濃密的鬍子林，下一秒我就失去意識。

□

外面的蟬聲侵入我混沌的意識，敲擊微痛的後腦勺，有一瞬間我以爲是在台灣的夏天，但睜開眼睛，從糊成色塊的視線裡仍看得出來，屋頂不是家鄉的黑瓦屋頂，取代的是粗厚的茅葺。陌生感立刻讓全身的神經甦醒。

漁師把我帶到哪裡？

我伸手四處摸索眼鏡，在摸到金屬鏡框時，無意間碰觸到一隻手，接觸的瞬間傳來害怕的抖動，像是瑟縮角落的雛雞。

「抱歉……」

我下意識先道歉，忙亂中戴上眼鏡，對焦模糊的視線，順著手指、手背看過去，連接到一名穿著戰時服的少女，膚色如炒熟的米麩，健康的光澤使得肌膚上的汗珠更加晶瑩，看起來健康又年輕。一頭剛硬的頭髮剪到耳垂高度，顯得脖子更加細長，目測年齡頂多十五歲。

一塊濕毛巾突然打在我臉上。

「起床。」少女命令式的口吻，跟稚嫩的外型不相稱。

我取下濕毛巾，調整被打歪的眼鏡，重新戴上後，好好凝視這間陌生的房子。屋內瀰漫曬乾的草莖味，屋頂、屋壁用茅草跟木條編織成，屋地板架高鋪疊，布料、針線包、瓶罐散落在榻榻米上，角落邊僅有一只大木櫃，塡裝不完人們生活的忙碌。

「阿姑，他醒來了。」少女端起臉盆走出屋子，留下滿臉疑惑的我。

我嘗試坐直身體思考，後腦感覺腫脹，摸了脖子後方，發現隆起腫包。看來漁師大城先生是把我擊昏，再把我拖來這裡。

究竟他跟廖老婦人談成什麼條件？爲什麼願意收留我？

突然想起新宿台灣人說過，以前鄉下窮人家，會冒險遠渡八重山當礦工【註】，本來以爲是單純的賣苦力工作，其實是把身體賣給經營者，沒日沒夜待在礦坑賣命工作，還被人定期施打毒品，想逃都逃不掉。最可惡的是，做這件事情的人就是台灣人。

想到廖老婦人跟礦工可能的關聯，不自覺顫抖起來。

我摸索身上每個口袋，果然皮夾被拿走了，搞不好就放在這間屋子的某個地方。我放輕手腳，側臉趴地，巡視有沒有皮夾的身影。正當我屁股翹起來，努力把手伸長，伸進櫃子底部摸索，我聽到背後有少女的聲音。

「你在做什麼？」

我趕緊收手，聽出少女語氣的不悅。

「阿芳，讓陳先生好好休息。」外面成熟女人的聲音說。少女隨口應和，全程緊盯著我，拿起角落的竹簍走出屋外。

看來在屋子裡亂找不是好辦法，感覺少女和外面的女人沒有敵意，也許這裡是一片礦工村？

我小心挪動腳步，隱忍脖子腫脹的疼痛，探頭看看外面的情況。

屋外帶有血色的太陽停在視線的位置，照亮一大片長滿尖葉的田壤，鋒利的葉片閃爍帶刺的活力。茅屋外面，少女與兩名婦人坐在幾張矮凳上，圍繞盛滿花生的竹篩。

我走出時，少女正好抬起滿是汗珠的額頭，與我對到眼。她燒紅的臉頰緊縮著敵意，順手將篩子裡的花生殼扔到一旁的枯草堆。

「睡飽沒？」婦人同樣抬起頭，方正的下巴上掛著笑容，態度既溫柔又剛強。身旁有另一名婦人，對我揚起虛弱的微笑，乾癟的身形看起來孱弱，她們的腿上都放置著篩網，忙著剝花生殼，就像是任何一座純樸的農村小鎮。這裡真的不是台灣嗎？

不久前，我還困在山中逃亡，還有忍受胃袋與浪花翻攪，沒想到此刻我能張開雙手，大口自在呼吸。

這就是自由的感覺吧。這是陳前輩所說的安雅嗎？

「怪人一個。」少女望著遠處嘟噥。

「阿芳。」方臉女人一個眼神對上少女。

少女立刻低下頭，整理地上的花生殼堆。

「抱歉啊陳先生，等等菜就炊好了，麻煩你帶上山去。」

方臉女人拍掉手上的泥土，到旁邊沖洗乾淨手。我這才注意到屋子一直有股飯菜的香味，肚子像不受控制的野獸發出哀號的聲音。兩名婦女笑得嘴巴合不起來，用憐憫的眼神勸我忍耐一下。再忍耐一下下就能找阿嬤吃飯。

註　八重山當礦工：請參考附錄七。

阿嬤？應該就是大城先生說的廖老婦人。她們的笑聲喚醒我的警戒。這裡到底是哪裡？

「石垣島，琉球的某個小島，不覺得景色跟台東很像？」較孱弱的女人邊說邊用布巾包袱裝菜的鐵盒，然後交給少女安妥放置在木桶，下面墊有乾淨的衣服。

「以後我就是你阿姑，她是你阿嬸，還有玉芳。我們都是一家人，有問題儘管開口。好了，你們趕緊趁天黑前出發，今天有魚喔。」方臉女人捏一捏我的肩膀，像是送孩子上火車的母親，第一次有人對我這麼做。

玉芳拿起木桶，赤腳在砂礫地上提起，往上坡布滿長雜草的上坡路前進。我跟在那雙赤腳後方奔走，礁溪婦人給我的烏布鞋早就不見，腳底板傳來些微的刺痛感，不知不覺已經跟玉芳拉開距離。每到一個轉彎處，她會稍微停頓觀察我，接著似乎用更快的步伐前進，或者純粹是我體力不好，幾乎只看得到她纖細的身影在前面晃動。

直到我放棄追逐玉芳的背影，彎腰大口喘氣，才意識到自己爬到了一定高度。往山下望去，茅草屋散落在田塊之間，顯現出聚落的殘痕。有房屋的痕跡，卻沒什麼人煙。

路上有股炊煙味愈來愈重。一間農宅出現在路的盡頭，前庭種有芭蕉跟各種蔬果，有名滿頭白髮老婦人，縮著嬌小身軀，蹲在地上拿鐮刀割雜草，刀柄揮舞的動作跟青年人一樣俐落有力。聽見我們接近的聲音，她停下手邊工作，舉起細瘦、爬滿青筋的手臂對我們招呼。

「阿嬤——」

玉芳快步跑向婦人，攙扶她起身，但是老婦人甩開玉芳的手，靠自己的力量撐起僵硬的膝蓋，蹣跚繞到屋旁的水桶，拿水瓢盛水洗雙手，順便幫旁邊的菜澆水。

「陳先生，快來洗手，吃飯啦。」老婦人轉頭看我，揚起嘴角，露出缺牙的牙齦。玉芳幫老婦人拿布擦拭手，扶她進去屋內，趁機斜瞪我。

我撐起痠痛的小腿，加快腳步爬上去。

洗完手，尾隨她們走進屋內，裡面的空間跟山腳下的茅房差不多，但是堆放的物品更滿，有些男人的衣物、鞋子，不像是山中老婦的獨居房，反而比較像是個家庭。

屋內只有一盞昏暗的燈，照著屋脊中央的一張全家合照，畫面正中央是比較年輕的老婦人，五官的神韻比現在的她柔和得多，後排站有兩對年輕夫妻，其中的兩名女性分別是剛才自稱阿姑與阿嬸的女人。前排的成員則是一組家庭，像是父親的男人手抱一名瘦小的女孩，瞪著大眼睛。最旁邊有兩名穿制服的男孩子，看起來是中學的年紀。屋子座落在葉尖細小的鳳梨田之中，田梗邊的草叢比作物還健壯。寫眞最下方寫著昭和十一年六月二日。

燈下方就是矮茶几。玉芳與老婦人坐在燈下，將飯盒內的菜盛裝到盤內，感覺是特意爲外人來而擺設。碗筷就位，老婦人招手要我過來坐。

「來來，趕緊吃。」

老婦人雖然如此說，但她們兩人沒有拿起碗筷。

我小聲地說聲開動了，捧起裝有米飯的碗，熱氣熏著臉蛋，我都快忘記世間有這麼幸福的事情。米粒嚼起來有殼，吃起來仍很美味。配上盤內各種炒蔬菜、煎魚，還有一小盤的蘿蔔乾。挾一小塊蘿蔔乾含在嘴裡，我已經很感動了。

「再一碗？」

老婦人問，她們依舊沒有動碗筷。

我的肚子代替我先回話。老婦人給玉芳一個眼神，玉芳隨即彎腰捧起我手中的碗，一條閃亮的東西從她的衣領滑出來。

是我的金鍊條。

我把嘴中的飯菜全部吐出來。

老婦人指揮玉芳趕快端熱茶給我，另一手大力拍打我的背部，「有魚刺，要小心啊。」說完徒手抓起我嘔吐的飯菜，扔到她的空碗內。

「對不起，對不起。」我下意識道歉，沒辦法平復正常的呼吸速度。

老婦人拿起筷子，挑開魚刺，「這是拿我大兒子鞋子換來的魚，再不吃就要涼了，不要浪費。」筷子挾起一大塊白淨的魚肉，放到我的碗中。

玉芳端上茶水跟一碗新的米飯，坐定在一旁，等待我開動。始終掛著笑容的老婦人，也在用眼神催促我，怎麼還不挾起盤中的魚肉。

我立刻行跪禮。

「眞的是非常對不起，讓妳們破費收留我這樣來路不明的人。」我抬起頭，仔細觀察老婦人的表情，「其實我有重要的事情得到與那國島，沒辦法留在這裡。」

老婦人的微笑沒有消逝，「陳先生，留在這裡不好嗎？與那國島很近，要去隨時能去，但這裡是家。」

我掃視玉芳脖間的金色鍊條。老婦人注意到了。

「當初是我大兒子，也就是阿芳的爸爸，帶全家搬到這座什麼東西都沒有的小島。一住就是十年過去，有田有房子，有孫子，但是戰爭來了，好不容易種出來的東西又全都不見。我的兒子、孫子都死了。我希望在死之前，廖家能有個男人繼承下去……」

「繼承？」

「陳先生，您願不願意入贅我們家？我們會好好待您，只求您好好照顧阿芳，替廖家生下孩子，您可以永遠有個家在這邊，不好嗎？」

這樣好嗎？我垂下頭，屋內的寂靜掩藏不住我的心跳。我不相信會有永恆的家。地圖上沒有家，只有假的目的地。

可是，誰不渴望家眞的存在？

「陳先生，您先好好休息，想個幾天吧。如果您還是堅持要離開，我不會阻攔您。」

昏暗的燈照出盤中萎縮的蔬菜，看起來乾癟得可憐。等老婦人走後，玉芳窩在角落邊，端著僅剩的米飯配蔬菜吃。那盤用鞋子換來的魚肉，招惹來碩大的蒼蠅，看來還是得讓我吃進肚裡，才不會辜負鞋子的犧牲。

撤掉茶几後，玉芳從櫃子裡拉出床鋪，老婦人幫忙拉出第三張床鋪，泛黃的顏色，看起來放在櫃子裡一陣子沒用過。老婦人彎腰打開一只木箱，裡面裝滿男人的衣物，她翻出出汗衫跟毛巾。

「陳先生，屋外有熱水，洗一下比較舒服。先晚安了。」

她們拉整好床躺平，如同她們的平常生活，從不會被一個陌生人干擾。

我走到院子，真的有一只大木桶裝滿冒煙的熱水。我張望四下，確認她們都在屋內，才趕緊褪去衣服，浸泡到熱水裡，鬆開身體的每寸肌肉。我好像再度想起自己是個活人，不是沒有身分、名字的幽影。

繼承廖家，就能延續這份活著的感覺嗎？

但那也意味我得辜負陳前輩吧。

□

隔天，清晨的亮光射穿茅草屋，一早我就被陽光給曬醒。老婦人跟玉芳不知道什麼時候早就起身，換上看起來像要去田間工作的裝束。

「陳先生，醒來啦。」

老婦人手裡拿著熱毛巾直接貼到我臉上，用力擦抹我的眼窩、鼻梁，在我想喊燙之前毛巾便抽離開，臉上的寒毛瞬間豎立起來。

毛巾拿開後，眼前沒有姊姊的笑臉讓我感到失落。然而事實就是，我困在陌生的島嶼、陌生的茅屋，面對陌生的老婦人跟少女，勸我將陌生的一切當作「家」。

家能夠在陌生的地圖新長成嗎？

「陳先生，這件原本是我孫子的，你試穿看看。」

我還來不及答話，老婦人的手已經拉著我的衣襬往上拽，準備幫我脫衣服。聽到我堅持自己換，不想麻煩別人，老婦人的嘴角笑得更開，說幾句玩笑話才甘願走到屋外。

我張望一下四周，趕緊趁沒人的時候換上新衣物。套上上衣、褲子，穿起來比我的手腳短一截，衣服的胸口處有個模糊的字跡寫：廖正雄。

「好了嗎？」

我轉頭看，是站在門邊的玉芳，手中提著飯盒和塞滿木桶的衣服，礁溪婦人給的衣服就在裡面。

「這個，拿著。」她將木桶塞到我胸前，一轉身便赤腳飛快地走向下坡的泥土路。我撐住木桶的底部，設法找到跑起來最合適的姿勢，匆匆對站在庭園的老婦人點頭，設法加快腳步跟上玉芳。

「陳先生，等你晚上回來一起吃飯。」

我回過頭，老婦人依舊站在庭園，頻頻對下方的我們招手。我微微點頭，代替招手，她看見後招手的幅度更大了。

路線似乎跟昨天一樣，卻又不太像。白天才能清楚看見田的模樣，插著垂擺萎縮的稻葉，看起來無法從土壤吸收到什麼養分。稻苗試圖在田內整齊排列，但是不得不避開中間的大坑洞，禿一塊死灰色的泥土，死寂得像疲乏的病人。田地另一側緊挨山壁，有一些作物被破壞、拖移的痕跡，延伸到被樹林遮掩的山林。

我稍微分心看風景，玉芳的身影立刻縮得跟指頭一樣小。我得重新撐起木桶跑起來，腳底的泥沙摩擦出熱度，才勉強讓玉芳在我的視線範圍內。

直到走到昨天看過的尖葉田，茅草屋頂在下坡路的底端露出來，我才意識到汗珠滾落到木桶內的衣服。尖葉田的另一頭，是一片形狀不方正的水稻田，插上還沒茁壯的稻秧，遠方兩個細小人影身著色彩鮮豔的布料，對我們招手，我想應該是昨天自稱阿姑、阿嬸的女人。

「跟我來。」玉芳帶我到茅屋內，從雜亂的工具堆內拿出鐮刀跟我看不懂的工具，其中有一根前端有鐵彎刀的長柄。她先將長柄交給我，接著彎腰捲起褲管，我跟著照做，露出一截小腿肚，泛出白皙的膚色。我發現玉芳的視線停留在我的腿幾秒。

她抓起鐮刀，「動作快點。」說完就拋下還在捲褲管的我走出屋子。

我胡亂捲高褲管，扛起長柄走出房子，眺望遠方的玉芳輕巧走在作物成排的田埂間，一下子就跟阿姑、阿嬸會合。

我笨拙地舉起長柄，設法在保持平衡下，追蹤玉芳在泥地殘留的軌跡前進，但我前進的方向越走越偏，還是得小心跨過作物，才能跟她們會合。

阿姑、阿嬸停下割雜草的動作，拉開包裹整張臉的布，我這才認出哪個是阿姑，哪個是阿嬸。

「陳先生早，今天的除草工作要麻煩你囉。」

阿姑說完，阿嬸便走向我，拉著我的手帶我到另一塊田區，開始教我怎麼使用長柄。

阿嬸繞到我身後，教我怎麼握柄，帶著我揮舞個幾次，讓我體會一下揮舞起來的手感。我跟著她的力道，揮個兩三下，沒想到斗大的汗滴已經滴到鏡面。

我跟阿嬸央求喘幾口氣，順道用餘光偷瞄另一頭的玉芳跟阿姑，她們用力挖掘雜草深藏在土內的根，熟練翻攪田裡的雜草根，抓起來丟到地上，用腳踩爛，一連串的動作如舞蹈般流暢。

我摘掉反覆因汗水滑到鼻頭的眼鏡，將整張臉埋在衣服擦拭汗水。原來在社子爛泥種些一蔬菜，不算是眞正的務農呀。

「別著急，多做幾次就會啦。」阿嬸整張臉埋在布裡面，但是聽得出來她盡可能微笑，想要讓我安心一點。

我重新戴上眼鏡，緊握長柄，嘗試揮舞刀柄，練習找到阿嬸教我的手感。她看著我揮個十回，點點頭，我猜是做對了，然後走到我旁邊，拇指用力壓我的前臂，肌肉的痠痛馬上鑽進我的肌肉裡層。

「果然這種工作，還是男人來做比較有力氣。辛苦你了，陳先生。」

阿嬸放我一人操作，回去阿姑那邊。我張望一下她們除草的範圍，看起來比我要清理的面積大三倍以上，我吞了一大口口水，咬緊牙繼續揮舞彎刀，不敢張口抱怨。

在拉扯勾纏的雜草時，感受得到草根深紮在泥土的力道，我得使出相對應的力氣才能扯下它，拔草時釋放力量的瞬間，像是終於將魚釣起。離土的雜草在艷陽下曝曬，葉子迅速皺縮起來，像是在掙扎求生。我用赤裸的腳掌碾碎雜草，踢到田埂邊，斗大的水珠落入泥土。

要是我決定住下來，過著單純的農耕生活，也是不錯的選擇吧。地圖上的道路，本來就不是爲了讓人抵達，而是爲了讓人有向前的力量，不是嗎？

安雅之地能讓人再次擁有生活，無論你是什麼身分、你曾經做過什麼。

可惡，連我也快被自己臨時胡謅的謊言給欺騙。

突然玉芳跟我對上視線，我才發覺自己一直盯著她看，趕緊低下頭，汗水再次令眼鏡滑到鼻頭。

「要中午了，趕快來休息——」

阿姑呼喚大家休息。我跟著她們走回屋子，放下長柄，感覺到手掌的皮跟木柄黏在一起，掌肉的破皮水泡流出透明的液體。女人們走到屋旁的水桶，舀水洗淨雙手及雙腳，解開包裹臉部的布及斗笠，露出盤在腦勺後的長髮還有膚色健康的脖子。阿姑舀起水瓢替我沖洗雙手，我痛得脫口叫出來。

「陳先生的手真漂亮，看了覺得好可惜。」阿姑捏著我的手心忍住笑，呼喚阿嬸幫我擦藥。

阿嬸牽著我的手要我坐下來，拉開木櫃的拉門，在瓶罐間叮咚地翻找。另一旁玉芳幫忙阿姑張羅料理，油澆在鍋鼎的瞬間，傳出熟悉的香味跟熱氣。我想起這個時候，應該看見姊姊纖細的身影在屋內、屋外穿梭，趁空檔時替父親燒熱茶，父親則會蹲坐在角落的椅凳上，沉默地編織竹簍，日常的時間在祖父畫像的眼底下進行。

一股刺鼻的藥草味竄出來。

我回過頭，阿嬸坐到我旁邊，拿著勺子從陶甕取出膏狀物，抹在破皮的部位。我咬牙忍住疼痛。阿嬸注意到我的表情，用嘴巴吹送風，嘴邊呢喃著「呼呼」，害我不知道該把臉往哪裡擺。

阿嬸沒發現我的難爲情，拿一塊乾淨的布纏繞住我的手掌，「等一下你陪阿芳走去溪邊就好，小心不要碰到水喔。」

阿嬸說完，牽著我坐到餐桌邊，剛好就在玉芳的旁邊。玉芳刻意凝視前方不理會我，將碗筷挪到我碰不到的地方。今日的飯菜是簡單的筍子、蔬菜還有煎雞蛋。周圍沒有看到雞舍，猜想雞蛋不是她們平日的菜色，恐怕也是拿舊物換來的食材。

「阿芳，阿嬤最近有欠什麼嗎？最近大城先生會來載花生，我們可以跟著去市場一趟。」

「我今天問問阿嬤。」

「問完跟阿姑說，啊對了，順便注意房子有沒有漏水或要修補，不然颱風來就不好。」

「大姊，要不我今天跟阿芳去一趟，巡一下房子？」

「好啊，拜託了。」

「對了，陳先生是哪裡人？」

阿姑突然轉頭問我。我嘴裡塞滿飯菜，一時回答不出來。

「你有戴眼鏡，是教師嗎？這裡還住得習慣嗎？習慣就好，等颱風季節過後就可以砌你們的新家。啊對了，你不介意小孩姓廖吧？」

我差點噎到，用力咳嗽。

阿姑、阿嬸兩人面容笑開來，另一旁的玉芳面無表情地喝湯。

「我們家阿芳怕生不常笑，其實你仔細看，她五官挺端正的，我都會想起她阿母剛嫁來的時候……」

「那個，想冒昧請問，家裡的男人呢？」

阿姑瞬間說不出話來。阿嬸順勢挾了一大塊煎蛋到我碗裡。

「他們都已經不在了。」阿嬸細聲說，「大概有兩、三年了，時間過眞快。陳先生趕緊吃煎蛋喔，分量有夠，阿芳也趕緊吃……」

阿嬸話還沒講完，玉芳已經扔下筷子衝出屋外。屋內的兩個女人互相凝視，沉默咀嚼起飯菜。

「陳先生別介意，阿芳是好女孩，但是年紀太輕，做事有點衝動。說起來，這個家遭遇很多事情，眞的是……」正當阿嬸的聲音顫抖起來，阿姑打斷阿嬸的話。

「都過去了，活著的人就是努力吃飽，別讓死人操心。」

阿姑抿起剛硬的嘴唇，啜飲味噌湯，熱湯的煙霧竄到天頂。我細細咀嚼煎蛋，吃到細碎的蛋殼，與牙齒摩擦著，沒有什麼味道。

吃完飯後，阿姑、阿嬸迅速疊起碗盤，不知道是不是聽見食器聲響，玉芳從門口閃進來，低著頭幫忙她們，面色仍然僵硬。等收拾得差不多，阿姑要玉芳一起去溪邊洗衣服，一再叮囑我幫忙提東西就好，記得傷口不能碰到水。

「路上小心唷，阿芳記得走慢一點。」阿姑邊綁頭巾邊緊盯著我們。

玉芳沒有回應阿姑，一股勁將裝滿衣服的木桶撞進我懷裡，然後自己提起另一桶衣服，一人轉身抬起步伐，往上坡路走。我的腿還沒忘記連續幾日的操勞，僵硬得無法趕上玉芳的腳步，眼睜睜看她的背影越來越小，快要融進前方濃密的綠林。

我們離有田的村落越來越遠，人界與山林的邊際開始模糊，林葉生長得過分野蠻，讓我回想起山林逃亡的日子。少女的細瘦背影在碩大的葉片間晃動，有著少女獨特的嬌柔，包裹著剛強的野生氣息。不知道玉芳是不是早就習慣一人遊走在荒涼的山間。

突然玉芳回過頭。我才意識到自己直盯著她看，趕緊低下頭。

一陣疼痛從腳趾傳來。我踢到石頭了嗎？

下一秒，我已經失去重心，整個人往前撲倒。

我整個人斜趴在地，眼鏡歪斜得卡在我的鼻梁上，周圍四散凌亂的衣物，木桶滾到玉芳腳邊。

我斜倒看著玉芳蹲下的背影，撿拾沾滿泥土的衣服。

「對不起、對不起，衣服沒怎樣吧？」

她繼續將衣服塞進木桶，頭怎樣都不願意轉面向我。

「唉呀，少一件就少一條魚，得趕快找回來才行呀。」我故意用輕鬆的口吻，試圖掩蓋膝蓋流血的疼痛。

「你爲什麼還不消失。」

我停下動作，不太確定自己有沒有聽錯。

「消失？」

「你根本不應該出現！你破壞爸爸的約定！爸爸說好要回來的，但是你一出現，阿嬤、阿姑、阿嬸就全部忘記爸爸了！」玉芳整個背拱起來，握緊的拳頭靠在腿旁。

「啊，對不起。」茶房女人告訴過我，遇到女人莫名生氣的狀況，先道歉不會錯。

「你得立刻離開！」

「好、好，我答應妳我會離開，可是妳得先還我東西。」

我順著脖子比一圈。玉芳馬上抓住脖子的項鍊，往後退一步。

「不行。」

「等等，妳要我立刻離開，卻不把東西還我，這樣子有道理嗎？」

「不行，你要先帶我去台灣。」

我愣了一下，這個女人到底在說什麼？

「妳去台灣做什麼？」

「爸爸說過，無論發生什麼事情，回到最初的家就一定能相遇。我沒有忘記約定，只有我沒有忘記！」

我笑出來。啊，我差點忘了，玉芳還只是個孩子。

看到我笑彎身子，玉芳高舉起木桶，換我往後退。

「等等，妳有謹慎地思考過計畫嗎？」

「你先答應我！」

「不是，妳知道台灣發生什麼事嗎？有人死掉啊，軍隊在街上掃射，街上有人一下子就死了，死了。」

玉芳瞪大眼睛，眉毛擠成一團，難以消化剛才聽到的狀況，原本高舉的手緩緩放下，變成在胸前環抱住木桶。我趁機會慢慢靠近，但她還是立刻警覺起來，用木桶擋在我們之間。

「你不要過來！」

「奉勸妳，哄哄小孩子的願望，聽聽就好了。不管妳過去遭遇多悲慘的事情，我都不會隨便答應妳帶妳去台灣，太危險了。」

我繼續往前靠近，試探性地搬開木桶，感覺到玉芳的力氣從拒絕到遲疑，木桶最終被我搬開，改由我抱起來。

「好啦，洗衣服的地方在哪裡？我們是不是剩沒多少時間……」

我話說到一半，後腦勺被某樣東西打到。

回過頭，腳邊躺著我的皮夾。原來玉芳一直把皮夾藏在身上。

張望玉芳原本站立的地方，身影早已閃進遠方的葉叢裡，兩三下就沒有半點蹤跡。

風吹拂過周圍的草叢，在這片陌生的山村，剩我一人抱著裝滿衣服的木桶，呆站在原地。礁溪婦人給我的衣服還裝在木桶內，其他全是不相關的陌生人穿過、用過的衣物。要是此刻放下木桶，我將繼續獨自循著陳前輩的地圖前進，截斷與廖家差點牽連起來的機緣。

看來安雅之地能讓人再次擁有生活，但勢必得是一個人，一人走在他人看不見的道路上。

我掀開皮夾，裡面沒有陳前輩的地圖。

□

「玉芳——玉芳——廖玉芳——」

我一邊撥開草叢，懊悔自己居然會被少女欺騙。況且在這片樹林裡，她的謀生能力比我還厲害，下一步就失足死掉的人很可能是我，死在這座陌生的島嶼。

什麼狗屁安雅之地。可惡啊陳前輩，你留了一個麻煩的任務給我。

我扯開喉嚨，用力呼喊玉芳的名字。聲音傳到不見盡頭的樹林裡，沒聽見半點回音。回頭看走來的方向，撥開的野草馬上閉合，好像山林會吞噬人類的蹤跡，我再度一人孤立走在山中，聆聽自己無限放大的喘息聲。

吸，我是李燦雲。

吐，我是李燦雲。

吸，我已經到安雅之地，我還得完成陳前輩的任務……

濕涼的汗水貼在我的背部，感覺耳朵微微膨脹，我趕緊摀住，我怕再像之前聽見女人的呼喚聲。我不想在這時候聽見姊姊的聲音，我不想聽見。

雷聲響了。

鳥群振翅的聲響鼓動周邊的空氣，山林裡的動物曉得該往哪裡逃跑，但是我不知道，沒有半點求生的直覺。當下判斷是拔起雙腳，趕快尋找巨木或岩石，好躲避天降下的可怕豪雨。巨大的葉片、果實如投下的砲彈般，不斷自上空墜落，敲擊到我的肩膀，結實的疼痛感像是遭到棍棒毒打。

我盲目地往前奔跑，眼鏡不斷被雨水淋洗，看不清楚景物跟方向，只記得要扯開嗓門繼續大喊玉芳的名字。一張開口，雨水灌進嘴巴，我的聲音也一起淹沒在暴雨之中。

孤立的絕望如雨水不斷澆灌我全身。

隱約有樹木斷裂的聲音混雜，我還沒搞清楚狀況，一隻手突然揪住我。

一股巨大且堅定的力量，拉著我向後奔跑。

後方有巨木忽然倒下，我回頭看，樹木壓在我原本的位置。

那隻手沒有因此停下，靈活地帶我跨過橫擋的樹幹。我瞇起眼睛，從黏滿水珠的鏡片，察覺到細瘦的身影，正流暢地帶我穿越綠林。

對方細長的脖子扭過頭，望向我一眼。我認出那對堅定的眼神，是玉芳。

她正牽著我在奔跑。

「有──山──洞──嗎──」

我不知道自己的聲音，究竟有沒有穿透雨水傳出來。玉芳的臉在沾滿雨水的鏡面上糊成一片，我聽不見她有沒有回答。

我們到達一面山壁，她撥開覆蓋的藤蔓，露出一處洞口，周圍繫著鏽蝕快崩解的鐵柵欄，碰一下就能推開。從外觀的樣子看起來，應該是順著岩洞開鑿的防空壕。

我彎下腰探頭，裡面傳來陣陣陰濕的氣息，光線徘徊在洞口處，照不到裡面，但至少暴雨被隔絕在外面。

我回頭看玉芳。她縮站在洞口，似乎不打算走進來。

「進去吧？裡面應該比較溫暖。」

她沒有回應。我輕拉她的手臂，僵硬得跟剛才在樹林跑跳的人，簡直是不同人。柵欄輕扣時，她的肩膀聳了一下。

「進去吧，到裡面躲雨，我會陪妳。」

靠稀少的光線，勉強辨認出地板零散罐頭、玻璃瓶的殘骸，還有人隨手寫的紙張，筆跡尚未消褪。可惜這裡沒有燈光，看不見紙張寫了什麼。

從進來之後，玉芳一直蹲坐著，抱頭不動，好像周圍塞滿了躲避空襲【註二】的人。我不知道該說什麼來撐過緊張又無奈的時刻。

自從來石垣島，就沒遇到廖家以外的人。不知道其他村民會散落在哪裡，又或者如同廖家的其他人，死於戰爭嗎？

在軍港的那段日子，空襲過後難免會在路邊草地看見身首四散的身體，我們得負責撿拾肉骸，像蒐集碎片般集中到土坑裡，燃起大火將屍體燒出惡臭味。我們根本來不及思考恐懼的情感，只懂得繼續活著，逃離死亡的感覺比恐懼更強烈。曾有個念頭閃過，要是炸到的人是姊姊、父親呢？我還能保持如此理性地思考嗎？

軍曹曾說過，等你覺得心中的火快澆熄時，就要扯開嗓子大聲唱歌。

轟隆的炮聲，飛越的彈丸，洶湧浪濤沖刷甲板，貫穿黑暗的中佐喊叫，杉野在哪啊、杉野不在啊……【註二】

我們被逼著學會唱這首歌，大家全用盡力氣大聲唱，唱到分不清楚喉嚨到底有沒有發出聲響。歌詞裡的廣瀨中佐始終沒找到杉野，兩人的性命一同沒入凍骨的旅順海口。軍曹說烈士的死法，能燃起人們無限的勇氣。

「這裡也很慘，對吧？」

玉芳的身體傳來細小的震動，頭依舊埋在手臂內，我小心將手搭在她肩上。我不知道這麼做有什麼幫助，只是下意識地希望自己的手，擁有能讓顫抖的人安定下來的力量。

註一　空襲：請參考附錄七。

註二　杉野不在啊：請參考附錄八。

突然一陣雷聲，貫穿堅硬的山壁及地面，在壕洞內幾乎要震破耳膜，我們包覆在聲波的震盪之中。

媽——媽——

我第一次聽見人類發出像是動物的喊叫。

玉芳全身在顫抖，像是掉進另一個我看不見的景象，我根本無法拉住她。排不出去的雷聲迴盪在洞穴內，我的耳朵被震得脹痛，玉芳的哭泣聲快變成沒有意識的嚎叫。

雷鳴聽不見人類的哭喊。雨水只會沖走所有記得的一切。要是能就此切斷，是不是就能感覺不到痛苦？

我用身體抱住玉芳的頭，用力摀住她的耳朵。

「玉芳——我們來唱歌——來，我先唱——轟隆的炮聲，飛越的彈丸，洶湧浪濤沖刷甲板，貫穿黑暗的中佐喊叫，杉野在哪啊、杉野不在啊……」

我撕扯喉嚨地唱，雷聲愈大聲，我愈大力吼唱。山洞的回音轟炸著我們，像是發射砲彈時，煙灰燃起空氣的瞬間，胸腔同時被震擊的感覺。

「即使呼叫也沒有回答，即使尋找也無法看見，船艦逐漸沉沒波浪之中……」

我用力抱住懷裡的玉芳，感覺她越縮越小，快要消失不見。我唯一能做的只有嘶吼，幫她驅趕可怕的東西。吼叫久了，自己也分辨不出噪音與寂靜的差異，只感覺得到喉嚨撕裂的疼痛。

等到聲音抽離得剩下我沙啞的吼叫，我才發現洞口的水簾幕變成細小分散的水柱，滴答地落在地面。雷雨不知道什麼時候停的。

我輕輕搖晃懷裡的玉芳，她緊閉雙眼，但是呼吸已經平順許多，金鍊條從她的脖間露出來。我脫下寫有「廖正雄」的衣服上，墊在她的脖子下面，讓她慢慢躺平在地面，胸口如安穩的海潮起伏著，拍打著安心的節奏，毫無警戒心。

算了，陳前輩的地圖還是晚點再說吧，反正她不可能再跑掉。

走到洞口外，我伸伸懶腰。這座島的天空能從狂暴一下子轉爲平靜，肆虐過後的痕跡還殘存，雜長的樹木綠叢張揚著生命的韌性，蹂躪後還能靠殘存的根莖，繼續爬伏生長。倒是挺像玉芳的脾氣，長得尖銳又有生命力。

啊，果然我還是比較適合一個人行動，自由地落地不與任何人產生關係，過眞正自在的生活。

「你在笑什麼？」

我回頭，玉芳已經起身，繃著面孔地質問我。她的拳頭緊握在大腿兩側，再次變回那個長滿尖刺的女孩。

「好啦，我差不多該出發了。地圖還給我吧，那不是妳應該拿的東西。」

「不行，你得先答應我。」

「人都消失了，妳還要相信什麼？勸妳早點忘了吧，好好過現在的生活。」

「是約定！我跟爸爸有過約定！如果是你，你會故意忘記嗎？」

「會，我就是不理爸爸的約定才會來到這裡。好了，別鬧了，快還我，那不是妳應該拿的東西。」

玉芳從口袋掏出某張有熟悉摺痕的紙張，我的心緊縮起來。那確實是陳前輩的地圖。

「帶我到南方澳就好，剩下的我會自己想辦法，保證不再跟你有牽扯。不然的話……」

玉芳一手捏起地圖，像要吞入飯糰般舉到嘴邊。

「等等，回去台灣很可能有危險，妳真的確定嗎？」

「確定。」

「會有人開槍喔。」

「你如果不帶我回去，我就永遠無法離開剛才的惡夢。」她的嘴唇依舊蒼白。

可惡，居然用這招。

「你不答應？好吧！」玉芳的門牙碰到揉成一團球的地圖。

「好，我答應！我答應！」

她馬上吐出紙張，紙團牽著口水的絲線。

唉，陳前輩，你還眞是留了一個大麻煩給我。你一定早就料到任務會這麼麻煩，對吧？所以才會故意派我一個人去安雅之地，自己躲得遠遠的，躲到哪裡我都找不到。可惡，用這種方式逃避太卑鄙了。

看來我暫時還無法獲得眞正的自由。安雅之地，終究不是能輕易抵達的地方。

空白署名

一九四七年年初
台北城，雞南山
收報機正常運轉

待在陳前輩身邊，最麻煩的事情是得學會掩藏。

陳前輩突然跑到我的耳旁。我趕緊收起李君的寫眞，像驅趕蒼蠅打發陳前輩貼近的臉。

「喔，喜歡的人？」

我到現在還沒習慣，陳前輩完全沒有聲音、氣息的走路方式。總感覺要是和他相處時距離太過靠近，稍微閃神就可能被他發現過多祕密。

「信還沒好嗎？我坐這裡一整天了。」

「急也沒用，電報還沒來。」陳前輩伸個懶腰，拿帽子蓋住臉，兩條細長的腿蹺到桌上，鞋底弄髒稿紙也不在意。「有時間就把那篇社論重寫一次，不然你在這沒其他事做。」

陳前輩總是用這句話打發我，要我重寫一遍文章。如果我乖乖聽他話照做，結果會是我的文章直接作廢，然後交出他事前寫好，放在抽屜的文章，要我下山送到許總編手上。

幹，每個月才多給我一百元，連一斗米都買不起，我才不要輕易做白工。

從雞南山徒步下山走到報社，就跟從社子騎自轉車到關渡一樣疲憊。

自從那天陳前輩帶我進入這間木屋，我就過著兩種時差的生活。一種是在山下，活在消息以外的快樂無知生活。另一種是在山上，耳朵反覆被傳來的收報機滴答聲折磨。陳前輩不用多解釋，我也猜得到木屋是報社的祕密訊息收發中心。城內人們所知的一切，全從這間木屋開始。

木屋座落在雞南山的某處山腰，詳細位置我無法在地圖上指出來。那天陳前輩划竹筏，載我從南岸靠向北岸，上岸後蹲伏身體，小心在田間行走，繞過一間三合院宅，在他人睡著的鼻息聲下沒入樹林，進入摸不著路的雞南山。

陳前輩撫摸九芎光滑的樹皮，要是有摸到細小的切痕，表示自己走在正確的路線上。我們緊抓樹幹，順著上坡的土面往上，直到遇到一面堅硬的峭壁，陳前輩從矮叢中抓出一條浸過焦油的破爛繩子，幾乎跟枯葉融為一體。

抓住繩子，努力攀上斷面，爬到平台後，破敗的木屋就在眼前。

木屋外觀被雜木、藤蔓掩蓋，乍看會以為是荒廢的房舍。內部頂多四張半榻榻米大，塞滿笨重的接收器、發報器、真空管，看在我眼裡只是電線與玻璃瓶的設備。其他人看起來是專業的通訊人員，起碼知道那些儀器怎麼操作，拿著耳機收聽訊號，整理成電碼翻譯成數字，彼此間有默契地分工。

這群人用動物來稱呼自己：鵁鴒（八哥鳥）、公雞、狗蛙、鷺鷥，叫習慣後，我覺得他們的臉蛋也開始浮現那些動物的輪廓。鵁鶄的脖子細長。公雞無論坐著、站著，胸膛都鼓得像大鼓。狗蛙平時很安靜，但只要說起話來，地板、胸口都會跟著他的聲音震動。鷺鷥有著長腿，平常縮在桌子底下，一起身就像瞬間長高一尺，嚇人一跳。

他們叫我「火鼠」（松鼠），因爲我來的第一天，陳前輩直接幫我取了這個代號。我沒差，被叫火鼠就火鼠吧，反正我知道自己不像榕樹上的火鼠，膽怯地爬到地面偷瓜子，然後揚起蓬鬆尾巴躲回樹上。

我問過他們，知不知道電報接收到什麼訊息。他們笑著說，那個重要嗎？沒有人知道電報內容，也沒有人在意翻譯出來的內容。寫在紙上的字句，無論是長官公署偷偷討論了什麼糧食政策、與美方談定了什麼新協議……對他們來說沒有任何價值。

他們之所以待在木屋，不分日夜攔截看不見的電碼訊號，僅是因爲陳前輩給的錢夠多而已。

我懶得問陳前輩付他們多少錢，他們的舉止和父親還有圓環小販差不多，有什麼想法便直說，連我鼻毛露出來也會毫不猶豫指出來。若不是陳前輩收留他們，我猜他們會去做搬運工或回鄉村務農吧。我好歹還有報社的月薪，外加陳前輩給的一百元兼差費附帶免費住宿，工作內容是挑選新翻的電報，東湊西湊寫成一千字的社論。

我已經快兩個月沒回家，雞南山的木屋住起來當然沒有家舒適，每日的菜飯比以前寒酸，永遠只有不同種類的罐頭配蒸熟的番薯，但站在山上看著山下的台北城沒入黑夜，以及流淌在基隆河面上的社子沙洲，是我回台灣頭一次感受到的舒暢感。

偷瞄睡著的陳前輩，修長的雙腿跨在桌上，蓋在臉上的帽子微弱浮動，說他是裝睡我也不意外。我不懂他在盤算什麼。每天陳前輩會吩咐我找不特定的人拿信，每次都是下班時間在菸廠、印刷廠、專賣局附近等候。

出門前，陳前輩會要求我複誦兩段沒頭沒尾的句子，像是隨意翻開書本選出的句子，像是：「吃飯時說話的，不是偉大的人。」「鎖鍊，是眼睛看不見的。」[註]

陳前輩說一個是對方給的「鑰匙」，另一個是我要提供的「鎖」。他非得確認我能熟練複述兩段句子，才會放我去指定的會面地點，等待哪個隨機的陌生人給我「鑰匙」。那些陌生人的胖瘦、高矮、講話聲音全不一樣，唯一共通點只有頭頂著灰霧色的鳥打帽，還有講話總是看向遠方，眼神蒸發至最空洞的狀態，然後小心地挪動嘴唇，告訴我「鑰匙」。等我給出正確的「鎖」，他們就會把信交給我，在我多說半句話之前離去。

我一拿到信，必須迅速送回木屋，但陳前輩叮嚀，這個部分是最需要注意的地方。

我得時時注意有沒有人跟蹤，刻意繞些遠路，走一點回頭路。要是發現真的有人在跟蹤，陳前輩說切記不可以張揚，得往人多的地方走去。

要是不幸把跟蹤的人帶去山上，還剩下最後一道防線，木屋的木門。

從外觀看起來，木屋像是廢棄的工人房，隔著一層薄木板，颱風來了很可能就被吹走，但其實那扇門是僞裝用的，眞正的門在靠山的另一側，得掀開雜亂的藤蔓，露出厚實的木板門，門外的人得敲打特定的「暗號」。

暗號分兩種，一種是確定沒人跟蹤，安全放行。另一種是遭人挾持，得毀滅一切證物。暗號的拍打分成「拍」跟「叩」，一連串的拍、叩，加上停頓空拍，組成不同意思的暗號。「叩，叩叩叩，叩拍拍叩，叩，叩拍叩，叩拍，拍叩，拍，拍拍拍」表示安全，「拍叩叩，叩，拍，叩拍叩，叩叩拍，叩叩」表示危險。

我曾經偷問看起來最和善的鴳鴿，那些暗號是什麼意思？鴳鴿搖晃細瘦的脖子說不曉得，懸在脖子上的頭部顯得更沉重，也顯得我的問題更沒意義。

「我們是保守祕密的人，最好是別輕易打開祕密比較好。」

鴳鴿特別扭過頭看著我，等我點頭才轉回去，繼續低頭整理電報碼。

「如果是自己人去告密呢？」我還是忍不住問了，刻意伸個懶腰，用哈欠拖延時間。

他們停下電報的工作，瞪大眼睛看我，然後捧腹大笑。

註 「吃飯時說話的，不是偉大的人。」「鎖鍊，是眼睛看不見的。」：請參考附錄九。

「還不簡單，殺掉就行了。」

過了幾秒，我才意識到自己忘記放下伸懶腰的雙手。

反正我不輕易打開祕密，就能安穩多賺一百元。我還是先乖乖待在這，慢慢想下一步能換去做什麼工作吧。畢竟我已經沒有家，我什麼都沒有，全身只剩下金鍊條跟李君的寫眞。那可不行，我還沒履行承諾。我說過要給姊姊未來。我說過要證明給李君看。

瞄一眼桌上的時計，再確認一次陳前輩的臉依舊埋在帽子底下，呼吸平穩起伏。看來我沒有別的選擇，只能乖乖聽話，重寫一次社論，反正我也沒別的事情可做。

這次寫的社論是根據來自外交部的電報，談到東京組成中美混合法庭，判決澀谷事件的台灣人有期徒刑。外交部立即派駐日代表團親訪麥帥外交組長，抗議法庭未尊重中國法官的意見，判決不公【註】。但是判決結果早在去年十二月十日就已經宣告，這段時間日本的台灣人抗議多次，要求國民政府、麥帥政府正視在日台灣人的戰勝國民權益。相隔一個月，外交進展只跨出一小步，敲敲麥帥外交的門，毫無痛癢，難平息大衆對國民政府處理澀谷事件的怨言。

想起新宿的郭頭家，不知道他那邊過得如何？希望郭頭家發揮狡詐的本領，一切平安才好。

我修改原本的稿子，把一些詞替換成語氣強烈的詞彙，像是「竟然」、「無視」、「有失尊嚴」……寫下字詞的時候，好像推動了一些小石頭，文章慢慢變成一個有脾氣、有生命的東西。寫一陣子，我抬起頭休息片刻，這才注意到這段時間沒人說話，只有收報機持續運作的滴答聲響，滾平了我原來煩躁的心情。

我想起了李君，想到我們曾經在學寮地下室，對著紙張上的每個字談起說不盡的心事，談到末班列車時間快結束，還是有許多餘韻繚繞在她纖長的睫毛。

平靜的心情再次起了皺摺，好希望李君此刻就在身邊。

「社論寫完了，直接拿給許總編嗎？」

我故意大聲詢問，其他人立刻轉過頭，手指比在嘴唇上，要我小聲一點，視線全聚焦在戴耳罩的公雞，手正抄寫收到的新訊號。

他拿給陳前輩一串數字。陳前輩稍微拿起帽子，露出微瞇的眼睛，裝出睡眼惺忪的樣子，但還是難掩目光的銳利。他果然在裝睡。

陳前輩維持蹺腿姿勢，迅速掃視完電碼，下巴朝我點一下，然後打開桌底下的抽屜。我順著他的動作探頭看抽屜，裡面有封信，信封寫：本町辰馬商會【註】。現在早就改叫專賣局

註　判決不公：請參考附錄三。

了，爲什麼刻意用舊名？

陳前輩沒回答我的疑問。

「戴上圍巾。今天沒有鎖。」

我這才注意到信封下面，窩藏一條深紅色的毛料圍巾。拿出來，展開，面料到處是起毛球的耗損痕跡。

「今天用你的稿子。」陳前輩換一下左右蹺腿的順序，挪個舒服的姿勢。

「你不用看？」

「看稿是許總編的工作呀。」陳前輩重新將帽子蓋在臉上，只露出歪笑一邊的嘴角。

算了，懶得跟他爭辯。

瞄一眼桌上的時計，已經下午三點了。我趕緊戴起圍巾，塞入大衣的衣領邊緣，背起寫眞機、布包，最後將重要的信、稿子塞進布包。我討厭陳前輩能輕易透視周圍變化，但我無法輕易地辨清他的僞裝。

啊，算了，趕路比較要緊。

我匆忙下山，跨過步入午後涼氣的河面，用飛奔的速度騎車，在下午三點半之前抵達報社。辦公廳最後方的許總編對到我的視線，我壓抑喘氣的聲音走向他，將稿子安妥放在等待批改的箱子。

回座位，我刻意迴避小林的視線。汗珠把眼鏡推到鼻頭，我得摘下眼鏡，擦乾鏡片的汗水，整個人像淋到雨般，濕得不正常。

「燦雲君，你還好嗎？冬天怎麼流這麼多汗？」

「沒事，趕快工作吧，免得等一下挨罵。」

「你升上記者，薪水加不少吧？終於可以幫你阿姊買新衣服。」

我還沒戴上眼鏡，就能辨別小林的嘴角揚起悽苦的笑容。名義上，報社讓我升等成見習記者，待在陳前輩的身邊學習。誰曉得我每個月其實只多了一百元，怎麼可能跟得上飆升的物價，再過幾天大概只夠買圓環的米篩目吧。

「什麼傻話，下班一起去圓環吃米篩目啦，我請客。」我多想跟小林抱怨每天爬山路的痛苦啊，但是我無法告訴他。

「真不愧是陳前輩帶出來的優等生，請客也是相當有氣魄啊，不知道哪天的慶功小宴輪到慶賀你的大好文章。」賴先生不知道什麼時候湊到小林背後，偷聽我們的對話。

我繃著一張臉面向賴先生，希望他夠識相，自己離開。畢竟當他助理的日子，我從沒得

註　本町辰馬商會：請參考附錄五。

到半點好處。米篩目再怎麼便宜，我都不會請他。幸好庶務在這時呼喊他的名字，賴先生在旁人不會注意到的角度，迅速閃過不悅的眼神，隨即用平時的笑容覆蓋，轉身領回退稿。

我忍不住伸長脖子張望，想知道許總編手上的稿子是不是我給的社論。自從我開始替陳前輩跑腿送社論，許總編再也沒有退我稿子。送出的東西沒經過任何批改，反倒讓我感到不自在，我開始懷念起退稿的滋味。

「四點──四點到啦──」矮小的庶務奮力揮舞手臂，像是想要搧起黏在椅子上的新人屁股。

小林尾隨其他助理上樓。我縮起肩膀，想縮到沒人看見的高度，好避開曾經一起共患難的兄弟眼神。樓上忙碌印報紙的時候，樓下的記者除了發呆聊天，什麼事情都做不了。我抓幾張紙幣，捲起來塞進小林的口袋，留張字條說希望這是夠一碗米篩目的價格。

趁大家放鬆地喝茶，聊得笑出聲音時，我悄悄起身，穿上大衣準備踏出辦公廳。掛上圍巾時，感覺好像有誰在看著我，我忍不住回頭尋找，跟角落邊的許總編對上眼。他的眼神如蜘蛛細絲無聲地黏在我身上，觀察我的一舉一動，靠在桌上的雙手遮蔽下巴，讓人看不清楚他的表情。

我吞口口水，假裝沒事般向許總編點個頭，拎起布包走出報社。

想到報社樓梯間掛的寫眞，許總編與陳前輩互相搭背合照，但平時這兩人根本沒有半點互動，未免生疏得太過頭。對我新工作的安排，許總編沒說過半句話，只是安靜地注視著我進來。隱約覺得有股張力藏在許總編與陳前輩過往的關係，我不敢打破。說不定打破，可能有危險發生。

□

近六點的街道，店舖的門一間間闔起來，房屋飄出晚飯的菜香。舊有的本町辰馬商會早已進駐清一色穿中山裝的人，剩零星幾個人還穿著日本時代的舊制服。不論穿什麼衣服，這個壞時局有辦法待在裡面工作的人，想必背後有強力的靠山。

我躲在樓與樓之間的狹縫，戴好陳前輩交代的暗紅圍巾，等待哪個像線人的人認出我。下班人潮不斷往兩邊流散，各自為自己的家庭生活奔忙，沒有人停下腳步留意躲在窄巷的我。他們跟我不同，已經在地圖上找到能抵達的地方，即使是想像出來的也好，至少能讓他們停下腳步，能喘口氣，不會發現地圖本身是沒有盡頭的謊言。

突然有個身形壯碩的男人停下腳步，直視著暗巷的我。

「小伙子，今天淡水還眞的有起霧，很適合阿片走船，你們頭家果然神通廣大呀。」

男人呼吸急促得像快斷氣，腳步沉重拖遲，不在意惹人注目，他眞的是線人嗎？我背脊發涼，眼睛不知道該擺哪裡，才能顯得自己鎮定。我安慰自己，一定沒有人注意到我們，一定不會有人會發現，趕快完成任務，趕快回去木屋。

我快速地將信塞進他手裡，摸到粗糙的手掌心，沒想到他順勢反抓我的手。

幹，竟然遇到瘋子！

我趕緊把我們的手藏在大衣袖口下，用餘光緊盯外面狀況。本町的下班人潮仍像湧泉般四處溢流，匆匆流過我們身旁，應該是沒有在注意我們，但我還是不敢大力反抗。

「不要害怕，我們跟那些人不同。」他抓得更用力，疼痛陷入骨頭裡。

「別鬧了，你想要兩個人一起被抓嗎？」

他的嘴角上揚，好像早就在等待我說這句話。他的嘴巴湊到我耳邊，複雜的菸草味竄進我的鼻腔。

「把這座城市的所有阿片燒起來，也敵不過那群人的惡臭，你懂我的意思吧？有那群人在呀，小老弟，還不如去香港賺骯髒錢。靠骯髒賺錢的人，得辨別洗手的時機。這是給你的，千萬別告訴你頭家呀。」

他另一手抬起，朝向我胸口，我還以為他想掐我脖子。隨後發現他拿著一封信塞進我衣領，輕拍我的胸口幾下，然後抽回手，轉身用正常的步伐踏出巷子，像個平凡的行人消失在我眼前，留下呆愣的我站立在窄黑的巷子。

我按住隔在肌膚與衣料間的信，難壓抑狂亂的心跳。瘋子的聲音還沒離去，他說這是給我的、別告訴頭家。什麼意思啊？

我迅速跨上自轉車，遠離專賣局、本町，飛快閃過樓房行人，即使騎到中山北路，還是無法抑制顫抖的手腳。手腕殘有紫紅的抓痕，一再提醒我，這一切不是在作夢。

沿線的街燈亮起，黑暗及光線輪流照在飛馳的我身上。每個路人的臉變成飛躍的面具，看起來沒有半點表情，整座城市只剩我是活生生的人。我無法和任何人討論現在的痛苦。

可惡，我該去哪裡才好？

我急踩剎車，搓揉冷風中發紫的手指，站立路燈下，等待刺骨的風能不能指引我下一步該去哪裡。附近病院有人走出來，掛起亮眼的新年春聯，就算他們沒在笑我，我也忍不住嘲笑自己，我還眞是個無家可歸的人，莫名其妙收到奇怪的信。

信會不會藏有另一個危險？

自從跟父親吵架離家，我再也沒回家，夜晚都在木屋與他們度過每天反覆的日子。姊姊仍舊會到報社，請小林幫忙寫字條留話給我，要我注意吃飯跟保暖，有什麼困難就回家，她會拜託阿爸不可以亂發脾氣。

父親怎麼可能會聽姊姊的話，我忍不住竊笑，但還是寫了回信，要姊姊放心，一切都很順利，升上記者薪水多了不少。我把錢藏在一堆廢紙裡緊密包裹，連同信紙寄回家裡。最後一次收到字條，姊姊說錢全存起來了，要我一定要回家過年。我不忍心提醒她，物價漲那麼誇張，把錢花掉比存起來划算多了。

現在手中的這封信，拆或不拆，攸關哪一條道路等著我。

「奇雲？」

有人摸了我的肩膀，我嚇得差點扔掉手中的信。

回頭看，原來是許總編。他的眼神也閃過同樣的驚訝，方才講完話的白霧還停留在空中，飄蕩在我們之間。

「啊，是燦雲呀，你怎麼還在外面？」

「我剛吃飽飯，想在外面散步。」我臨時只想得到這種爛藉口。「許總編呢？」

路燈底下的許總編，眼睛全浸泡在深沉的黑眼窩中，眼珠像是從石頭縫透出的光，反覆在我脖子上的圍巾搜索，然後四處張望，好像在尋找誰，不像平時在辦公廳的他，刻意用一張嚴肅的表情，掩蓋人們自然會有的情緒。

「嗯，我也是。」許總編說完，伸手幫我整理衣領。他靠我靠很近，我的心臟幾乎快停下來，害怕他看見我手裡的信。他的嘴巴突然貼近我的耳朵，耳垂可以感覺到他嘴裡送出的溫熱氣息。

「夜晚散步要多提防，尤其是身上有重要的東西，不要在路邊掏出來。」

我覺得腦袋昏沉，還來不及問清楚許總編什麼意思，他馬上掉頭走到對街，路燈拉長他的影子，直到消失在黑暗之中。

街道有光的地方剩我一人，不由得全身發顫，害怕在看不見的黑暗地方，有誰在窺看。

許總編知道信的事情？還是許總編一直在跟蹤我，看到瘋子拿信給我，故意講那句話，想刺激我把信交給陳前輩？如果是這樣，代表這封信確實跟陳前輩有關？瘋子說不能把信給陳前輩，表示信有陳前輩的祕密？

可惡，到底眞相是什麼？到底誰才能相信，我沒有頭緒。

我跳上自轉車，騎到河岸，拋下自轉車，跨過濕漉漉的草地，接近傳來刺骨寒氣的河面。忍住發抖的手，推出藏在草叢的竹筏，推入深黑的水面，城內星點的燈光倒影跟著扭曲。等划到河面的中央，我停下動作，從布包取出火柴照亮那封信。

我決定拆開信。反正事到如今，我沒有其他去處了。

我回台灣了，但是你不必知道我在哪裡。

我很不願意承認，你當年說的有一半是眞的，再耗下去只是浪費生命而已，這裡眞的有人死掉，屍體直接丟在蛆長不出來的冰雪裡。

還有另一半是你說過的話。我時常在昏黑的工廠，聞阿片煮熟氣味時想起，你說人能享受到的自由，終究是被自己已知多少所限制。
圍巾的顏色越變越深，我會一直圍著它，證明我還是你認識的那個奇雲。
時間會推向我們相遇的那天。

□

站在門板前，我猶豫了一下。
「拍叩叩，叩，拍，叩拍叩，叩叩拍，叩叩。」
我急促地拍打完暗號，門板另一頭傳出鎖解開的聲響，小心打開門，洩出裡面的光線。
我一伸出腳，似乎勾到了什麼東西，視線跟著墜落。我跌撞在地板，一群人上來壓制我的手腳，鴆鴿坐下去前小聲說：「火鼠忍耐一下啊。」然後笨重的力量從我胸腔正後方擠壓上來。手腳被套上粗糙的繩子，圈圈纏縛，唯一自由的部位剩下眼珠與舌頭。
我像隻烏龜努力伸長脖子，探查現在的情況。陳前輩依舊坐在他的專屬位置，修長的腿跨在桌上，如往常的冷淡態度。公雞、狗蛙、鷺鷥聯手剝開我的大衣、襯衫、褲子，口袋裡的東西掉落出來，包含那只皮夾。
「喂，不要動我的東西！」

我再怎麼叫喊都沒有。我越掙扎，�鴣的重量越重，跟詛咒一樣。

他們找到那封拆開過的信，交給陳前輩。他瞄一眼，拿起桌上點燃的香菸戳向信紙，煙霧長成小火團，緩慢吞噬掉信。他接著翻看我的皮夾，修長的手指俐落地挾出李君的寫眞還有金鍊條。

陳前輩的眼睛停留在金鍊條上面，瞇得更細。

「不准你……」我努力從胸腔擠出聲音，接著有手按住我的脖子，我的嘴巴被迫貼在地面，只吸得到帶有地板塵土的濁氣。「告訴我眞相！我拿了你的骯髒錢，我要求知道我該知道的眞相！」我用盡最後的力氣大吼。

陳前輩沒有回話。我聽到腿蹺到桌上的聲音。

「你爲什麼認爲自己可以擅自打開那封信？」

我努力挪動臉頰，鴕鴣的手稍微鬆開。

「你先回答……眞相……是我用命換來的……」

我還沒說完，陳前輩的鞋子立刻出現在我視線範圍內。我根本沒聽見他走路的聲響。

「我再問一次，你憑什麼認爲你收了我的錢，還可以擅自背著我拆開信？」

他蹲下來，修長的手指輕彈香菸，帶有火光的菸灰撒落在我的手背，痛得我忍不住想抽走手，但是手被鴕鴣壓制住，皮膚落下紅粉色的痕跡。

「聽你在吹法螺〔註〕！搞得多神祕，好像收發電報是多遠大的計畫，還不就是把消息賣給走私販！我懶得管我拿的錢多骯髒，我只要求『合理』的封口費。」我吐口水，陳前輩揚起一邊的眉毛。

我希望其他人聽見了，至少有些反應，但是電報持續發出的聲響，輕易凌駕在我的怒氣之上。我的怒吼不過是一瞬間的事情，說完後木屋再次恢復日常，根本沒有人在意我說了什麼。他們像傳染般，一個個呵呵笑起來，連一絲尷尬或反省也沒有。鴟鴞的重量還是將我壓得死死的，無法掙脫。

陳前輩彈起菸頭，恰好落在我的鼻子前，腳用力踩下去，距離我的鼻頭只有幾釐米，聞得到膠臭的鞋油味。他抬起腳，使勁踩踏，菸頭碾得碎裂。

「你認爲我們有資格談論眞相嗎？從我嘴巴吐出來就是眞相嗎？這間屋子裡的人全沒有名字，不過是蒐集片段情報的機械。對，你們都是不允許思考的機械，拼湊成能讀的文章交給報社，印出來，送到街坊人們手中，等他們讀了，吃進去，消化，變成衆人以爲的『眞相』。」他大笑起來，蓋過電報的聲響。

「你要是不想趕著送死，就趕快領回自己的名字滾回家。」

鴟鴞離開我的身體，我終於能翻過身，大口呼吸空氣，我試圖坐起來，但是血壓還沒恢復，頭部的血管正在擠壓我的腦，感覺頭痛欲裂。

「奇雲，你其實害怕得要死，對吧？你怕承擔名字的責任。」

我暫時還爬不起來，頭頂懸繫的那盞唯一的燈被陳前輩身形遮住，燈照亮他的輪廓，像是個發光的影子，讀不出他的情緒。

那團影子越看越像是沒底的黑洞，等血液終於回流到我的腦袋，我才能坐起身，直面那張其實有眼睛、鼻子、嘴巴的臉。我有把握，自己快要揭開陳前輩面具底下的眞實樣貌。

「好了，我們不要再演下去了。你早就知道我會收到信，而且會擅自打開它。這一切都是安排好的測試，對吧？」

我等待其他人的反應。他們慢慢鬆開嘴，笑聲洩了出來，氣氛扭曲得像一場鬧劇。

「我、我們、我們是眞的想殺你。」狗蛙努力在笑聲間擠出字句，靠在收報機旁的公雞、鷺鷥笑得喘不過氣，拚命拍彼此的背來發洩，差點掃到桌上的眞空管。

唯一還保持警戒的人只有鴟鴞，手中拿著小刀，擋在我跟陳前輩之間。陳前輩依舊帶著僵硬的神情，用細長的眼睛打量我全身細微的肌肉變化。

我吸口氣，穩住自己的聲音。反正走到這一步，要殺掉要放生，都是命。

註　吹法螺：即日文「法螺吹き」（horahuki），指說大話、吹噓，也是現在會說的「唬爛」。

「我打開信，代表我願意把性命賣給你，跟你訂下契約。你想殺掉我，就做吧。想留我活口，就給我一百倍的酬勞，還有保護好我的家人。從今以後，我絕對不會過問任務內容，絕對不會出賣你。」

他們壓低笑聲，等待又點起一根菸的陳前輩說點什麼。

煙悠悠升起，竄到屋頂的木樑，看不出些許緊張。

突然陳前輩伸出舌頭，一口含住菸屁股，笑開嘴露出裸露的牙齒。

「別在我交代工作前死掉了。」

那句話像發揮了魔咒，鴳鴿、公雞、狗蛙、鷺鷥的手腳開始動起來，起身包圍住我，同步架起我的手腳，將我整個人舉起來。

我努力抬起脖子，看靠在桌邊笑開嘴的陳前輩，在我眼前縮小、倒退，就在我騰空的那瞬間，他那張討人厭的臉，緩慢地掩蓋在木板門之後。騰空的輕盈，害我忘了迎接接下來落地的疼痛。我重摔在草地上，睜開眼，眼前糊成一片青草色的色塊，摸索好久才找到眼鏡。戴上眼鏡，曾經清晰的木屋、電報、陳前輩、鴳鴿、公雞、狗蛙、鷺鷥的面容，都消逝在蔓草堆中，不存在於這個世界，這個我身處的世界。

唯有緊繫在我脖間的圍巾，沾染過木屋地板的灰塵，提醒我那段記憶不是幻想。

眺望四周，天空亮了，我再次是李燦雲，是個在報社工作的普通人，活在消息以外的快樂無知生活。

□

我重拾原本的名字的第一個念頭，是去茶房一趟。

其實我不知道能去哪裡，只是想到這個時間點去報社還太早，窩在車站還是公園又不太妥當，想來想去，最熟悉的地方剩下茶房。

自從不當賴前輩的小助理，我就沒再光顧茶房。一來是真的沒有時間，二來是我不知道自己期待從杏子身上獲得什麼。

杏子是專門服務孤寂男人的侍應生，讓男人從短暫的聊天、有意無意的肌膚接觸，得到被關愛的錯覺。我刻意不給她任何小費，故意在她面前裝窮，怕的就是掉進迷霧的陷阱，可是我好像不自覺地依賴起她。除了杏子之外，我不知道還能找誰，訴說卡在腦袋裡沒人會相信的事情。

我以為唸出陳前輩的眞名，就能揭穿他用報社名義蒐集訊息，實質上做非法生意的勾當。我的推論應該沒有錯，但陳前輩最後要我等他是什麼意思？被拆穿的人到底是陳前輩，還是其實是我？

店門的鈴鐺哐啷地響。

「唷，好久不見啦，李先生。」

櫃台邊的女主人端詳著我，艷色的旗袍跟櫥窗剛貼的紅春聯，形成色彩過度艷麗的景色，我不得不瞇起眼睛。茶房內的侍應生清一色紅艷的旗袍，發糖菓點心向客人道喜。瞄一眼時計，我想起現在才早上而已，多半是喝醒腦茶、吃瓜子聊時事的中年男子。

我用眼神掃視店內一圈，看不見杏子的身影。

「杏子不在。」另一名我不熟的侍應生靠向我，拉起我的手臂，帶我坐到我常坐的位子。「你都點烏龍茶跟三明治，對吧？」

「請問杏子今天會上班嗎？」

「這我就不確定了。」她眼珠子溜轉了一圈，「最近她可忙得很。」後半句她刻意用中文說。

「先茶就好，謝謝。」

侍應生收起笑容，像蓋章般放上水杯離開，懶得再對我花心思。我打量一圈茶房，唱盤放的歌曲沒變、餐點飲料沒變、談笑跳舞的聲響沒變，只是多了些新年氣氛而已，想不透女主人會吩咐杏子什麼工作。

我決定留在茶房等杏子，想跟後桌的人討些報紙來打發時間。茶房放了四家報社的報紙，他們居然全部拿走，圍聚桌上發熱的茶水大噴口水。仔細聽一陣子，才聽出他們在討論艋舺蔡福的長子被叔父刺傷的事件，時不時拍桌大喊政府沒給人民半點機會。家裡的高級家具變賣得差不多了，怎麼會比戰爭時期還慘。光復才是蔡家悲劇的眞正凶手。

喔，沒想到那些有錢人也會這樣叫不平呀。

「哼，還故意在公會堂辦音樂會。我才懶得去湊熱鬧，賞什麼面子。」嘴上蓄小鬍子的男人說。

是中山堂才對，我在心裡默默更正，而且他們討論的是好幾個禮拜前的消息，早就不算什麼新聞。大概是因爲那起財產糾紛，讓他們想起自己的處境吧。如果是以前的那群士紳，會不會繼續窩在二樓打麻雀，罵日本人換成罵大陸人？

「唉呀，鼎鼎大名的李記者居然偷聽人家談新聞，怎麼不自己去買報紙？」

我認得這個聲音，是杏子。在我轉向聲音來源前，報紙精準打在我臉上。

我拿下報紙，重新扶正眼鏡，「眞是感謝杏子小姐的救助。今天的杏子小姐，還是依舊美麗動人啊。」

杏子沒有馬上回嘴，張望四周，觀察一下附近才湊到我身旁，用低沉得不像是她的聲音說話：「你到底在做什麼？爲什麼氣色這麼差，臉頰都凹進去了。」

我打開手臂，繞過杏子脖子後方，「沒什麼，我現在體力比以前還好呢，努力工作的男人不都是這樣嗎？」

杏子瞪著我的眼睛，「阿雲，我沒有心情開玩笑。」

我收起手臂，細看許久未見的杏子，確實依舊美麗動人，但她不像以前穿顏色鮮艷的旗袍，頭髮、脖子也刻意卸下飾品，打扮得低調許多，但是衣料反射的色澤，暗示她身上的旗袍不是隨便的人都能穿得起。

杏子挪動身體，與我的手臂保持一段距離，依舊維持低聲語氣，「你的鬍子看起來好幾天沒整理，這副德性是想要嚇死誰啊？我都不知道你是不是死在路邊。」

「對不起嘛，報社工作很忙，沒辦法擠出時間來茶房看妳。」

「你只擠得出這句話？」杏子雙手抱胸，凝視前方，深深吸了口氣，「阿雲，有人說要娶我。」

「什麼？什麼時候發生的事情？」我不小心沒控制好音量，茶房所有人都看了我一眼。

杏子嘟起嘴巴，「你又不在，什麼時候發生有差嗎？反正下個月底就是訂婚日。」

我不知道該說什麼，用乾笑緩和情緒，「安排在過年後迎娶？妳怎麼不說服他早點辦婚禮，還可以一起過年啊，哈哈哈。」

杏子沒有笑，沒有回嘴。

「結婚不開心嗎？不然我帶妳一起逃跑，要不要？」

杏子還是笑不起來，這下換我也笑不出來。幹，我爲什麼要說那麼白痴的話。這種時候大家通常是說恭喜吧？講恭喜錯不了吧？我爲什麼要講那種討人厭的話，可惡。

「對不起。」

除了對不起，我不知道該說什麼。

杏子嘆口氣。

「他是個年輕的上海人，我其實聽不太懂他說話，但是他對我還算不錯，帶我去聽戲、訂製新衣服，說願意娶我，還說在外面保衛家國是爲了讓我安全。」杏子眼角的妝容被淚水暈成如抹霞的色塊，「這是你希望姊姊會有的幸福嗎？」

杏子回過頭看我的時候，嬌小的耳朵垂掛著鑲有血色寶石的耳環，不斷晃動反射光芒，照亮她卡有淚水的睫毛。

「我相信杏子會比我姊姊更幸福喔，一定會的。」

我舉起手，做出握手的姿勢。

杏子愣一下，伸手握上來。

「他是有軍階的人，要是有困難找不到工作，我可以幫你想辦法。」

「我是有尊嚴的男人，我會當妳沒說過這句話，再會了杏子夫人。」

我終於看到她笑出來，懸在脖子邊的耳環晃動得厲害。

「再會了，李燦雲。」

我們用比平常莊重的姿態向彼此道別。店內剛好播放〈螢之光〉，害我想起那天碼頭的場景，眼睛多了模糊的水光，無法好好目送杏子離開店門口。

店門鈴鐺哐啷地響，櫥窗門映射我衣衫凌亂的倒影，與站在門外的杏子相疊一起。櫥窗漸漸框不住離去的她，剩我還駐留在原地，困在沒有杏子的茶房。

我挪動僵直的腿，一個人靠在盥洗室的洗手槽，不停用清水拍打面頰。鏡裡的自己，臉頰凹得不像寫眞裡伴隨李君身旁的我，也不像不擔心杏子有天會離去的那個我。

店內終於有人意識到〈螢之光〉毀壞新年的氣氛。音樂突然被切換，變成狐步舞的伴奏，整間屋子傳來與音樂節奏搭不上的踏步聲，洗手槽內的水蕩起漣漪。

舞步聲撞擊我的胸口，跟著內心在倒數的聲音：距離我被陳前輩拋棄剛過了三個小時、距離報社截稿的時間還有五個小時、距離姊姊跟父親收攤的時間還有六個小時……這裡距離我回家的道路有多遠呢？

地圖上的道路，故意讓人以爲會通往某個目的地。

也許社子的爛泥會是我永遠的目的地。

看來我始終沒找到逃脫過地圖的方法。

團員的祕密

一九四七年春末
石垣島到安雅（與那國島）
海面安穩

沙灘颳起的海風殘有大量水分，一層層從廖正雄的衣服滲透進來，緊黏著我每寸肌膚，找不到有遮蔽物的地方甩掉煩人的海風。我回望身旁的玉芳，她的臉簡直是躲在整張地圖之後，分不清楚她是在看地圖，還是拿地圖擋海風。

「喂，妳要用性命保護地圖，我才願意帶妳去台灣！」我得吼叫才能蓋過風聲。眞後悔沒趁她在防空壕昏迷的時候拿走地圖。我沒有任何理由要陪陌生人尋父，賠上陳前輩託付給我的任務。

「妳確定大城先生會來？」

「他說過會來載花生。爲什麼地圖最下方寫『安雅』？」地圖仍貼在玉芳臉上。

「不重要。沒有那張地圖本身重要。」

玉芳撤下地圖，怒視著我。我發現她在生氣，想要反擊或表達憤怒的時候，會習慣憋緊嘴唇，隨時準備將怒氣一次發洩出來。

可是她突然放鬆嘴唇，緩慢伸長脖子，好像在尋找遠方的東西，怒氣轉爲正常的語氣。

「那裡好像有人？」

她站起來，朝她緊盯的方向走去。直覺告訴我，事情應該沒那麼簡單。我伸長脖子順著她的方向張望，果然遠方有艘準備離開的漁船，一名男子站在礁石上對我們招手，反覆大喊：じらい、じらい、じらい——

「爾來」？什麼意思？爲什麼要突然講古文？

我瞇起眼睛仔細觀察。不對，男子的手指反覆比畫沙灘地。是跟沙子有關聯嗎？

啊，「地雷」。他是說地雷。

我感覺埋在沙裡的屁股瞬間冰涼得不像是自己的身體。

「唷——有地雷——」遠方的玉芳回頭大喊。

幹，我已經猜到了，不用妳再說一遍。

「跳過來，踩她腳印搭，跳上來搭！」男子喊。

「趕快跳過來吧——」玉芳一下子已經爬上礁石，扭過頭對我大喊。

跳？怎麼跳？我連彎起嘴角的力氣都失去了。現在只有我一人還坐在可能埋有地雷的沙灘，屁股被潮濕的沙粒包圍，分不清楚冰涼跟痲痹的差異。沙灘上還殘有玉芳的腳印。問題是我有沒有勇氣撐起身體，讓上天決定此刻是不是末日。這跟躲避燒夷彈不同，死亡的權力不在敵人手中，而是握在自己手裡。

遠方碩大的礁石上兩個站立的細影，一個是恨透我的陌生女孩，另一個是不知道好心還是壞心的男子。他們身後的天空，半邊染上夕陽的暖橘光暉，我希望這不是我臨終前的最後畫面。

我閉緊眼睛，海浪聲不斷淘洗閉眼所見的黑暗，裡面是一片荒蕪。

時間會推向我們相遇的那天。

我張開眼睛，聲音消逝了，只剩下我沉重的呼吸聲。

埋在濕沙的腳後跟用力撐起身體，往後蹬。我跑起來了。

我直盯著朝我不斷揮手的男子跟玉芳，視線晃動得分不清楚腳印的輪廓。我只是不斷隨他們揮手的節奏，不斷踩踏我的雙腳前進。終於，腳離開濕滑的沙地，踩上尖刺的礁石，就算全身被礁石刺到流血，我也不要再回到那片沙灘。玉芳一手抓住衣領，讓我不至於滑落回隱藏地獄的沙灘。

「謝謝……」我趴在礁石上喘息，感受到心臟猛烈地撞擊肋骨。

「少年人，是你？你怎麼在這裡搭？」

我定住氣息，抬頭端詳男人的眼神，憶起船隻在海上漂蕩的暈眩感。原來是一起搭走私船，說話句尾都會有「搭」的大哥。

我對他跪下。

「大哥拜託你，帶我去都南吧。」

「喂，你答應我要去台灣！」玉芳朝我逼近，但我腳底下沒多少礁岩能踩。

「去台灣？」男人幾乎是用尖叫的聲音，甚至忘了語尾詞。他清一清喉嚨，讓口氣恢復正常，「瘋子才要去台灣搭，沒看到港口多少浮屍搭！」語尾詞加回來了。

「大哥，去台灣本來就要先去都南，對吧？對吧？」我用眼神跟男人示意，想徵詢他的認同，但是他沒有搖頭、點頭，只是繼續用嫌惡的表情，看眼前兩個說想去台灣的瘋子。

「我不相信。我要等大城先生。」玉芳面對大海，盤腿坐下。

「大城先生？我認識他搭，跟他約好在都南交貨。」男人發覺玉芳的眼睛亮起來，馬上把話收起來，「可是我不隨便載陌生人上船搭，何況有女人搭。」

「女人怎樣了？」

「女人怎樣？」男人再次回復成尖叫音，隨即吐一口口水，跳上捆綁聒噪馬達的小船。

「喂，少年人，你要在這裡跟她等死，還是坐我的船，快點選擇搭！」他又變回原本的聲音。

我知道他不是在開玩笑。要是拿不出交換的條件，恐怕我只能跟玉芳坐在礁石上等死，或是跳下沙灘踩地雷自殺。

「金鍊條給他吧。」我在玉芳耳邊壓低聲音，「這是我們唯一的機會。我答應妳，到都南以後，我會想辦法帶妳找到大城先生，帶妳去台灣。」

她微微縮起脖子，垂下眼皮，手指在鎖骨間游移。我幾乎能想像堅硬的鍊條，就藏在她的衣領底下。男人也盯著玉芳的鎖骨瞧，緊盯在衣料下透出的金鍊條，鼓譟起貪婪的念頭。

「不行，你也得答應我，你要帶我回台灣。」玉芳指著男人說。

「哭枵……」男人咒罵完吐口水，彎身開始收起繩索。

「等等，等我們一找到大城先生，金鍊條就給你！」

他停止動作，「怎麼掛保證搭？」

我推一推玉芳肩膀。玉芳拉出埋在領口下的金鍊條，瞬間敲開了男人的嘴巴，不自主地流出口水。

我擋到玉芳面前，打斷男人的視線，伸出手表示握手。

「我們找到大城先生，金鍊條就歸你。」

男人拉緊繩子，把船身拉往礁石，然後跳上礁石，一把握住我的手用力搖晃，像是看見餌的鱉，咬住了就不可能放開貪心的嘴。

「少年人，成交搭！」

呼，總算順利達成交易。郭頭家送的金鍊條到底有多少眞金，我根本搞不清楚，反正在男人仔細檢查金鍊條之前，趁亂拿走地圖逃跑就行了。

拜託啊陳前輩，你也希望計畫順利吧？

我尾隨玉芳跳上船，船身晃動得厲害，胃袋回憶起上次暈厥的感覺，開始躁動不安，我忍不住蹲下來。

「喂，你還好嗎？」玉芳愍緊嘴唇，聲音聽起來還是一樣無情，但表情確實是關心沒錯。

我點個頭，嘴角隨便抽動一下，做個微笑回應。

船尾的馬達努力吸取海水、吐出，吃力地朝無際的海洋前進。頭頂已經降下濃黑的星空，壓得我快喘不過氣，我覺得隨時都可能在船邊暈吐。男子手裡掌舵，眼睛卻緊盯著玉芳，好像恨不得能一把搶走她脖子上的項鍊，就立刻把她丟下船。我想集中精神，爲任何危險設想防禦辦法，但腦袋還是很昏沉，恐怕第一個掉下海裡餵魚的人會是我。

不行，地圖還在玉芳身上。陳前輩呀，你要好好保護我到安雅！

我努力維持清醒，逼腦袋對抗海浪的起伏，專注地緊盯反覆偷瞄玉芳的男子，盯久了便忘記月亮原本掛在左側還是右側。完了，我們只能順從男子，相信他眞的會帶我們去找大城先生。

無情的海波繼續推著我們這艘孤船，跟那時在山中逃亡的感受很像，濕氣與濃霧煩人地黏在皮膚上不離去，渴望那會是誰的凝視，卻又害怕不知躲在哪裡的對方，隨時將取走自己的性命。那就是被世界遺棄的感覺吧。

「少年人，你叫什麼名字搭？還有那個女人爲什麼發瘋要去台灣搭？」男子固定好舵的角度，盤腿坐到我跟玉芳中間。

「你先說你的名字。我聽得到你們說話。」玉芳的嘴唇憋緊，雙手舉到胸前。

「女孩子脾氣不要這麼壞搭。」男子扭過頭，歪嘴對玉芳笑，「你們可以叫我『石仔』，路邊石仔的『石仔』。」

「你好，石仔，你不用管我爲什麼要去台灣。」

「好好好，那你搭？少年人。」

我試探性張開嘴，胃裡的液體似乎察覺到洞口打開了，有股力量往上衝。我趕緊再度閉嘴。

「算了，算了，那次聽漁師說廖老婦人要招個男人入贅，看來好處是給你撿到搭，少年人，哈哈哈。祝你們早生貴子！我要繼續顧船，不吵你們夫妻搭。」

食物還是衝破了咽喉。我不行了，對著大海擠出廖家用衣物換來的珍貴食物。我只能小心別讓廖正雄的衣服沾染到嘔吐物，吐完後我拔掉眼鏡，免得被玉芳太過犀利的眼神灼傷。

把一切包裹在模糊裡就能夠避開危險。對，就是因爲我們知道太多，才會落得逃亡的下場。

船板隨海起伏，時升時落，我放任側躺的頭敲擊木板，叩叩叩地響，要是這剛好是誰傳過來的電碼，不知道會翻譯出什麼話呢，早知道就多問問�островα電碼怎麼翻譯了。下一波嘔吐物湧上來，打斷我繼續回憶木屋，再次把身體掛回船邊，把該吐出來的東西吐出來。

等引擎平息下來，耳朵好像瞬間被拔開塞子。我戴回眼鏡，果然，海的另一頭終於浮現如巨人張開雙臂的岩壁。我們抵達與那國島了！

船慢慢停靠在大小不一的礁石附近，但是離灘地仍有好幾町的距離。

等等，爲什麼不把船開近一點？

石仔脫下衣服，緊繫在腰間，把繩子拋向最近的一座礁石。玉芳也跟著起身，伸展一下脖子、手腳，把衣服確實地扎進褲子裡，再捲起褲管。

「石仔先生，我們要怎麼上岸？」

「游過去搭。」他沒有抬頭，手指頭隨意往岸邊方向指。

「我、我不會游泳。」我吞口水，發現呑嚥的聲音比我講話聲音還要大。

石仔終於抬起頭，用生平第一次聽到有人說不會游泳的眼神盯著我。我以爲他要張口大笑，但他瞪大眼睛，指著我衣服上的名牌。

「少年人，名字亮出來是想被人抓回台灣搭？聽我的，丟掉衣服！」

「不可以！」玉芳衝到我面前，「你敢丟，我就把地圖丟掉。」

「啊，快點搭，警察來就不好搭。」石仔蹲下來，一手撐頭，「衣服不丟掉，我就不帶你們找大城先生搭。」

石仔說得沒有錯，穿寫有台灣人名字的衣服走在路上，等於昭告天下我不是當地人。在這個敏感時刻，難保不會被警察懷疑是偷渡來琉球的台灣人。

我扭過身體，迴避玉芳的視線。誰都不會希望隨便丟棄至親的遺物，但這是不得不做的事情，畢竟死去的人是他們。他們無法代替我們，繼續在痛苦的現實裡掙扎。衣服不過就是衣服，給另一個人重新撐起、脹成人形，依舊不可能是原來的那個人。死者只會隨時間沖刷淡去，這就是死者必然得面對的命運。

我脫下衣服，趕緊丟給石仔，他雙手接起，又馬上放開手，好像碰到燙人的東西一樣，衣服掉到礁石上。

「給我做什麼搭！」他咒罵一聲，腳背輕輕往前踢，衣服便靈巧地滾落礁石，墜入海裡，隨海流緩慢舒展成放鬆的大字型，像有個看不見的人在水中仰躺。

我深呼吸轉向玉芳，「玉芳，想想目標呀，妳是說妳想去台灣，對吧？這些只是必要的小犧牲，知道嗎？」

玉芳沒有理我，繼續垂頭盯著海面。

「我們還是會去台灣找到妳爸爸……」

「你們兩個，沒時間搭！」石仔打斷我說話。「拿繩子綁一起，我牽你們游過去。快點搭！」石仔說完便跳下水，水花嘩地衝開平靜的海面，覆蓋濃郁的白色泡沫。

海中漂揚的平靜衣服，怎樣也找不到。廖正雄的衣服消失了。

我決定還是別多說什麼，學石仔捲好褲管。反正玉芳一聽到石仔的話，眼神馬上移開海面，轉而拾起繩子，專注地理順、檢查繩子有沒有切口。我想開口問要不要幫忙，但她手勢太過俐落，繩子一下子就繞過我們兩人的腰際，牢固的結迅速長在我們之間。

「陳先生，你專心顧好你自己就好。」玉芳這次確實是看著我說，但她眼底吹過的冷風比大海還可怕。

在我還來得及問她什麼意思之前，她就牽起繩子站到船邊，吸飽一口氣，跳下水裡，繩子也將我往前拉。與其說我是跳下水，不如說我是被拉下水。

我奮力打水花，可是怎樣都浮不起來。

死定了，死定了，我逃過燒夷彈、槍火、地雷……那麼多次死劫，但我很可能要淹死在都南的海邊。

陳前輩啊，拜託你見到我的話，千萬不要埋怨我。

海水淹沒過頭頂，漆黑的海裡看不見玉芳、石仔的身影，隱約有些小黑影在閃動，也許是魚群吧。看來我的命運跟廖正雄的衣服一樣，分不清楚是我們先拋下活著的人，還是活人的世界率先拋開我們。

若說黑暗就是世界的盡頭，我也願意相信。說不定死期來臨的那天，就是這樣的感受吧。不知道小林臨終前面對的槍管，在射出子彈鑽破腦殼時，是否就和這裡的海水一樣冰冷。

要是小林見到我，希望他別再問未來是什麼，吵死了。有股力量輕輕頂起我的下背，把我往上推，讓我的口鼻能探出海面，新鮮的空氣終於能竄進我的口鼻，我忍不住張開大口，空氣、海水一同灌進我嘴裡。苦澀的海水又立刻害我反胃，我用力咳嗽，把水吐出來。

「少年人，你淹死會害我們下沉搭！」石仔一手繞過我的腋下，一手划水帶著我們向前移動。

我虛弱張口說謝謝，不確定石仔到底聽不聽得到。等力氣稍微恢復，我用腳幫忙打水，但是對我們前進的速度似乎沒有幫助。石仔繼續用強健的臂力，劃開濃稠的海水，我想我還是別擅自幫忙好了，當個安靜不拖累的物體比較好。

另一旁的玉芳緊跟著，一個人用平穩的速度換氣、游泳，就像那時她帶我在樹林裡奔跑，找到能躲雨的地方，不自覺地佩服起她，能爲遠方不知是死是活的父親拚命。哪像我爲了不知意義何在的地圖，大老遠跑來都南，爲自己的行動冠上美妙的藉口：

安雅之地，能讓人再次擁有生活，無論你是什麼身分、你曾經做過什麼。

算了，玉芳想殺了我也是應該的。但願藏在她衣服裡的地圖，能在被海水泡爛前趕緊拿回來。

石仔游到淺海域便鬆開手，我努力撐起發抖的腳，一步步踩在刺人的礁石上步行，偶爾有黏滑的生物流到腳邊，但我已經累到無法去想那些生物有沒有毒。

腳底下的沙粒多了起來。我們的雙腳漸漸脫離了海水，終於確定登陸了。我懶得管這片海灘有沒有地雷，直接倒地躺平，希望自己變成貝殼融入這片沙灘，再也不要爬起來。

「幹，爬起來搭！不能留痕跡！」

石仔抓起我的頭，拍打我的雙頰。我只好趕快爬起來，避免他打飛我的眼鏡。我一爬起來，他趕緊用腳把沙子掃進人形的沙坑。

「繩子還要繼續綁著？」玉芳指著腰際的繩子。

石仔嘴邊碎唸一連串我聽不懂的話，拿出他藏在褲子裡的繩子，纏繞起我跟玉芳的手腕，另一端綁在他腰際。

好極了，這下子有兩條繩子同時綁住我跟玉芳，我更不可能拿到地圖馬上溜走。

「幹，照顧你們兩個累死，金鍊條最好夠值錢搭。」他繫好繩子，往前方的蘇鐵林前進。繩子有股拉力，逼迫我跟玉芳一起向前。「少年人，你負責消滅足跡搭！」他揮一揮我腳邊的木棍。

我倒退著走，邊後退邊用木棍抹去我們的足跡，偶爾不小心撞到玉芳的背，感覺到包裹皮囊下的堅韌骨頭。她行走的速度比我預期的還要緩慢。

隨我們深入蘇鐵林，腳底下的沙粒被草地取代，我隨意甩開木棍，終於能用正常腳步跟上他們，我才發現我們在一片蘇鐵林遊走，四周都是長得跟木瓜樹一樣高的蘇鐵。

腳下的土面越來越傾斜，走在最前方的石仔跨開腳步，爬上巨大的岩石階。我注意到玉芳的嘴唇發紫，還沒跨上石階就在喘氣，跨開的步伐不像腳步穩健的她。

果然，她的腳沒力，整個人向後倒。

我及時拉住她的手臂。

「妳還好嗎？」我用力把她拉上石階，「要不要我揹妳？」

在我反應過來前，她打掉我的手。

「顧好你自己就好。」說完她一口氣往上爬兩、三顆石頭。

眞是的，我差點忘記她有多討人厭。

終於爬到最頂端，蘇鐵林變成我們腳底下的密麻綠叢，天上的墨藍夜色，看起來比海上舒暢許多，灑滿如餅上芝麻的星光伴隨我們的步伐。

我們沿著海岸線慢慢行走，來到和緩的青草地，遠方有馬群低頭吃草，清一色的軟綿草地，穿插幾塊突出的林投林與蘇鐵林。時常有強風吹來，矮樹林掀起風暴式的騷動，沙沙巨響撕裂著空曠的草原，馬群仍不受干擾地繼續低頭吃草。

石仔說我們要到島的西邊，但指向西邊的道路似乎綿延無盡，像怎麼走都在原地一樣，觀看著同樣的綠草馬群。玉芳依舊走在我前方，脖間的鍊條在濕透的衣衫下浮現誘人的金黃色，趁她體力不好的時候搶走地圖，應該是可行的，但這片什麼躲藏地都沒有的草原，沒辦法讓我馬上搶走地圖逃跑。

可惡，走了不知道多久，路上半個人影都沒看見。都南到底是什麼偏僻的爛地方？陳前輩爲什麼非要來都南？

玉芳突然回過頭，正好對準我的視線。我飄開眼神，假裝在看最前面的石仔。她的腳程加快了，馬上跟我拉開距離，看來體力恢復不少。

我們走到天色透出微量的日光，腳下的泥土路開始有街道整治過的模樣，越來越密集的房屋取代草叢。一群赤腳的孩子在追逐一顆籃球，突然最後面的孩子指著另一頭大喊：天麩羅！

孩子馬上拋下破舊的籃球，衝去包圍正在煮大油鍋的小販。

謝天謝地，這座島還是有人的。

成年人也慢慢走出屋子，圍住炸天麩羅的小販，魚腥與汽油的混雜氣味捲來，刺激食慾與誘發嘔吐的感覺同時在體內交雜。他們緊盯大油鍋，等待天麩羅起鍋，乾瘦的孩子們各個張著嘴巴，站在最前排。

「那些有毒搭，吃了會後悔。」石仔拉動繩子，帶我們拉往另一個方向，好像我跟玉芳只是繫上繩子的家畜。「想吃眞的天麩羅，去幫日高先生做事就好搭。」

日高先生？我們不是要找大城先生嗎？我沒聽懂石仔的意思，跟著繩子的拉力走過等待天麩羅的人群。往街道走得越深，人潮變得越擁擠，隱約聽見鼓聲在敲擊，是一群穿著舊校制服的青年高舉布條吶喊口號。

走靠近後，我聽出來他們的日文交雜另一種語言，猜想是與那國語。他們站在印有美軍符號的木箱，布條寫著「與那國文化捍衛」、「琉球文化復興」。台上演說的男子五官深邃，長有一雙睫毛濃密的大眼，但即便長得俊美，沒有人停下腳步聽他們說話。

「民主共和國的理想就在不遠，我們要重振腐化的私貿易風氣，建立琉球獨立的經濟與政體。相信我們離仲宗根先生與貞代女士[註]所說的理想不遠……」

玉芳止住腳步，定神地聽男子演說，害我不得不與她站在一起聽講。唉，眞是麻煩的小

註　仲宗根先生與貞代女士：請參考附錄十一。

孩子。

綁在手上的繩子陷進肉裡，傳遞出石仔的怒意。我用眼神安撫石仔，靠近玉芳耳邊：「我們不是要趕快找到大城先生嗎？妳不是要去台灣找爸爸嗎？」

「『民主共和國』是什麼意思？」玉芳像是在對自己問。

「不重要。沒有比趕快找到大城先生重要。」

「你什麼都說不重要！」玉芳提高嗓門，害我差點耳鳴。「我哥哥的衣服不重要、地圖寫的『安雅』不重要、金鍊條不重要，爲什麼只有那張爛地圖最重要？」

「小聲點……」

幹，麻煩的傢伙。我心臟劇烈跳動，說不出話來，這才發現氣氛異常安靜。

不知道爲什麼，演說的男子同樣安靜下來，眼神停在我跟玉芳身上。他在看我們？

慘了，該走了。我頻頻對玉芳眨眼，手不斷拉扯繩子，希望石仔接收到求救訊號。「怎樣？怎麼不說話？」玉芳還緊咬剛才的問題，沒察覺到異常。

不管了，我抓住玉芳手腕準備逃跑，沒想到演說的男子率先跳下木箱，擋住我的去路，其他人站到我們後方，後面同樣沒有退路。慘了，我們被包圍了。

我站到玉芳面前，用身體隔開她跟男子，希望他們不要發現她脖子掛的金鍊條，把注意力集中到我身上。

男子靠近我，明亮的眼睛鑲在高挺鼻梁兩側，在白日下閃爍，不像飢渴等待天麩羅的人群。他的嘴巴微張，似乎打算跟我說什麼，直盯著我看。

「別跑！臭情婦！」

後方突然有人大喊。我們朝聲音的方向回頭，一名穿著浴衣的女人朝我們跑過來，她的後方有兩個粗壯的男人在追趕。

我的手心被塞進一張紙。男子的雙手還沒放開我。

「這個給你。」他合起雙手，連同紙張與我的手心一起包裹。我感覺到側臉有他送來的氣息：「時間會推向我們相遇的那天。」

在我開口之前，他就鬆手了，留下我看不懂的微笑，然後跟其他人衝向女人的方向，拉開布條擋住粗壯男人的去路。

浴衣女人回過頭看那群青年，長髮隨她轉身時飛散開來。看到粗壯男人被擋住只能生氣叫囂，她呵呵笑開來，奔跑的每一步都像是搖晃的鈴鐺，轉身跑進混有矮房跟芭蕉葉的小巷。我還來不及看清楚她的臉蛋，只記得飛揚的衣襬底下，閃爍著燒燙疤的光澤，還有鈴鐺般的笑聲，讓我回想起茶房店門哐啷響的鈴鐺。

只要一推開門，杏子的笑容就會展開來。

有人用力扭我的耳朵，打斷我繼續回憶。

「幹，照顧你們兩個累死搭！」石仔扭完我的耳朵，重新綁一次繩子，縮短他跟我們之間的距離。「還好他們沒看到妳掛的金鍊條，不然我們穩死搭。」他只對玉芳碎唸，牽著繩子拉動我們往前走。

明明闖禍的人是玉芳，但受到懲罰的人是我，真是夠了。

我懶得問石仔指的他們，是琉球獨立的青年，還是追殺浴衣女人的男人。我決定等遇到大城先生，要想盡辦法把地圖拐到手，不管手段有多麼下賤骯髒，我都要趕快擺脫這個討人厭的女孩。

攤開手心的紙，是一張畫有象形文字的傳單，每個象形文下方寫有日文，也許是與那國語的教學。男子最後對我說的那句話，讓我有不好的預感，那也是陳前輩說過的最後一句話。

□

過了幾個轉角，我們來到一間歪斜的木房子，半開的門露出與屋脊歪同一側的吧台，上面擺滿各式各樣的陶甕，看不出店內在賣哪種酒。

石仔甩開拉門，腳跨進去。

「大城太太，錢滾進來搭、滾來搭！」

吧台後面沒有人，倒是有個男客人醉趴在桌面。石仔踹一下那個人的屁股，但對方還是毫無動靜。

倒是頭頂上方的木板傳來急促的腳步聲，砰砰砰地停在吧台正上方。突然天井被撬開一個小缺口，一條腿伸出來，踩著疊得比人高的麻布袋，一步步爬下來。一名頭戴綁巾的女人就這樣從天而降，後背還揹著一個瞪大眼睛的嬰兒，想必就是大城太太。

「吵死了，臭台灣人。」大城太太講話有些口音，「石仔，這個長得像『阿低』[註一]的傢伙是誰？還有這個小女生？」她手拿起一條苦瓜，朝我跟玉芳用力揮動。我注意到她的手背有刺青的色塊。

「他們瘋了，想拜託大城先生載他們回台灣搭。」

大城太太原本已拿起菜刀準備切苦瓜，一聽到我們要拜託大城先生去台灣，菜刀立刻飛離她手中，直挺挺插進砧板，苦瓜差點滾到地上。

「想叫我的『逼拉馬低』[註二]做事，你們是誰？付得出多少錢？」大城太太逼近我們，

註一　阿低（adi）：與那國語，紡織用縱棒的意思。

手指用力戳一下我裸露的胸膛，表情像挑到腐爛的水果。「等等，好熟悉的味道。」她挺出鼻子，來回在我跟玉芳間游移，最後卻停留在玉芳的衣服上。

「我想起來了，是廖老婦人蘿蔔乾的味道。妳是她的孫女，對吧？」

玉芳小心倒退，想遠離大城太太的鼻子，卻扯動繫在我們身上的繩子，我不得不跟著她一起退到牆邊。大城太太跟著向前，捏起玉芳臂膀的骨肉，心疼地說都幾歲了，怎麼還沒長肥肉。

「喂，犬鰭，羅太在想你搭。」石仔再次踢男子的屁股。他呻吟一聲。

「羅太？哪裡？」他終於抬起頭，抹掉臉龐的口水。

「哭枵，那麼想羅太，來琉球走船做什麼搭？」

「幹，我又不是女人，沒辦法幫她賺錢。」犬鰭搓揉起肩頸跟額頭，突然跳起來，瞇起眼睛細看我。「那不是掛眼鏡的？還沒死唷？」

「快死搭，他說要回台灣送死搭。」

犬鰭跟石仔笑得大力拍桌面。

「吵死了，臭台灣人，只會喝光『阿哇嗎嚕』〔註三〕的臭『嗯嗟』〔註四〕！」大城太太一吼，他們的背脊馬上挺得像課堂裡的學生。

大城太太回過頭，換張柔和的表情，「我先生去見日高先生，晚點才會回來，你們在這裡等吧。」說完拎起砧板的菜刀，朝我跟玉芳揮動。在我意會過來前，手腕的繩索便脫落了，心臟也跟著往下掉好幾階。

「大城太太，那兩個人是人質搭，不可以隨便……」

「吵死了！」

石仔把話吞回去，改用手指用力指著玉芳，再指向他旁邊的椅子，我懂他的意思，但還是故意坐到他旁邊。他輕聲咒罵，撇過頭跟犬鰭交耳討論事情，我猜多半跟金鍊條有關。可是當初大城先生拒收的金鍊條，石仔有可能接受嗎？

不管那麼多了，我得找時機落跑，想辦法拿到藏在玉芳衣服裡的地圖才行。

哈啾——

我故意打噴嚏，抱起赤裸的雙臂。

大城太太果然回頭，看著我們皺起眉頭。

註二　逼拉馬低（biramiti）：與那國語，男性戀人的意思。
註三　阿哇嗎嚕（awamaru）：與那國語，指泡盛，一種沖繩的蒸餾酒。
註四　嗯噠（nda）：與那國語，指榻榻米會出現吸人血的白蟲。

「你唷，看就知道沒有好好長肌肉，有努力工作嗎？」她背後的小嬰兒跟著發出「咿——」的聲音，跟大城太太一起質疑我。「我去拿乾淨的衣服給你們。要是妳感冒，廖老婦人一定會傷心，她只剩下妳囉。」

她順手捏了玉芳的手，安定地微笑，給了一個我在姊姊臉上看過的笑容，接著跨大步踩上麻布袋，兩三步鑽進天井的洞口，再次傳來敲擊、碰撞的聲響。有點懷念以前剛印好報紙，大家忙著從樓上搬下去發出的咚咚聲。

天井傳來的聲響正好蓋過石仔、犬鰭窸窣的談話聲。不管他們在密謀什麼，顯然我們待在大城太太身邊就是安全的，就算鍊條不是眞金，他們也不能對我們怎麼樣。我只要想辦法勸玉芳脫下衣服，趁機拿到地圖……

正當大城太太的腿從天井洞口伸出來，店門突然被誰用力打開，一團濃密的鬍子闖進店內，眼看一個像熊的生物逼近吧台，巨大的陰影幾乎要把瘦小的玉芳淹沒掉。我回頭想跟石仔他們求救，沒想到他和犬鰭倒是很冷靜，伸手抓起吧台切好的苦瓜片咀嚼。

——逼拉馬低！

——哺英偷【註】！

大城太太跳進濃密的鬍子裡，背後的小嬰兒也發出開心的尖叫。

犬鰭學起辯士的語調，幫團圓的夫妻配音：兩個人每日每夜，望著太陽月亮，思戀著遠方的對方，好不容易，在酒醉之鄉久部良再次相遇。但是，有個大好機會就在翁婿眼前……

等大城太太終於把臉從大城先生的鬍子林拔出來，石仔趕緊趁機插話。

「這兩個笨蛋要回台灣搭。」

「好，去台灣，晚上出發。」大城先生回答得像他要再多喝一碗味噌湯一樣。

「喂！你剛回家就要走？」大城太太怒吼。

「好，不出發。」大城先生的回話照樣快速。

石仔繞到大城太太的背後比手畫腳起來，看來看去，我只看懂他來回在玉芳身上比「錢、船、錢」。

「盤尼西林，等一下拿。」大城先生果然沒有讀懂石仔，濃密鬍子轉向玉芳，「阿芳爲什麼來？花生載到囉。」

「我要去台灣找爸爸。」

「找廖先生，這樣啊。」大城先生仰頭，左右伸展了一下，發出像是木棍斷裂的聲響。

「大家都說現在台灣很危險，阿芳，老婦人會擔心唷。」大城太太雙手握住玉芳的手，

註　哺英偷（buiNtu）：與那國語，指戀人。

來回撫順，「我知道妳很難過，大家都知道，但是去台灣不一定會找到……」

大城先生嘆口大氣打斷了大城太太。他走到吧台後面，舉起一罐陶甕，往嘴裡直接灌，鬍子沾滿晶亮的水珠。「很多人失蹤，在台灣。日高先生要找人，宮城順次，找到之前不回來。日高先生吩咐六十萬圓。」

石仔、犬鰆重複尖叫：六十萬圓？

大城先生用力點頭，頭往下順道就著陶甕口，再次灌進大口的酒。大城太太輕拍他的背，要他別喝太多。

「好，找爸爸、找順次，去台灣。」

石仔搓揉起雙手，「大城先生搭，需要幫手嗎？我跟犬鰆可以幫忙溝通搭。」

大城先生瞇起眼睛，「幫忙？你們也是失蹤，失蹤無法找失蹤。」

犬鰆擠開石仔，「你要找的人在南方澳嗎？」

大城先生點頭。犬鰆露出跟提到羅太時，一樣醉心的神情。

「有台灣人說，宮城先生最後一次見到，在南方澳，從基隆載東西到香港。」大城先生沉思一會，「可是很奇怪，很奇怪。」

「南方澳犬鰆熟，犬鰆有門路搭。」石仔推一下犬鰆肩膀。犬鰆猛烈點頭，抱住大城先生的大腿，「拜託大城先生，帶我們一起去南方澳吧！」石仔抱住另一條腿，「我們各拿十五就好搭，拜託搭。」

大城先生像大樹佇立原地，嘴巴繼續一邊碎唸「奇怪」，一邊搖晃腦袋，想把覺得奇怪的地方搖出來。

很好，石仔忘記金鍊條了。

趁他們在討論報酬怎麼分配，我悄悄走到玉芳身後，仔細觀察她的領口、胸口、臀部，到底哪裡有顯現出地圖的痕跡。我想到拿大城太太給的乾淨衣服披到她身上，剛好能蓋住她的身體還有我的手。我能趁亂摸走她衣服底下的地圖。

沒辦法，我非得把手伸到她衣服裡面，不管用什麼手段，我都得拿到地圖。難道不是嗎，陳前輩？

我拎起吧台邊的乾淨衣服，先套上自己的衣服，再拎起另一件，屏氣觀察玉芳的後頸，跟著她的氣息一起呼吸。

吸，吐，吸，吐。可以的，我一定做得到。

趁所有人還在聽石仔、犬鰆說服大城先生帶他們出海……好，就先摸胸部吧。

「先換衣服吧，免得感冒了。」我湊到她耳邊小聲說，張開雙臂環繞住玉芳，讓衣服隨風撐開披到她身上，鎖定好領口區域……

啊，不對，我拿到的是半幅帶。

慘了，半幅帶張開來根本遮不到上半身，連當個披巾都無法，只能像圍巾垂掛她肩上，還有我半截僵直的手臂。

我感覺到他們的視線射過來，石仔搭搭搭的討價還價聲早就停住，屋內安靜到能聽見我吞嚥口水的聲音。汗珠從額頭泌出，把眼鏡往下挪，他們的面貌跑到鏡片之外，我不敢想像他們用什麼表情看著我。我收緊呼吸，想不到任何藉口能說明現在的處境。誰會沒事需要把雙手舉起，架在女人的背後啊？救命啊，就算是跟女給調情，也不會用這種奇怪的姿勢。

大城太太的笑聲劃破氣氛的凝滯。

「臭男人，做了對不起玉芳的事情，是不是？沒關係，玉芳我們來，趕快換掉髒衣服。」她順手勾起玉芳的手臂，僵住的手臂這才化解開，趁機收回身體兩側，隨便拉伸一下肌肉，假裝剛剛沒發生任何事情。

玉芳先是斜眼瞪我一眼。我以爲她要罵我，但她的嘴角反而上揚，手指順著衣服底下的金鍊條摸一圈。

「陳先生，別亂打主意唷。一到台灣，我就會還你地圖。」

她們兩三步爬到樓上，洞口唰地閉起，把我哽在喉嚨的話一併關起來。唉，麻煩的小孩，變得更麻煩了。

有隻厚重的手突然重壓我的肩膀，一看是大城先生，平時埋在鬍子裡的祥和笑容不見了，變成嚴肅緊閉的嘴唇。

「女人，小心、聰明，不能急。」

難得看到嚴肅的大城先生，居然是要講跟女人的相處之道？

「少年人，女人要溫柔對待搭，像那金鍊條我大可用搶搭，但是我有忍住，哈哈哈。」

「喂，快死的，不是說好要給金鍊條？」

「對呀，金鍊條搭？」

石仔、犬鰭圍住我，故意用肩膀頂撞，讓我靠到牆邊。應付這種流氓打架，我也不是第一次，通常就是咬緊牙忍住，因爲對方背後有更大的靠山，惹到小隻會牽扯到大隻，沒完沒了。

但是從跑船遇到他們，還有觀察石仔的行動，他們背後應該沒有半個靠山，頂多是那個叫日高先生的人作老大。可是他們跟日高先生是那種關係嗎？如果是的話，又何必拜託大城先生分錢？

那群士紳說過，依循他們走過的路，未來便會讓我與他們在某處交會，所以我得把握每個賭贏的機會。

上一輪摸胸部賭輸了，這次我一定要賭贏。

「石仔先生，別急別急，我記得你冒著被抓的風險送我來都南，等廖小姐下來我一定會認眞提醒她要遵守約定。可是，如果我是你，雖然我不像你一樣經驗豐富，但如果我是你，我會改跟廖家要更好的報酬。」

犬鰭把腳蹺到椅子上，「掛眼鏡的，不要以爲我們很好騙喔。廖家怎麼可能有錢給報酬？」

「那條金鍊條大城先生看過，冒險跑台灣肯定不値得，先別著急，既然你們、我們都要去台灣找人，不如在回來的時候要求更高的報酬，不是很好嗎？」我發現石仔的眼角抽動了，順勢趕緊說下去：「反正最壞的狀況就是跟原來一樣而已，只拿到一條金鍊條還有九萬日圓，可是廖老婦人看到孫女無恙的話，會想盡辦法報答你們更多，不是嗎？」

「眞的搭？大城先生，金鍊條是不是假搭？」

石仔焦急地搖晃大城先生。大城先生順勢晃動腦袋，「嗯，不假，不貴重。」

「石仔，就聽掛眼鏡的，確實沒損失啦，早晚都會拿到。」犬鰭改用屁股坐在椅子上，兩手舉到空中擊掌，「喲，大城先生，來喝泡盛吧！慶祝出航賺大錢！」

石仔勾住我的脖子，「不能騙人搭，少年人。」說完搓揉起我的頭，遞給我一碗斟滿濃烈酒氣的透明液體。「喝！」他命令，我閉緊眼睛吞下肚，覺得喉嚨快燒起來，趕緊用身體護住碗，怕他們繼續添酒給我。

「喔，爽快！該享受就要把握時間享受，不然下一秒在監獄還是掉進海裡，變衰鬼唷！」犬鰭用力放下碗，指著我大聲吆喝。「掛眼鏡的，你看到羅太，千萬不能動歪腦筋啊。你的女人在樓上，你吃嫩的就好，老的要給我有經驗的，哈哈哈哈。」

犬鰭說完突然站立起來，不小心跌坐在牆角的番薯上面，他張開手腳，像是在番薯海裡游泳的樣子。沒多久石仔也加入他，跟他一起在番薯堆上滾動。

經驗告訴我，不要回應喝醉的人，乖乖假裝喝酒就好。在犬鰭、石仔的打鬧聲底下，有陣渾厚的哼歌聲鑽了進來，舒緩酒醉的胡鬧，多了分靜謐。

順著歌聲的方向找去，看到大城先生巨大的身體，抱著小小的陶甕用低沉的歌聲對甕口呢喃。桌旁擺有一只空酒碗，吟唱片刻，他便會喝一口甕裡的酒，再飲盡碗裡的酒，再次斟滿，閉起眼對杯子繼續吟誦。

——順次啊，順次。

聽起來像是反覆地唸對方的名字。

我好奇宮城順次爲什麼會消失？又爲什麼日高先生非得找到他？但無論疑問的答案是否會揭露更複雜的利害關係，顯然順次對大城先生來說是個有分量的人。對著不見蹤影的另一人歌唱，肯定是出自非常濃稠的思念，非得強迫自己醉得恍惚才能傾倒乾淨。

那個時候的陳前輩也是，巴不得灌進去的酒能點起更大的火焰，燒光所有的證據還不夠。

抱著番薯的犬鰆發出了鼾聲，像壞掉的唱盤反覆唸著羅太、羅太。

我趴下來，細聽閣樓的動靜，但是什麼聲響都聽不見。不知道後面還有什麼麻煩事在等著我。恐怕我還是得跟著去一趟台灣，才可能拿得回地圖。陳前輩呀，如果你看得到，你會希望事情演變成這個樣子嗎？

鼾聲的層次多了起來，取代了家鄉時計的齒輪聲，提醒我時間正在遊走，一點一滴都離逃亡的那天越遠，但我有因此更接近陳前輩的心願嗎？

——阿雲，我很開心你要回來了。

爲什麼要開心？人都死了，有什麼好開心的。

——阿雲，要來陪我了嗎？

你是誰？我不要、我不想要……

突然整個世界顛倒過來。我驚醒，膝蓋彈起撞到吧台桌，痛死了。原來我不小心睡著了。

「喂，少年人，很舒服搭？」石仔嘴巴叼根菸，肩上扛起麻布袋，裡面有玻璃瓶碰撞的聲響。犬鰆隔著布袋撫摸瓶子，「小心唷，要安全到南方澳讓我們賺大錢唷。」

旁邊閃過穿著藍白浴衣的身影，繫著眼熟的半幅帶，回過神看是玉芳沒有錯，瘦黑有力的雙腳踩在木屐上，看起來跟街上的琉球人沒有兩樣。

這次浴衣的衣領夠寬大，我確定她沒有掛著鍊條，不知道有沒有把地圖放身上？大城太太在她身後走到門邊，手拿著一團髒衣服，從顏色來看應該是玉芳原本穿的那件。可惡，不知道地圖是不是在那裡面，好想偷看啊。

「石仔先生，謝謝你帶我們來，這是當初談好的約定。」玉芳舉起手，上面掛著發亮的東西，是金鍊條。

石仔瞥一眼我，咬著菸屁股笑開嘴。「不急搭，先幫我保管，等回來再給我搭。」

玉芳順著石仔的眼神，扭過頭怒瞪我。我趕緊收起想偷翻衣服的手，故意打個大哈欠。

「對呀，我也相信玉芳是守信用的人，會好好保護那些東西，對吧……」

我話還沒說完，整顆頭突然埋進濃密的毛髮，帶有溫熱的鼻息，想必我現在埋在大城先生的鬍子裡。我發現玉芳也埋在鬍子堆裡，胸前的口袋隨著她的吸吐浮動，看不出來有絲毫地圖的痕跡。地圖大概不在她身上，可能藏在那堆髒衣服裡。

等大城先生放開我們兩人，大城太太拿苦瓜敲我們幾個人的頭，除了玉芳，她把玉芳抱進懷裡緊緊摟抱。

「等你們安全回來，全部都要安全回來，臭台灣人。」

□

濃黑的夜色沉降在海洋包圍的巨岩上方，大城先生綁住我、玉芳的腰際，帶我們跳下海裡，在靜黑中安靜游泳。

我努力想像魷魚的模樣揮舞手腳，水花打落到鏡面上，從水滴透出去的星空，像是另一個世界的天空。好幾次海水跑進鼻腔，我以為自己就要沉下去，但是始終有個力量輕輕將我往上提。我沒辦法看是誰，只曉得身旁的人只有努力划水的玉芳。

大城先生舉起如石柱的手，抓住船的邊緣，要我們兩人先爬上船。殿在最後的石仔、犬鰆也游到船邊，輪流把麻布袋傳給我們，我跟玉芳合力搬到船板。

「小心對待這些寶貝，攸關回台灣好不好過。」犬鰆勾住我的脖子笑。我問他，裡面到底裝什麼？

「比金鍊條還值錢的盤尼西林【註】，帶一些當旅費，比錢還好用。」

大城先生發動引擎，船身發出不安的聲響，喚醒沉積在體內的暈眩感。我緊貼船身，祈禱不要吐出來。引擎完全清醒過來後，船身激烈地震動起來。

回望海岸的方向，那座如巨人張口的港灣反覆吸吐海水，推開離去島的人，也吸引著想從島獲取利益的人，離去與歸來在島的眼中，不過就是同一件事情。

「順次，我來了。廖先生，玉芳來了。陳先生呢？陳先生？」

引擎捲動海水的噪音充盈耳朵，灌入大城先生爽朗的笑聲。我還來不及回答大城先生的問題，就已經先吐了。我不知道還要爲陳前輩的地圖折磨多久，要是當初帶著地圖逃亡的人是陳前輩自己，留在木屋拖延時間的人是我，或許我就能眞正完成李君對我的祝福，留下最後一篇文章，作爲我的未來，就是死亡而已。

時間會推向我們相遇的那天嗎？

陳前輩，我這次眞的要回去了。

註　盤尼西林：請參考附錄十。

翻倒的鉛字櫃

一九四七年二月底、三月初

台北城

鉛字塊是冰冷的

夜晚的城鎮是異於白日的世界，人們靜悄悄地爬進夢境，觀看另一個時空的自己，與某一段不可能發生的事情相遇，就好比與那群打牌士紳再次相遇。

我趴在老座位，透過半透明的酒液看茶房侍應生，小心地拉客人起身送客。過沒多久輪到我被扶起，我想好好走路，但腳軟得像沒煮熟的蝦子，最後我到底是怎麼被拖到店門口，我完全沒有印象。等我終於能分清楚路燈跟月亮的差異，我靠著柱子爬起來，在路燈燈光的尾隨下徒步走回社子。

一個人在城市裡遊走，當唯一清醒的人，才會察覺到路的筆直，其實是緩慢的彎曲過程。在地圖裡行走的人，以爲走在筆直的道路上就不會迷路，但地圖本身就是個謎，因爲地圖不會說清楚，爲什麼它只讓我們看見了這些區域。

走到明治橋，期待有熟悉的黑影出現，但黑夜裡只有空虛的黑，什麼東西都沒有出現。世上的道路不可能是直的，我們眞的會再相遇嗎？

終於，腳再次感受到熟悉的沼泥，隨重量擠出濃稠冒泡的泥水。我蹲坐在牆邊，隔著窗戶聽父親睡覺的呼吸聲，浸在父親濃郁的熟睡中，等到天亮，我將重回兒子身分，坐回座敷中央的桌邊，家內依舊擺滿竹簍，陳舊的榻榻米與竹子風乾的氣味混雜。

我回來了，我對著窗格內的家說。

等天空變成蛤蜊清湯的色澤，窸窣的腳步套上木屐鞋，用熟悉的頻率敲擊炊事場的硬土地板。

姊姊的頭髮披散著，帶有淚痕的臉蛋努力端起笑容，要我趕快進屋換衣服。

桌上的早飯，像是凍結在我離家的那刻，同樣的番薯籤米湯、醬菜擺在父親面前，等待他挾取，咀嚼出平日的氣味。父親沒有看我，一手端起碗飲盡湯水，才撐起難挺立的膝蓋到祖先牌位前燒支香，閉眼沉默許久。

牆邊的時計用熟悉的速度移動，鹹菜的熟悉苦澀浸漬我的舌頭，退去在木屋吃罐頭度日的時光。

我昏睡到下午，醒來後張望姊姊與父親不在的房屋，滿是剖開新鮮竹子的氣味，好像我的離去從沒發生過。拿石鹼搓開毛巾的纖維，熟悉的氣味擴散開來，揉開鏡中疲憊的臉。睜開眼，鏡中的人雖然面頰凹陷了許多，但他是李燦雲，他非得是李燦雲，從來沒有改變過。

換上乾淨衣物，踩上自轉車，用沒事情發生般的姿態駛過街道，準時到達辦公廳的門，與大家打招呼一輪坐下，埋頭整理稿子。小林還是同一副德性，發白的面皰努力與混亂的電報稿搏鬥，不知道是工作會先處理完，還是膿包先爆發。

我拿起小林桌上一半分量的電報稿，他意識到動靜，順勢看向我，睜大眼睛。

「燦雲君準時出現整理稿子？」

「噓，那麼驚訝做什麼，我又沒有被開除。」

他張大嘴，「你昨天沒來上班，該不會你做錯事惹到陳前輩？」

「不要問了，先專心工作啦。」我壓低聲音，用力指著桌上的電報稿。眞是煩死了，是想逼我把頭埋進稿堆嗎？有時間關心我，還不如擔心好自己的工作，而且最怕被開除的人不正是他嗎？

「好啦，下班去圓環，我請客。」我拍拍小林，希望他不要再說下去。

「你每次都這樣說，以爲我是小孩子嗎？」他拉出抽屜裝一盒紙幣。

哈，眞是服了那傢伙，居然乖乖存起來。

「燦雲君，這次你不能偷跑喔。」

「好啦，好啦。」

我把小林壓回座位，自己也趕緊屁股黏回座位，在旁人注意我們之前，埋回桌上的電報稿，一字一字看、重新潤飾。呼，覺得身體終於恢復成以前工作的狀態。其實被小林調侃過後，心裡才感覺踏實許多。那傢伙一眼就發現我不對勁的地方，眞是服了他，看來吃一碗豆花還不夠報答他。

少了收報機滴答地吐出紙卷，我都快忘記時間原本是如此凝固的東西。我很快就把電報稿整理完了，先放一旁，別那麼快交給許總編，再來想辦法磨掉剩餘的時間，聽牆上的時計一點一滴地前進、趁摘掉眼鏡時揉捏太陽穴偷懶、內心反覆數著圓環的點心：豆簽、肉圓、豆花、鹹粿、麵線……數完後，再重複數一遍，希望能數到下班時間跟交稿時間正好重疊一起。

之前幫陳前輩跑腿那麼久，都沒辦法好好享受正常的上下班生活，這下終於可以跟小林好好享用下班後的點心。

我交完所有稿子之後，無聊地撥弄草稿紙堆，發現最下面有一張電報紙。我擔心是不是漏寫了，抽出來看，是二十四日東京捎來的訊息，鉛筆字圈起一行字：首席日本辯護律師清瀨一郎，僅日本軍事領袖受審，他國軍事領袖卻無……

這則新聞我記得報紙早就刊登了，爲什麼小林還要留著電報紙？

「燦雲君走吧。啊，那張我處理好了。」小林迅速抽回那張紙。我都沒發現他何時走到我旁邊，早就穿戴好大衣，一副要下班的樣子。

望一眼牆上的鐘，已經指到四點。怎麼可能四點，還沒聽見庶務的聲音？張望辦公廳，庶務好像眞的不在。早知道就該趁今天偷偷闖進倉庫，多拿一些新稿紙。

樓上的輪轉機開始運轉起來，天井的粉塵抖落到肩上，報社確實如往常的四點，準備進入一天的尾聲。回頭瞥一眼許總編，如往常低頭，嚴肅的臉吊著深黑眼袋與稿子搏鬥，頭上「時代證言」的匾額好像變得比以前更歪。不知道許總編知道多少我跟陳前輩的事情。

「你今天很奇怪，感覺比我還想下班？」

「晚點家裡有事。」小林撐起厚重鏡片的雙頰，泛起淡淡的血色，「許總編准許我今天提早走。當然，還有燦雲君你，點心你還是得請客！」他拉出抽屜的紙幣塞給我。

總覺得這傢伙哪裡不對勁，但我說不上來，只能順著他的主意提早下班。反正這間報社不差我們兩人，少了我們照樣能好好運作，畢竟有陳前輩就夠了。

穿過一群等待報紙的送報員，只有我們兩人跨上自轉車，駛出報社的大門，有種把其他人拋下的舒暢感。小林衝在我前方，風把他的頭髮、衣襟吹開，但他的眉頭還是緊鎖著。我追趕得好累，幹，那傢伙今天到底是怎樣，騎那麼快做什麼？

「喂，小林，你想吃什麼？豆花嗎？」

「什麼？」小林扭過頭，小眼睛細到剩兩條縫，能不能看到路都是個問題。我趕緊要他先回頭看路，小心別撞到人啊。

「喂，騎慢一點啦，你趕什麼？」

「喔，抱歉。」他突然壓剎車，害我差點撞上去。

「幹，你到底在做什麼？」

「對不起，我，對不起，我真的是很沒用，對不起，對不對？」

「對，有話憋在心裡不吐乾淨，究竟是多沒用才不敢說？」

田埂邊只有我們兩人，還有大片乾涸的田壤。我把車身橫擋到他面前，逼他非得講出實話。

他垂下頭，苦笑，「對不起，我不知道該怎麼說才好。燦雲君想過未來的事嗎？」

「未來？」我開始懷疑，這傢伙是不是看了什麼奇怪的小說。

「像是有個穩定的生活、有個家庭、有個明確的目標。」夕陽染得小林的臉通紅，「我阿母晚上要我去見一個小姐，這已經是第五次了，我不知道該怎麼辦。」

搞什麼，原來是在煩惱男女的事情。

「很好啊，早點找個對象安定下來，是你想要的吧？擔心什麼嘛。」我用力拍他的肩膀，他跟著力道前後搖晃。

「可是燦雲君，你不覺得……」

「看誰先騎到圓環，騎比我快我就請你吃兩碗！」

我跳上自轉車，把小林一個人拋棄在田埂邊，二月的風吹在臉上還是過於冷刺，但雙腳來回踩踏會讓血液竄流全身，又冷又溫暖，很想把這種矛盾的感覺給甩掉。

騎過田埂區，小林的車尾終於跑到我面前，我的雙腳終於能稍微休息一下，希望那傢伙能振作些，別再爲了那種男女小事糾結。反正到頭來，我們都是困在同一張地圖，根本不須要做多餘的掙扎。

下班時間的圓環，人車開始擁進圓圈內，飢餓的人、嘴饞的人、想讓一整天辛勞有個收尾的人，全部都圍著圓環兜轉。我們跳下自轉車，牽著車繞圓環走。小林走到一半停下來，對著前方的麵線攤發愣。

「喂，不是那攤，在另一邊啦。」

「嗯？哪攤？」

「豆花在那邊，那邊。」

我趕緊將小林拉往另一個方向，一部分原因是想避開父親的攤位。小林被我半推半拉地送到豆花攤前，攤位的每張竹椅都坐著享用豆花的人，我們得站一旁，等候哪張竹椅空出來，立即一個跨步踏進空位置。

「燦雲君，你回台灣也是因爲想要安穩的生活嗎？」

「安穩生活每個人都想要吧？」

「沒錯吧？」他突然扭過頭，我第一次發現他的小眼睛能睜開到看得見眼珠。「燦雲君也是這樣想的吧？但要是努力到最後發現公平根本不存在，發現這一切都是被別人要著玩，那還有什麼意義？」

「笨蛋，你想太多了。那裡有空位，趕快去坐。」

我一屁股坐到空竹椅，突然一陣刺痛，抬高屁股看，是竹椅翹起的竹條刺到我大腿。剛好豆花老闆端來兩碗嫩白豆花，對站立的我擺出疑惑的表情。我搖搖頭，撫平竹條坐下，決定還是別自曝自己是賣竹簍李仔的兒子好了。

湯匙敲開幼嫩的豆花，缺口滲入稀薄的糖水。

「哇，頭家還是有放糖，太感動了。」我故意大聲稱讚豆花，但其實我覺得味道甜得詭異，懷疑裡面摻了代糖。

小林還是一臉陰沉，用湯匙翻攪著豆花，一口都沒吃。

「小林聽清楚了，你不是沒有魅力的男人，你有很多優點，只是你自己不知道而已。想想看討人厭的賴前輩，如果我是女人，我一定選你，不會選那種噁心的男人。」

小林苦笑，「但如果我是女人，我會選燦雲君吧。」

他那樣講，我突然不知道該說什麼，趕緊喝一大口糖水。

「一直以來，我覺得世界再怎麼不公平，起碼還是能讓我這種人，有努力就能累積一點點成果吧？沒有很多也沒關係。可是戰爭結束快兩年了，爲什麼越來越多紙幣變得跟廢紙一樣？」

「苦日子大家一起苦，想那麼多有什麼用。」

「我說的煩惱，燦雲君大概會覺得很可笑吧？雖然燦雲君總表現得很不在意，但我知道你是眞的有實力的人，也因爲這樣陳前輩才會提拔你當記者……」

「夠了沒！」

我拎起小林的領子，把他推到地上。他慌張護住臉，眼鏡掉到旁邊，整張臉皺成難看的顏色，跟翻倒在他身上的豆花糊成一團噁心的爛渣。

豆花老闆舉著拳頭湊過來，我在他開口前趕緊掏出錢，「抱歉，抱歉，我以爲看到老鼠衝出來。」趕緊把小林跟他的眼鏡撿起來，拖到我的自轉車上。不管小林哀求什麼，我還是用盡力氣踩踏踏板，載他去茶房，用胸口頂著他踏進去。

鈴鐺響亮地迎接我們，隨之是奉上侍應生美麗的微笑。她們有意思地打量我們，小林被她們身上穿戴的首飾，晃得閉起眼睛，退縮到牆角。看來要他跟女人說話，恐怕比被許總編開除還可怕。

我替小林拍掉沾在肩膀上的泥灰，整理好衣領。

「小林，今天要記清楚喔。」

「記清楚什麼？」

「你是個幸運的人。」

我抓出盒子裡的紙幣，亮給那些侍應生看，加起來夠總該夠小林愉快一小時。其中一個女人彎起嘴角，挽住小林的手臂，順便在我耳邊用帶笑的聲音說：「杏子不會來的，你曉得吧？」

我繼續撐著嘴角的笑容，「別管政府狗屁的禁奢命令【註】，今天一定要好好招待我的兄弟，知道嗎？」

「等等，燦雲君……」

小林馬上淹沒在嬌娜的女人之中，看到他瘦瘦的身軀在顫抖，不知該說他幸福或悲慘。我一人坐在老位置，攤放半點錢都不剩的空盒在桌子中央，仰望天井懸掛的吊燈閃爍底下跳動的人影。有侍應生問我要不要加入，我微笑搖頭，隔著距離看小林享受我沒資格享受的人生，對我來說就足夠了。

時候不早了，我抓起三明治對小林眨眼，那個可憐的傢伙愣愣點頭，剩下的時間讓他獨自享用吧。

推開門，懸在門上的鈴鐺聲，為小林敲響祝福的聲音。我跨上自轉車，亭仔跤賣菸的女人好像想對我說什麼，也許是勸我買幾包私菸，被鈴鐺以及穿透店的音樂聲響覆蓋。我彎起笑容，視線離開徜徉笑聲的街道。這麼久以來，第一次覺得真的有好事發生。

繞回圓環，看見姊姊已經在收拾攤位，父親將竹籐椅揹在年老的背。我跳下車，幫忙姊姊把東西搬上推車，但姊姊還是老樣子，做得更賣力，堆起笑容說別小看她的力氣，不讓我有機會幫忙。

「阿雲，你們剛剛跟豆花頭家發生什麼事啊？」

糟了，那個時候不小心太激動，忘了姊姊、父親會看到。

「沒什麼啦，我太高興了，不小心打翻豆花。」

姊姊瞪大眼睛湊近我，「喔？什麼事情高興得打翻豆花啊？」

「我朋友要相親囉，剛剛送他去認識認識女人。」我對姊姊眨眼。

「啊。」姊姊的臉泛起紅暈，「女人跟『妻子』是不同的吧？」

我笑姊姊，怎麼臉跟鍋子一樣燙。父親始終背對著我們，揹著他專屬的竹藤座椅。我要姊姊幫我扶自轉車，自己一人推著疊滿竹簍的三輪推車，搖晃地走在中山北路，姊姊笑我跟推車像是長相怪異的笨重巨獸。

走在路燈亮起的街道，姊姊的臉漲成晚霞的顏色，但願此刻有面鏡子能讓姊姊明白，現在的她比任何女孩都還要美麗。

註　禁奢命令：請參考附錄六。

「姊姊，妳想過未來嗎？」

姊姊回過頭，半邊臉染上火車頭的亮光。我們停在雙連火車站的平交道前，進站的火車轟隆地敲響鐵軌，地面像是被掏空般劇烈晃動。我的手按在口袋內的皮夾，巴不得手掌的溫度能穿透衣服，溫暖躺在皮夾內的金鍊條。郭頭家說鍊條累積了寡婦的怨念，但我總覺得鍊條應該能帶給姊姊幸福才對。那是我可能替姊姊挽回未來的唯一希望。

姊姊好像緩慢挪動了嘴唇，但是我聽不到聲音。

火車震動完的世界，跟平日一樣平靜，等平交道的遮欄升起，人車再度川流起來。推車車輪輾過鐵軌時，車板上的竹簍不安地震動起來，好像是在回應不知從哪傳來的躁動。

張望四周，行人都低著頭認眞走路，走在應當回家的道路上。唯獨空氣的味道似乎有變化，沒多久，果然降下細小的雨滴。

我們趕緊張開預備的帆布，覆蓋在竹簍堆上，地面的泥濘開始往下陷，暴露出許多小水坑。推車的一個輪子掉進水坑，姊姊幫忙一起咬牙抬起推車，但車子還是陷在泥坑裡推不動。黏滿雨珠的鏡片，透出一個佝僂的身影來到我旁邊，跨出有力的雙腿，幫我跟姊姊努力推著竹簍巨獸。我知道是父親，我都快忘了父親曾是如此有力量的靠山。

我們合力把輪子從泥坑中扛起，父親整個人坐進泥濘裡大口喘氣，像在泥水裡張口的泥鰍，用最卑屈的生命力在奮鬥。他拒絕我跟姊姊扶他，要我們趕緊先走，竹簍絕對不能泡水，會生霉斑。我們只好繼續往前，偶爾回頭，確認父親還在我們的後面看護我們，始終沒有離開我們。

回到家後，我跟姊姊忙著擦拭沾在竹簍上的水珠，放家中各個地方陰乾：有空位的榻榻米、茶几上、櫥櫃上、衣櫥……所有能擺的地方都擺上竹簍，剩下神明桌沒被竹簍佔據。屋裡的味道變得像是剖殺後的竹林，嫩青的草汁正在轉換氣味，吸飽春季的濕氣後，轉化成陶甕底的陳年味。

雨水漸漸變大，濺起屋外的爛泥，整間屋子困在泥沼裡。

我換掉濕透的衣服，躺在座敷凝視昏黃的垂燈，聽時計游移時的滴答聲。炊事場傳來火焰劈啪的聲響。我起身看，回到家的父親還沒換乾衣服，蹲坐在火爐旁看後院的菜田，被雨水淹到只露出一、兩片葉子在水面。

「阿爸，姊姊的事情我有些想法。」

火繼續劈啪地脆化木柴。父親仍看著菜田，但我知道他在聽。

我拿出皮夾，拉出金鍊條，在昏黃的垂燈下，閃耀出帶暗沉色澤的光暈。

「阿爸，我想要……」

門外突然有玻璃碎裂聲，粉碎了我原本打算說出的話。

雨聲中醞釀起人群的怒罵聲：阿山打死人、打死人囉。

我抓起門邊的木棍，循著聲音衝到門邊。屋外的雨粒，變成綿密的紗網，在人們的身上圈起一層霧水。一群男人吆喝要找更多人幫忙，有人拿起鍋杓、鐵鍋，跟節慶一樣大聲敲擊，婦孺探頭出來，臉上沒有開心的表情。

——阿山打死人、阿山打死人、快去抓凶手！

我攔下幾個男人，打聽發生什麼事情，他們反包圍住我，沒次序地說起事件經過。我零星拼湊個概況，大致是查緝員先在太平町一帶搜查私菸，把一名賣菸婦人打到頭破血流，然後被群眾追打到永樂町，在那邊開槍射死了一個人。現在大家到派出所抗議，須要多一點人去幫忙。

太平町。小林滿是膿痘的可憐臉浮出來。

「阿雲，發生什麼事情了？」

姊姊站在門邊，雙手緊抓著鋤頭，披散的濕髮緊貼她慘白的臉。我緩慢移開她發冷的手指，代替她拿起鋤頭。

「我去外面看看。這陣子不要出門擺攤，先觀察幾天再說。」我趕緊回屋內，抓起平常上班的布包，確認寫眞機跟紙筆都在裡面。好，看來找到小林之後，得直接回報社工作了。不用再等缺漏字的電報消息，也曉得台北城發生大事情了。

「阿雲，你要去哪裡？」

「我要去找那個相親同事，小林，找到他我馬上就回家。」

「可是你一個人……」

——別去，別跟他們……

後方有個低沉嗓音還沒說完，隨即有個笨重物體擊中地面的聲音傳來。我跟姊姊趕緊回頭，果然是父親倒在泥水裡，奮力地揮舞手腳朝我爬行。然而雨還在下，推開的泥水還是會再度回流，讓父親困在同一個水坑裡打轉，揮舞的手腳從泳動變成無助的扭動。

他伸出一隻手，在我面前抓取東西，好像有條隱形的線繫住我們，抓住了就能夠抓住我，不讓我輕易跑走。我跟父親對上眼，往後退一步。他沾滿泥土的臉看不出表情，只有一張嘴在開闔：

——別去、別去、別去……

「阿雲？」

我看了一眼姊姊。

「拜託了。」

我跑進人群裡，讓鼓譟的敲鍋聲掩蓋父親的嗓音，逼自己專注想該如何找到小林。那傢伙天生懂得吸引壞事，好死不死我又出了爛主意，把他送到事件發生地旁邊的茶房。小林是註定要過安穩生活的人，一輩子跟紛爭扯不上關係。

拜託，他是比我値得幸福的人啊。

穿越明治橋，河水的腥味讓我下意識瞥向雞南山的方向，想從黑如濃雲的樹林看見亮燈，想像聽見木屋內部吵雜的機器，覆蓋在厚重的藤蔓及黑夜中。不知道陳前輩是否早預料到這場抗爭？

河面與雨水不斷追加冷涼的露水，人群聚集的熱氣跟著鋪蓋上來，每一次經過街角，就有人前來加入，衆人並肩的熱氣隨怒火加溫，即使身上被雨水浸得濕透，也不會感覺到寒冷。

「卡車還在原地，凶手搞不好會回去，我們去守那邊！」

有一群人指往茶房的方向，我跟著他們轉彎，走一陣子果眞看見遠方翻倒的卡車，有個瘦小戴眼鏡的男人，站在卡車的最高處，吶喊他看見的事情眞相：

阿山不顧婦人哀求，硬是打得頭破血流，露出牙齒在笑！私菸一天賺多少錢？但是阿山走私貪污拿走多少錢？這樣有公平嗎？阿山看不起台灣人！今天要讓阿山看清楚，台灣人不能隨便欺負！給阿山好看！給阿山好看！

人群邊跑邊隨卡車的人鼓舞，跟著吶喊：給阿山好看、給阿山好看。

周邊的店家，包含茶房在內，門扉堅實地鎖著，窗戶全暗、垂放下窗簾，好像有誰硬生生地切斷唱盤播送的爵士樂曲，讓現實剩下翻倒的卡車、抗議的人群。茶房與悠遊樂音的遐想，早已與現實世界無緣。

我躲到亭仔跤下，按下快門，將漆黑的茶房烙在膠底片。比起人群的憤怒，我更想保存安靜的茶房，雖然對報社來說毫無價值可言。甩開黏在鏡片的雨珠，我才意識到站在卡車頂端的人是小林。

我高舉手，想引起小林的注意，但是他太投入底下人群的叫喊聲。看來除了我也爬上去把他拽下來之外，沒有別的辦法了。我從後面勾住小林脖子，他跟台下的人瞬間愣住，不明白我到底是哪一邊的人。

「打倒阿山！打倒阿山！」我匆匆吶喊，台下氣氛才再度熱回來。我趁機趕緊把小林拖下來，拉到旁邊的暗巷。

「燦雲君，我看到了、我看到了！你有看到嗎？」

「看什麼看，你怎麼還沒回家？你忘記家裡還有阿母跟兄弟姊妹嗎？」

「這場抗爭是在爭取我們的未來啊，燦雲君。」小林緊抓我的領口，整張臉漲得通紅，凸顯飽含白膿的面皰。「我們不喊聲，他們就會當我們永遠不會痛，永遠看不起我們。燦雲君，你能明白吧？你能不生氣嗎？」

小林反揪住我的領口，臉近到我能吸到他的熱氣。平日畏縮在電報紙堆的瘦弱身影，現在竟然跟我大談什麼是未來，噁心死了。

街道傳來氣爆的聲音，接著閃見火光，衆人圍聚起火的卡車歡呼。小林不顧喉嚨還被我壓在牆邊，努力抬起脖子跟著那些人叫囂：打倒阿山！打倒阿山！

「夠了沒啊！」我用力揍小林柔軟的肚子，他的身體馬上軟倒，在地上蜷成受驚的蜈蚣彎形狀。

「你以爲胡鬧就能改變未來嗎？別傻了，我們整天整理政府寫好的電報稿，抄到報紙上印給所有人，你還沒懂嗎？你所知道的一切，早就被人決定好了。你還覺得自己有能力改變未來？可笑死了。」

小林發出像野獸的聲音，不顧吃進沙土用力嘶吼。可惡，爲什麼要搞成這個樣子？

「我帶你回家吧，回去找阿母跟兄弟姐妹。」

小林沒回應我，繼續低鳴，扭動身體試圖站起來。

「我不會讓你去送命！快答應我回家！」

我踹得更用力，感覺像在對不會回話的棉被堆發洩，再怎麼用力跟憤怒都不會有結果。

「幹，你為什麼要那麼笨！為什麼！」

小林抱著肚子咳嗽，手還在掙扎著想撐起身體。我差點連掛在脖子的寫眞機都扔向小林，乾脆把所有拍過的人臉連同小林一起砸爛算了。管他是笑臉、哭臉還是憤怒的臉，底片記得的臉也只是一瞬間的臉，是擷取我們遞送出去的新聞，誤以為是眞相的臉，又能替時代見證多少事情，可笑死了。

「燦雲君……不要怕……」

小林撐開布滿血絲的眼睛，對我露齒笑，好像在望著比他還可憐的動物。

幹，我受夠了。

我跳進怒吼的人群裡，跟著他們一起吼叫，在他們喊「打倒貪官污吏」的時候，我像野獸一樣嘶吼。我受夠每個人都掛著跟小林相同的神情，用憤怒揉捏希望，又用希望澆灌憤怒，看見所有跟阿山有關的東西都用力打、破壞，好像我們正在改造新的城市，毀壞骯髒的過去，讓新生有機會滋長。

走到一半，人群突然停了，有人討論最前面出現濃煙。我走到人牆外踮腳張望，前面就是專賣分局，遠看人群環繞起火的火堆，像在圍觀某種奇異祭祀儀式，飄散刺鼻的菸草味。

巷子閃過一些人影，八成是怕死的外省人，留下財務、商品，讓憤怒的人盡情搗毀吧。換作是我，一群人衝進報社，我應該也會做相同的決定，先逃跑再說。

「阿山逃跑！」有人大喊。

一群人高舉棍棒追進巷子，有個來不及翻牆的外省人馬上被包圍，毆打在地。他翻著肚子，仰躺在地。我別過頭，緩慢跟隨人群遠離巷子。

內圈的人漸漸衝進專賣分局內部，辦公室像是破開腸肚的魚腹，內部的文件、菸草全被搬出來放火燒，飄蕩著難聞的氣味。

我跟著人群進去裡面，踩著碎裂的玻璃、瓷器，小心舉起寫眞機拍下環境，但我不知道該從哪裡拍起。人們忙著把東西搬出去，送進火堆裡，發出勝利的歡呼。旁邊有人點一下我的肩膀，問我是不是記者。那種情況下，我似乎只能點頭。

「喂，讓路、讓路給記者拍照！」

他們退到一旁，讓我能好好幫燃起濃密黑煙的火堆拍照，我照他們所說按下快門，此刻我有點分不清楚，在寫新聞的人是我還是他們才對。

「大記者，你要去行政長官公署那邊才對，直接找總督陳儀算帳。」

他們振奮地簇擁人群掉頭，轉移陣地去行政長官公署，我也被他們推拉著前進。突然意識到頭頂像有火在燒，我才驚覺太陽已經爬到頭頂，沒想到那麼快就中午了。

路上每間店面全緊閉門窗，有默契地陷入沉睡，唯有幾扇二樓的窗戶會在我們經過時打開，展開寫滿大字的布條：「嚴懲專賣局凶手」、「政府包庇殺人凶手」。樓下的鑼鼓，大聲敲擊回應幾張出頭的布條，整條街像是暢通的河流，一致往行政長官公署移動。

我隨意拍下那些布條，忍受耳朵被鑼鼓敲擊得發痛，跟著人群往公署移動。頭頂的太陽毒辣，汗水滑下脖子，刺得皮膚好痛，我設法退到人群的外圍，尋找有遮蔽物的地方。背後有人叫了一聲「李阿弟」。我回頭，原來是圓環賣肉圓的小販。

「你阿爸沒來？也是，他腳不好，站久很不舒服。」

我隨意笑一下。

「喂，弟仔，虧我送那個故事給你，結果你報紙沒登出來啊。」

「哈，抱歉啦，版面有限。」

小販的臉沉下來，「但是，那個警員寫黑板的故事我回去想了很久，最近才想通。」他的嘴巴微張，我等待他解釋，但是他只說：

「講出名字也需要很大的勇氣。」

「什麼？」我皺眉，想問更多。

前方突然傳來連續的射擊聲。好像什麼東西被射穿了。

瞬間，世界變得好安靜，沒有聒噪，沒有憤怒，沒有半點呼吸聲。

等時間再次恢復運行的軌跡，開始用加倍的速度運轉著周邊事物，人群的喊叫像擋不住的海嘯，往我跟肉圓小販的方向襲捲過來。

——跑啊，快跑啊，殺人啦。

我跟小販在瞬間交換眼神，但他馬上淹沒在人群裡，我分不清楚方向，只能拚命往不會被踩死的地方逃跑。後方持續有槍聲傳來，此刻恐懼掩蓋過一切，城內的街道如沒有盡頭的紙卷，人群四散地鑽進每條巷道，只想找到存活下去的機會。

腳傳來一陣抽痛，肌肉不聽使喚，我跑不動了。周圍的人群即將把我淹沒，我有預感將要溺死在人群裡面。

突然有一隻手，把我拽到旁邊的暗巷。

我還來不及掙扎反抗，就被那隻手用力摀住口鼻，鼻子吐出的氣熏得眼鏡起霧，對方的面孔逐漸從退散的霧裡露出來，是熟悉的巴拿馬帽，遮掩底下能劇面具般的臉孔。

我沒想到會用這種方式跟陳前輩見面。

「我去報社找你，發現你不在。」

「你是不是早就⋯⋯」我試圖掙脫他的手，但他不等我說完話，直接撐起我的臂膀，用力伸直我的腿，我痛得叫出來。他一放開手，血液好像慢慢回流到腿，變得舒服多了。

「趕快走，這裡不能久待。」

他帶我鑽進房子之間的隙縫，避開大路，得側身才有辦法在窄巷裡鑽行。等我的腳恢復力氣，他便加快腳步，放開我讓我自己走路。感覺得到我們離騷動愈來愈遠，恢復住宅平日的安寧，臉龐貼在老建築的磚牆上，感覺得到磚面冰涼的青苔。偶爾抬頭看窄巷的天空，覺得上空像是開裂的傷口。

「火鼠，你沒後悔答應我的事吧？」

「不行。」我刻意停下腳步，「我知道這次不是簡單送信、跟瘋子碰面而已。有人死了，死了。」

陳前輩低頭想了一會，「對，你說得對，死亡是很沉重的。」他摘下帽子，露出額上閃爍紅光的傷口，在阻隔光線的窄巷裡，洩露如礦坑石頭的光芒。

「燦雲，你上次說得沒錯，我害怕承擔名字的責任，只敢躲在假名背後寫文章，使喚別人賺骯髒錢。」

「你有預料到這件事吧？你怎麼還不打算逃走？」

陳前輩苦笑，「我不是神，我不會知道群眾選擇在這個時機點、這種方式來表達憤怒。還記得那封信嗎？」

那封疑似在試探我的信，內容我記得不多了，他靠牆邊蹲下來，平時面具般冰冷的臉開始消融，說自己曾在某一天決定要消失，所以跑去了中國。

「許君以前說過，總有一天人們會意識到，爲什麼自己的力量會如此弱小，連一粒米的去留都無法掌握。那時許君勸我留下來一起辦報社，但我一心想投入解放運動，以爲解答就在那裡，所以就拋下他走了。有時候我會從你的眼神，看到當年那個自以爲看透一切的年輕人。」

陳前輩向我伸出食指，在空中停留一會，隨即笑著收回手。

「後來你還是回來了？」

「回來給許君添麻煩。我答應報社社長，基地台賣消息給走私犯的利潤，會分潤給報社，但是報社得留社論版面給我。許君花了好多力氣幫我說服社長，社論總有一天會發揮作用，讓人們發現力量始終在自己手中。」

陳前輩安靜下來，手指著騷動的方向，但是周邊靜得一絲風聲都容不下。

太陽斜照進窄巷，打亮我們來的方向，地面殘有丁點陳前輩的血跡，與沙土凝成濃稠的塊狀。

「報社還好嗎？」我打破沉默。

「很好，終於像個報社了。」

「好。」我站起來，向陳前輩伸出手，「十倍酬勞準備好了嗎？」

陳前輩大笑，戴回巴拿馬帽，「小心點別死掉了。」

我們繼續在窄巷裡移動，終於抵達淹沒人的雜草堆，不遠的河水照常流動，催促人回到時間的秩序，從老位置掀開竹筏，推入河面蕩起波動。天空的光暈隱退到山的另一頭，山腳下的三合院如往常升起炊煙，不受城內動盪的紛擾影響。

爬上山後，眼下的台北城，已經縮小成點綴著星點的黑色浮洲。推開木屋的門板，熟悉的機器聲，還有許久不見的鴳鴿他們，匆匆回頭對我微笑。沉在心底許久的思緒被掀起，原來我眞心期望有天再次回到木屋。

我不相信小林寄望的未來，也不相信這個世界存在所謂的眞相，但是我想回到木屋，爲山下人們寫出內心的渴望。他們不打算脫離地圖造反，只求一張能讓人前進更有力量的地圖而已，而且他們値得擁有那樣的地圖。

但是我相信李君說的嗎？我會寫出自己的未來嗎？我不知道。

□

那幾天，木屋跟戰場差不多，我忙拼湊桌面散落的電報稿紙，用不同的角度、語氣，反覆繞在同一事件寫：求情的寡婦、濫用的槍枝、累積的不滿、濕透卻不冷的身體、小林的面皰膿包、機槍對著圍觀人群掃射……

我大口喝水，水分滲透到每個乾涸的地方，才有足夠的氣息繼續吐出文字。寫完的稿子給陳前輩填上不同標題：〈公署降下子彈雨，人民手中無寸鐵〉、〈緝菸事件猶如星火燎原〉、〈執法或欺侮？緝菸事件看民生之感〉。

說到底，我們掌握到的資訊，不過就是桌上的幾張電報消息，從不同地點採集到的消息。我不相信陳前輩能在一天內，走過專賣分局、總局、派出所、行政長官公署。我腦中有個警覺，知道這些資訊不可能靠陳前輩一人。他有眼線我不意外，但他要怎麼確定消息是正確的？

「我不需要親眼證實，我只要求看過社論的人，確信內心的憤怒是真的。」他點起菸，繼續埋頭翻譯電報。

都這種時候了，他居然還想抽菸？

我懂陳前輩最在意的不是資訊正確與否，而是有沒有說中人們的心聲。事情剛發生，資訊龐雜、混亂，報社的記者已經盡量篩一輪訊息，擷取大致不會錯的內容刊登出去，所以社論的重點更不是資訊，而是重新整理一遍人們的訴求，幫他們把痛苦安置在更好的位置。

他們憤怒，就用社論告訴他們，憤怒是有道理的，憤怒是斬出解決辦法的利器，所以請官署嚴正回答人民的疑問。

「對，我們要喊的訴求是這個才對！」陳前輩整個人站起來，對著桌子剛收到的電報稿拍手。他頭上的繃帶還滲著血，臉漾出我沒見過的興奮。叫喊完後像個孩子舉起筆，沉浸在稿紙與自我的世界。

我們其他人沒空理會陳前輩收到什麼新消息，趁收發電報機停歇的時候，補充罐頭充飢，然後小睡片刻。沒多久，公雞跟狗蛙的臉埋在廢紙卷裡，用沉重的鼾聲吹拂紙張。

等陳前輩叫醒我，五篇稿子已經包裹在牛皮袋裡，他要我趁清晨趕緊拿去報社，以免遇到軍警巡邏。

「沒人的時候就選偏僻的路，人多的時候就跟著人群行動。最重要的是，活著要緊。」陳前輩確認過我的眼神才肯鬆手，交給我牛皮紙袋，封口已經緊緊黏死。

到了山下，街道仍不時有人群喊著要去中山堂圍觀，看那些豬仔有沒有誠意處決凶手。我壓低頭，走人多的道路，蜿蜒抵達報社的門口，一團群眾擠在門口，站在中央的賴前輩，露出他慣有的油膩笑容，但是看起來笑容快要掛不住了。

「各位大哥冷靜一點，請冷靜下來，你們的消息我們會放熱言區，請各位大哥照順序一個一個來，還沒輪到的人先喝茶，辛苦啦，辛苦啦……」

我繞過他們，連跟賴前輩打招呼的時間都沒有，趕緊把牛皮紙袋送到許總編桌上，依舊是頭頂懸著「時代證言」的老位子。他馬上抬起沉重的眼袋，迅速掏出紙袋裡的文章，俐落掃視內容。看到最後一篇的時候，他停頓了幾秒，然後才放下文章，揉捏起鼻梁。

「你們都還好吧？」他恢復疲憊的眼神，湊到我耳邊：「那邊缺什麼東西的話，隨時跟我說。對了，你有看到林君嗎？」

回望小林的座位，已經變成臨時堆放稿紙的桌面，不再有那張熟悉擠滿膿包的臉。我不知道該不該告訴許總編，事發那天小林在做什麼，他大概也察覺到我知道些什麼。

許總編拉住我的手腕，「你得回去做你該做的事情。我晚點會派人去找小林，你趕快回去，知道嗎？」

確定我答應後，許總編才願意放手。

辦公廳的其他人都在忙自己的事，沒有人有時間跟我打招呼。這是我看過報社最忙碌的時刻，再怎麼偷懶的賴前輩，也不得不撐起厚臉皮，應付大眾的火氣。

相比之下，躲在木屋的我們好像在作奢侈的夢，用電報拼湊出一篇篇社論，以爲寫出來就能作爲他人的精神糧食。突然覺得有些慚愧，我們就跟學寮的那群人一樣，以爲寫稿喊喊口號就能解救台灣人，但沒人真的知道像郭頭家這種得爲日子打拚的台灣人，每天會爲哪些生活瑣事苦惱。

太陽爬升到頭頂，前幾天機槍掃過的廣場，有著正常行走的人車，事件與殘暴記憶交織在同一個平面。

活著要緊。活下去才重要。

我忍不住小跑步回茶房那條路，四處在巷子裡查看，期待看到小林的可憐身影，但是地面只有泥沙與垃圾。

不行，我答應過許總編要趕緊回木屋。

正當我打算回頭，對面開來一台軍用卡車。我趕緊躲進巷子，憋住呼吸，仔細聽他們的動靜，腳步聲感覺只有兩人，然後是一陣玻璃被砸碎的聲響，伴隨他們的咒罵。

熟悉的鈴鐺哐啷聲響起。我的背脊跟著涼了。

「操，都是難聽的日本鬼子歌。」

「還有啥值錢的東西？」

「瞧，有珍珠墜子，這才像話嘛。」

「哈哈哈，分到這一區真是老天保佑！老胡那群小子分到報社，一定啥東西都沒有。」

我躲在房屋撒落的陰影下，努力壓制心臟的跳動聲，祈禱天色能趕快暗下來，他們才不會發現巷子裡的我，腦子滿是不想死的念頭，還有想像他們毀壞茶房每個角落的景象。曾經有過男人振奮討論時事、女人陪笑跳起舞，還有裝滿杏子笑容的地方，再也不可能出現了。

天色入黑，連我都分不清陰影內自己的手腳輪廓。聽見卡車啓動，朝我的方向駛來，我蹲坐牆邊，用手護住頭，讓上天決定是否此刻將面臨死亡。

卡車走了，絲毫遲疑都沒有。我還活著，我得回報社一趟。雖然我辜負了許總編，但是報社要是真的沒了，木屋就沒有存在的意義了。

然而我跑到報社的時候，事件已經扭轉到我沒想過的樣貌。

報社沒有半點燈光，外圍沒有生氣的人群，看起來跟其他荒廢的日式宅房一樣沉靜。

我小心踏進去，裡面半個人都沒有，僅有殘留熱氣的血跡。

報社內部的地板濕滑，沾黏寫過字的稿紙，內部翻倒的桌椅、櫃子，殘存爭鬥時的熱氣。我小心抬起腳走進去，腳底下的玻璃傳來與鞋底擠壓的碎裂聲。轉進辦公廳，許總編座位矗立斷成兩截的「時代證言」匾額，旁邊倉庫門半掩，我小心推開，發現門的背後有一個人倒在地上，露出血與肉糊在一起的面孔。

面孔挪動唇肉發出呻吟聲，我認出來，是賴前輩。

我趕緊檢查沾滿血的臉、身體，想確認他身上流血的地方在哪裡，但是他的衣服已被血液浸透變得沾黏。賴前輩咳幾聲，睜開眼睛，露出唯一沒染上血的眼白。

我捱近他嘴邊，努力聽清楚血水迸出的字句。

「全抓走了……」賴先生伸出滑膩的手，揪住我的脖子，發出微弱的聲音：

救我……救我……

我趕緊衝到院子，接一桶水提回來，想替他清洗傷口。沒想到他睜大眼睛，看著門的方向，一動也不動，我這才發現他的肚子開了一個洞，流出血以外的液體。遭人刺開的肚子吞過小報社的微薄薪水，喝過偷懶時光的冰紅茶，其餘之外沒有半點價值。

到底發生什麼事？是誰非得讓人用這種方法死去？

我小心踩著碎玻璃往樓梯間走。牆上的寫眞被拿走了，取代的是彈孔，牆邊掉落一副厚重的眼鏡。

唯一的答案像蜘蛛般爬上我的腦袋。我撿起眼鏡，沒辦法替任何人戴上。小林滿是面皰的臉糊在我的淚水之中。

我拖著步伐走上二樓，沉重的雙腳陷入滿地的鉛字海，空白的紙張全被割裂，殘破地掛在印刷機上，卡在機器內的紙卷只烙上一半篇幅的社論，只有最後一行句子倖免：暴動最終勝者，是堅信獨立的個人。

我抽出卡在機器上的鉛字板，跪在地上摸索鉛字塊，試圖補滿另一半空白的版面。每塊字反著看都像是外文，我的手止不住發抖，用身上殘有的血跡印壓在地面，判斷是什麼字。的、不、一、菸、憤……字仍不夠排滿成一篇文章，就算勉強踩動印刷機，鉛字塊還是找到隙縫，錯位掉了幾塊下來，敲擊地板發出哐啷的聲響，跑出來的紙張根本讀不出任何有理的文字。

樓梯間傳來腳步碾壓鉛字塊的聲響。我看見巴拿馬帽飛落地板，覆蓋在沾滿銀灰鉛粉的地板，細長的斜影攀上曾掛有寫眞的牆壁。

頭綁染血繃帶的陳前輩背對著我，與牆面維持著距離，像是在觀賞一幅不存在的畫，手臂長有一坨濃稠的血塊，仔細看，是一條紅圍巾。

忘了過多久時間，直到黑暗從樓梯間升起，把屋內染得看不清字塊的樣子，我才想起那台從未有機會印出的寫眞機放在木屋裡面。

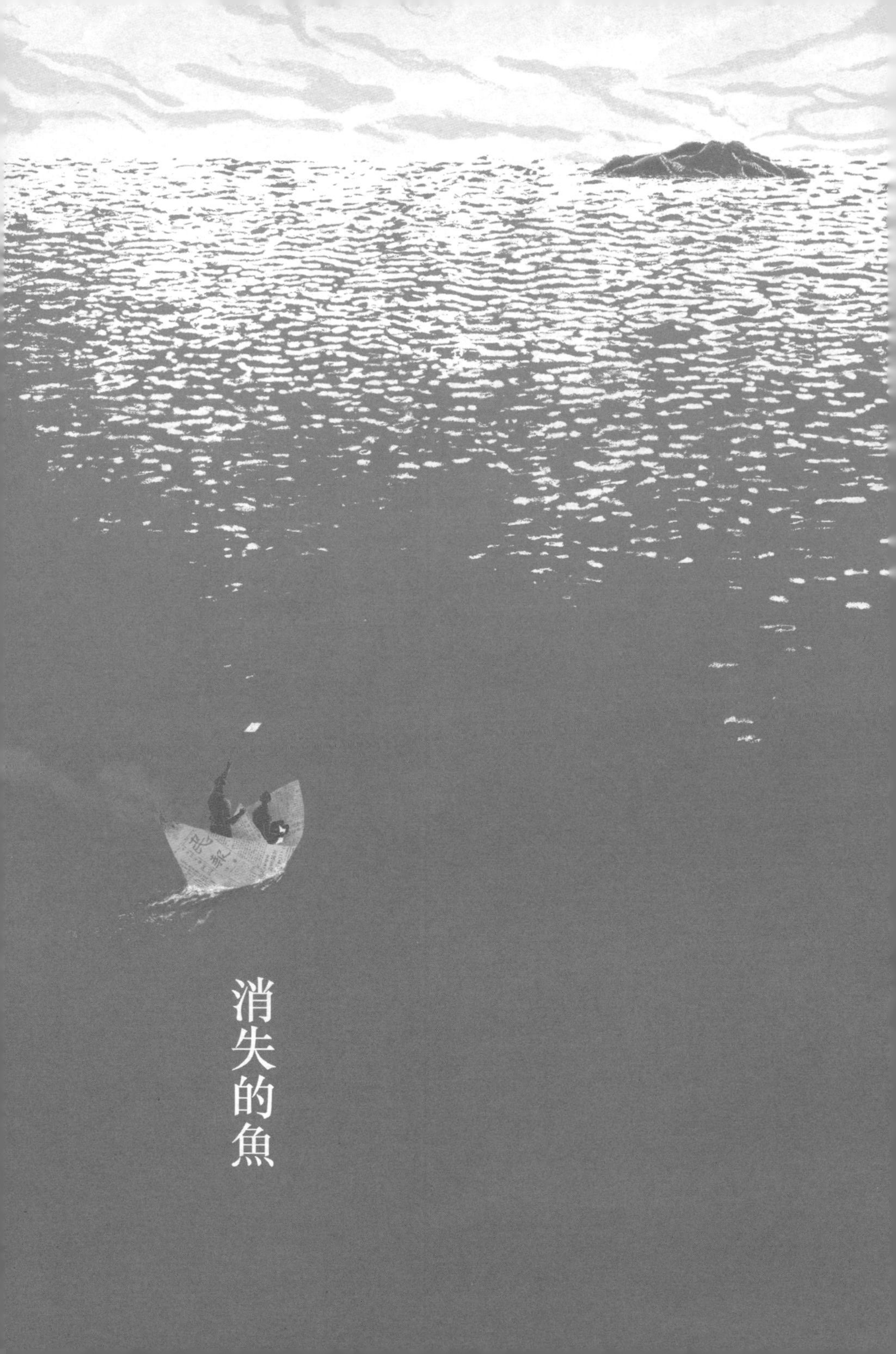

消失的魚

一九四七年春末

南方澳

槍械危險

「看過死人嗎？」

我愣一下，張望問話的犬鰆，點個頭。他勾住我的脖子，把我的頭扭向另一邊。

「看過漂在海上的死人嗎？」

隨犬鰆的視線看過去，礁石縫之間飄出輕薄的布，像隨海流沖刷的海帶，著生在我們見不到的礁石縫。

「習慣就好啦。」犬鰆大笑拍我的背，扛著麻布袋跳進海裡，往沙灘的方向游去。石仔斜睨一眼我和玉芳，才跟著犬鰆跳下去。

大城先生捆綁好貨物跟我、玉芳。我深吸一口氣，跟著躍入海水，經過反覆練習，我曉得該怎麼做個不干擾游泳者的物體，但我忍不住偷瞄隨海流漂動的衣料，感覺到海水的冰冷，猜想是否像是人死前感受到的失溫。

大城先生帶我們游向有如犬齒的雙巒包圍的沙灘，安靜吸納著前來南方澳的船隻。我們離卡在礁縫的衣物漸遠，接近唯有生者會感到煩憂的境地，台灣。

等到終於上岸，腳趾深陷砂礫留下印記，我確實感受到再次回來的分量，隨時間變得更沉重，就在同一片沙地裡，我曾經期盼戴巴拿馬帽的身影能晃現。

我們踩著同一人的足跡，殿後的石仔負責抹掉腳印，拖出不規則的掃痕，看不出我們前進的方向。從沙灘過渡到草叢地，土粒的顆粒與濕度，我能分辨和石垣島還有都南的不同，原來記憶會收住這些微小的事物。

「喂，女人。」犬鰭跳到最前頭，堵住玉芳的路，「先說好，我們要先找到宮城順次，再來煩惱妳阿爸的事情，知道嗎？妳阿爸在哪？」

玉芳張開嘴想講話，卻聽不到她發出任何聲音。

「我不確定。」

還沒等玉芳說完，犬鰭就發出尖銳的譏笑聲。

「不確定就跑過來？妳不怕死唷，哈哈哈。」

「爸爸跟我提過一個地名，二林。」玉芳拉高嗓門，「我會自己想辦法到那裡，告訴我怎麼去就好。」

「妳琉球來的，有看過火車搭？哈哈哈，笑死人，還敢說要找阿爸，金鍊條先給我好搭。」

笑彎腰的犬鰭、石仔緩慢走向玉芳，露出最初在船板相遇時的凶狠笑容。玉芳緊抓脖間的鍊條後退，腳微微顫抖，沒想到我會親眼見證廖玉芳害怕的模樣。

我跳到玉芳面前，阻止犬鰭、石仔繼續逼近。

「好啦，好啦，這也沒什麼。先打聽宮城先生的下落，再看狀況送玉芳去火車站就行了。等到車站，玉芳再把金鍊條給石仔先生，對不對？」我回個眼神給大城先生。大城先生始終都是同樣的笑容。「玉芳不用怕，找到順次，找廖先生，放心。」他輕拍玉芳的背，她才像受驚的小動物，從大城先生身後走出來。

「好啦，走！」犬鰭轉身走在最前頭，帶我們沿著高芒草行走。

沿路的風景從芒草原，逐漸替換成零星的低矮屋房，襯著清晨靛藍的色澤，靜謐地環繞停靠舢舨的小漁港，幾艘船已經悠悠開回港邊，吸引一群海鳥盤繞船隻。

我們躲到暗巷內，穿過漁村進入一條散發酒香與紅光的窄巷，垂墜的珠串門簾隨風微微掀起，流瀉出屋內女人準備梳洗入睡的聲音，隔絕臥倒路邊嘔吐或昏厥的男人。

「羅太、羅太。」犬鰭趴在一間沒撤換掉日文招牌的鐵窗前，用小心別驚動醉客入夢的音量喊。

珠簾有了晃動的聲響，但是人影沒出現。

「是我，小鰭。」

門鎖打開了，一個有著濃豔臉蛋與豐腴身材的女人從門邊慢慢踏出來，跟登場的女演員一樣。捱在窗邊的犬鰆，整個人的眼神馬上被眼前的女人掏空，表情變得異常呆滯。

「什麼風把你吹來啦，小鰆。」女人半個身體立刻貼上犬鰆，順便對我們幾個投來勾人的眼神，口音聽起來像是廣東人，「啊，我忘了買之前你說過的烏魚子，你要待多久？」

石仔拿麻布袋砸向犬鰆，「可以進去沒搭？」

「哈哈，真是對不住，看到小鰆就忘了招呼。」羅太張開雙臂，掀起吵雜的珠串門簾，露出一個她撐起的門口，要我們從她的腋下鑽進屋子。我稍微低頭，努力憋氣，想避免聞到濃密的胭脂味，喚醒身體的某個騷動。

室內有幾張四方桌，還有幾間隱密的小包廂，隔著有龍鳳樣式的屏風，環境乾淨得看不出有喧鬧過的痕跡。

「別客氣，當自己家，叫我羅太就好。」她輪流按下每個人的肩膀。我們不得不圍著四方桌邊坐下。剩玉芳沒得坐，她張望四周，不像在找椅子，反而在找躲藏的地方。

細碎的腳步靠過來，亮出秀麗的身影，是手端熱茶跟冒煙毛巾卷的侍應生，「各位大哥好，歡迎光臨。啊。」她注意到玉芳，彎身用選布料般的眼神端詳玉芳的五官，「有個妹妹呀，多大了？琉球人嗎？」

「妳還沒掃完地吧？」

一聽見羅太的話，侍應生對我們吐個舌頭，表情雖然在笑，但是眼睛沒有跟著笑，轉身溜到後方。羅太替每個人杯子重新換熱茶，緩慢地彎起和善的笑眼。

「現在時局很亂，年輕女孩靠自己很難，會來我這邊求助，請不要見怪。」

「我們也是來跟羅太求助。」犬鰭正準備說下去，石仔突然伸出一隻手指阻止。

「我們來找人，一個叫宮城的琉球仔搭。」石仔代替犬鰭說。

羅太挑起眉毛，「基隆三月發生那件事後，不見的琉球仔多到我記不住，我哪可能記得每個人的名字。」

「看到這個會不會想起來搭。」石仔攤開麻布袋，拿出一只玻璃瓶罐舉到羅太面前。

羅太難掩嘴角揚起的笑容。「有寫眞嗎？或什麼特徵？我能問其他小姐有沒有看過。」

大城先生站起來，用雙手比畫，「宮城像是體型、年齡中等的鰹，大概像這樣子。」

羅太手緩慢搭在大城先生的肩上，說等小姐們梳洗完畢再詢問看看，先帶我們回房間休息吧。說畢挪動如流水般柔軟的腰際，一個個將我們牽起，跟隨她走上樓。玉芳走在我身後，臉慘白得跟那天在防空壕一樣。

「妳夢想的台灣到啦，開心嗎？」

她瞪我，依舊是寧可用眼神掐死我的壞脾氣少女。

我硬撐起笑容，「我也很緊張，很怕回來之後死掉的朋友找我算帳，罵我好不容易逃出去了，怎麼那麼笨還要回來。」

她鬆開了原本緊繃的眉頭。「地圖是他們託付給你的嗎？」我點頭，「走吧，我們越來越接近妳爸爸了。」說完對她伸出手，她猶豫一下，還是選擇握上來。

太好了，孩子果然是孩子，很容易就相信別人。

到了樓上，中央排著一列剛睡醒的女人，穿著輕薄的棉衣在洗手台前，張開少了脂粉添色的疲憊面容，清理牙齒、眼眶。她們在鏡中發現了我們，用尖銳的眼神困住我們，宣告我們這群男人才是弱勢的一群。

「啊，有個妹妹！」

她們發現夾雜在男人堆的玉芳，立刻把玉芳拉出來，用滿載的關心圍著玉芳，打鬧地談新來的妹妹適合怎樣的髮型與妝容。玉芳不時探出頭，用眼神在詢問我們該怎麼辦，但犬鰆、石仔直盯著穿睡衣的女人，大城先生又看不懂玉芳的暗示。

「阿雲？眞的是阿雲？」

背後突然一陣涼意。我認得這個聲音。

我生硬地轉過頭，一張素靜如麵皮的臉蛋與我對上眼，臉龐垂墜的血色耳環強烈喚起我的記憶。果然是杏子。

「啊，是妳啊，好久不見。」我不敢看杏子的眼神。

「你爲什麼在這裡？」

我匆匆瞥一眼大城先生一行人，他們忙著張望其他女人，沒有注意到我跟杏子。反倒是另一邊有個視線黏在我背後，是羅太，不打算放過任何我和杏子的舉動。

我趕緊摟住杏子，在她耳邊說：去房裡說。

冰冷的耳環掃過我的臉頰。她牽著我進去堆積好幾袋瓜子跟掃具的儲物間，我捏緊鼻子，克制不要打噴嚏。

臉頰立刻襲來一陣灼辣。杏子打了我一巴掌。

「阿雲，阿雲討厭鬼，都不知道你死去哪裡。」杏子眼淚溢出來，字句跟淚水糊在一起，變成像小貓的嗚咽聲。

我安撫她，希望她小聲一點，「噓，我不知道妳後來去了哪裡？發生好多事情，我看到茶房被破壞，報社也……算了，總之，我現在其實在逃亡。」

我告訴她二十八日以來的經過，圓環、茶房、公署、報社、走船……唯獨省略陳前輩地圖的事情。

「還有不能叫我李燦雲，那群人叫我『陳先生』。」

杏子眨眨眼，眼皮腫脹成單眼皮。「可是爲什麼要回來？我的意思是，你爲什麼來這裡？」

「我們要找一個叫宮城的琉球人，跟鬍子漁師是同鄉，但是我們什麼線索都沒有，只知道有人在二十八日看到他在南方澳，聽說他準備到基隆載東西去香港。」

杏子垂下頭，「恐怕我能幫的忙不多，那時候我還不在這裡。」

「妳過得還好嗎？那個上海人呢？」我輕搭她的肩，感覺到皮肉包覆骨骼的觸感，感覺眼前的人與從前愛笑的杏子已經是不同人。

杏子撐起笑容，嘴角依舊有彎勾，但不如以前飽滿有精神的樣子。

「我未婚夫也在那一天死了，但我其實沒什麼感覺，很糟糕，對吧？」杏子苦笑幾聲，「我先找未婚夫的朋友幫忙，但他顯然不是什麼好人，所以我逃到這個地方。」

「至少妳是平安的。」我想努力讓她微笑，但她只是勉強撐著皮肉，給我不至於讓人擔心的表情而已。

她湊近我耳邊：「如果還能重選一次，我想選擇跟你逃跑。無論是一起走進地獄，還是去哪個殘酷的地方，我都願意，但是很可惜，我們錯過機會了。」

耳環滑離我的臉龐，一縷清涼離去，我才發現臉頰的臊熱。

不等我回應，杏子立刻打開儲物間，新鮮的空氣竄進來。

「唉，男人怎麼都一個樣？老是喜歡糾纏不清。」她刻意揚起嗓門，撇下我一人迎接其他人訕笑的表情。

我趕緊低頭穿越梳洗的女人，直衝向從房間探出頭，頻朝我招手的石仔。一進門，一隻有力的臂膀把我架到牆邊，露出一對發黃的虎牙。我想對大城先生求救，但大城先生早已睡癱在床上，整個人像是蜷縮的黑熊。

「說清楚，你怎麼會認識那麼可愛的酒家女。」犬鰭帶著低吼說。

我愣一下，還以爲他想問金鍊條的事情。

「看，女人都一個樣搭，拿不到錢就會露出本性搭。」石仔臥躺在床上蹺腳，揚起下巴對我說教。

犬鰭勾住我的脖子，「以後我也要叫你阿雲，阿雲弟仔，來吃下去。」

他從口袋掏出圓罐，倒出之前在船上看過的黑藥丸。我努力拉長脖子，想躲開逼近我嘴巴的可怕藥丸，但犬鰭還是直接塞進我嘴裡。濃烈的藥草味包裹整個舌頭，得專注克制表情的扭曲。犬鰭大笑，一邊呼喊阿雲弟仔，一邊把我勒得更緊。

「警告你，阿雲弟仔，絕對不能打羅太的主意！羅太辛苦經營這間店，是要遵守她跟丈夫的約定。」

天啊，我知道接下來會發生什麼事。這個傻男人一定會爲那女人花很多錢。

石仔坐起身，「你怎麼不說羅太拿了你多少錢，買下這間店搭？」

「好，好，好，是用我的錢買的。」犬鰭抱著頭躺下，像釣上岸的魚懊惱地翻滾。「與其讓我喝酒花掉，還不如成全他人吧。」

「我看，她丈夫不可能來找她搭，時局這麼亂。」石仔揮揮手，「羅太在香港都有消息搭。哪有可能等好幾年，還沒找到丈夫搭？」

「所以羅太確實可能知道宮城順次的下落？」

「這麼說是沒錯，但是搭……」石仔嘆口氣，換蹺另一條腿，「要看她有沒有得到回報搭。」

「我們送的那些盤尼西林有夠啦，羅太是好人。」犬鰭滿足地仰躺下，沒多久開始打起鼾聲。

我覺得身體也開始變沉重，在床鋪找個位置躺了下來，意識快被大城先生他們的打呼聲給淹沒。突然我驚覺，玉芳不在房裡。

幹，她該不會一個人偷跑。

門外傳來一陣嘻笑，像以前茶房女人聚在休息室內，交織出如浪花的聊天聲音。門把接著轉動，進來一名穿著長衫的女孩，頸肩露出發光的金鍊條，嘴唇擦上橙橘色調的膏脂，襯托田間養成的健康膚色。我與女孩對上眼，接收到掩藏在妝容下的嚴厲眼神。我意識到，女孩是廖玉芳。

其他人接連被胭脂味給催醒，看著眼前幾乎認不出來的玉芳，嘴巴下意識地微張，只有我緊閉著嘴，克制自己別說出眞心話：地圖眞的有好好保管吧——如果地圖還在玉芳身上。站玉芳身後的羅太，手搭在玉芳肩上，胸前緊抱住玉芳的舊衣服。我阻止自己想像陳前輩的地圖在那堆衣服裡面，與羅太的胸部擠壓。

「我幫你們打聽到一個叫阿通的漁民，在宮城先生出發前，曾經一起吃過飯。等一下他會來店裡，你們再問問看他。」

犬鰭一個箭步搶最前頭，「羅太，眞的是不知道怎麼感謝妳才好。」

「跟我客氣什麼，小鰭。」羅太揚起弧角美麗的笑容，「我知道找人的辛苦，像我，都不敢奢望能活著跟先生再見面，但我會安靜地守著店，等人繼續來來去去。」說完摸一下犬鰭的下巴。

犬鰭的嘴巴幾乎要流出口水。

「你們先休息，等營業了再下來吧。」

等羅太一關門，犬鰭便舉起拳頭，隔空對著門板猛力捶打，無聲地咬牙宣告他的愛情。

我們不想理會他的甜蜜，自顧自選個舒服的角落，繼續睡覺。

過一會房內交錯著酣睡聲，清醒的人剩下我跟玉芳。她時而閉上眼睛，看得到眼皮擦有顏色的脂粉，時而張開眼睛，跟我對上眼。

地圖，我有保管。

玉芳用抹上唇膏的嘴唇告訴我。

我淡淡點頭。沒力氣問她，打算什麼時候動身去找父親，打算怎麼找到父親，還有打算怎麼面對父親不可能找得到。

眞搞不懂女人在想什麼，爲什麼會想打扮得跟侍應生一樣？她也覺得漂亮嗎？雖然脾氣很壞，自以爲得扛起家族的責任，但骨子裡終究是個愛美的小女孩嗎？

我靠牆邊閉上眼，重新盤算找到宮城順次之後，要怎麼順利拿回地圖，但是穿著長衫、頸繫金鍊條的玉芳，一直佔據我的腦袋。好吧，我承認那樣子打扮確實好看，要是姊姊也穿上凸顯身材的衣衫、襯托膚色的項鍊，還有擦上淡淡的胭脂，走在路上一定很亮麗，任何男人都不會輕易移開視線。那樣的姊姊，一定能擁有很幸福、很美好的未來。一定的，因爲姊姊是全世界最美的女人。

腦門好像鑽進某個清脆的聲響。啊，是麻雀洗牌的聲音，好久沒聽到了。

四方桌沒有人影，只有一道斜陽射進來，照亮桌上玩到一半的牌。

「喂，阿弟仔，你說杉野在哪呢？你有認眞找嗎？」

我驚醒，樓下的洗牌聲變得更清楚。

門把轉開，走進的是端熱茶毛巾給我們的侍應生，和煦的笑臉卡著沒有笑容的眼睛。

「各位大哥，阿通來囉。」

她帶我們走下樓，每張方桌都坐著零星的客人與侍應生，空氣瀰漫陳年瓜子與濃烈酒精的氣味。她舉起纖細的臂膀，要我們坐進其中一間整理乾淨的包廂。

正當我們要坐進去，她拉住玉芳的手。

「妹妹，難得來玩，要不要來摸幾輪牌？我可以教妳喔，很好賺的！」

「可是……」

侍應生拉著玉芳的手臂，闖進女人牆內圍觀打牌，牌桌坐有兩個漁民跟兩個侍應生，其中一個是杏子。玉芳被安插在杏子身後，接收對面漁民來回的打量，笑著稱讚說長得不錯，可以讓羅太好好補一下。

牌桌上流動著杏子俐落的手，男人丟出一張牌，立即被她吃掉。

「謝謝大哥。」杏子遞送甜膩的笑容給漁民，再用他人沒注意到的速度，迅速掃過玉芳跟我之間。

我希望杏子懂我在想什麼，玉芳被推過去肯定沒好事。

「石仔、犬鰭，你們顧外面，看好玉芳跟羅太，不要讓他們偷聽。」我壓著他們的肩膀，小聲商量。

「掛眼鏡的，真的有比較聰明唷。」犬鰭笑露出犬齒，「我盯羅太，石仔看那一桌人，這樣分配最剛好。」

石仔咒罵幾聲，拉開一張椅子，正對著打牌的人群坐下。犬鰭整理了一下衣服，轉身走向櫃檯的羅太，故意靠在牆邊聊天。

大城先生跟我一起彎過屏風，進入包廂，大圓桌邊只有一個縮著頭的矮小男人，手習慣性壓在胸口，總覺得氣質跟店內其他漁民不太相像。

「你就是大城先生，對不對？」阿通張大眼睛，眼睛圓得像狗兒。

大城先生點頭，拿起桌上的茶壺替他倒水。他小心來回看我們，拿起杯子吞一大口，輕咳嗽幾聲。

「宮城先生以前說過，大城先生是他所知道最可靠的人。」他從腰間的口袋掏出折疊的紙張，我才注意到他身上的衣服看起來是工作裝，不是一般的衣服。他將紙張攤在桌上，我們湊近看，上面是一張圖，或者該說是象形文字，一個像眼睛形狀的橢圓，末端跟上下端點有幾撇飄逸的線段。

「他說這張紙條只能交給大城先生。」

大城先生手抱胸，晃起腦袋反覆唸：很奇怪、很奇怪。

「宮城先生還有說什麼嗎？」我問。

阿通搔後腦，「自從知道宮城先生失蹤，我就反覆想，宮城先生離開前說什麼，但想起來的都是沒意義的小事，像是抱怨日高先生要求很多，可是報酬沒有變多，有本事他也要自己賣。」他突然睜大眼，眼睛變得更圓黑，「啊對了，他那天問我奇怪的問題，他問我跑去山裡定居好不好，但我回答，宮城先生離開大海會活不下去吧。」

大城先生突然怒吼一聲，雙眼直愣前方，像是對某個我們看不見的東西示威，雙手握拳舉在胸口旁。

「消失的魚躲起來了。」

我不懂是什麼意思，瞥一眼旁邊的阿通，微開的嘴巴似乎也不明白大城先生想通的事。

「順次家，哪裡？魚在那裡。」

「好，我帶你們去。」

阿通幾乎被大城先生拎著，趕在最前面小跑地帶我們衝出包廂。櫃檯邊的犬鰭已經醉倒，趴在凌亂的牌桌上，我完全不覺得意外。杏子那桌還在繼續打牌，只不過打牌的人換成玉芳，杏子加入圍觀的群眾，但她依舊是當中最耀眼的人，適當地談笑，讓目光焦點轉移到自己身上。玉芳用篩花生的專注神情，緊盯每張亮出的牌面。

我努力用眼神示意，但玉芳完全沒注意到。可惡，只會顧著玩，太容易被騙了。

「你們去搭，我看好他們。」石仔用異常嚴肅的態度抖腿。

只靠石仔一人還是有些不放心，希望玉芳夠精明，能隨時注意周邊狀況。

阿通帶我們走到瀰漫魚腥味的夜巷，酒暈紅燈小巷的洗牌聲，漸漸在夏夜的涼爽中退散。我們走進沿山壁生長的小村落，阿通用微弱的氣息說，宮城先生以前就住在緊靠水溝的破木屋。

「我時常擔心哪天地震來，他會跟著酒瓶埋在屋瓦堆，害我得時不時來看一下他。」

走在濕滑的石階，有一幢屋脊頹垮，緊捱在長滿青苔石壁的木屋，門板隨傾斜的屋子裁成斜狀，緊閉著不讓任何人接近，不然就打算粉碎自我，湮滅掉所有證據。

阿通對著門板敲幾下，門的另一端沒給任何回應，他嘆了一口氣。

敲門聲得不到回應，害我也跟著失落。

大城先生撐開鬍子中的鼻子，繞著木屋到處嗅聞，翻倒幾個擺在旁邊的玻璃、陶製瓶罐。我試著聞空氣的氣味，除了黏濕的苔蘚我什麼都感受不到，只能讓大城先生一人環繞屋子，像在進行某種特別的儀式，尋找一條看不見的「魚」。

雲層逐漸鬆開月暈，我這才發現，今天跟那天一樣是月圓的日子，也是我最後一次見到陳前輩。距離那天，這麼快就滿一個月了嗎？

有重物鬆開泥沙的摩擦聲從後方傳來。

我們繞到屋後，看大城先生搬起一塊光滑的大石頭，下方是個填塞破爛漁網的坑洞。我們幫忙把漁網抽走，露出如腸道形狀的隧道，一直向下深入到看不見的深處，洞口寬度剛好能塞進一個成年人。

湊近洞口，陰濕的氣味混雜類似酒的刺鼻感。

「魚在裡面嗎？」我問。

大城先生用吆喝取代回答，舉高雙手滑進隧道裡，裡面傳來濕泥摩擦的聲音，過一會才聽到大城先生的聲音從地底傳來，應該是說安全。

我跟阿通互換個眼神，我堅持他先下去。阿通沒想太多便點頭，滑下去，看來是我多疑了。張望漆黑的四周，看起來確實沒人。好，我把半個身體掛在洞口，深呼吸一口氣，再滑進去。

隧道裡面沒有任何光線，憑氣味曉得自己被土壤包圍，偶爾有飛濺的泥土跑進嘴裡。正當我懷疑還有多久才能重見光日時，底部的摩擦力突然變大，半截身體暴露到隧道之外，只有頭還卡在四壁都是泥土的暗處。

有人把我從黑暗的土堆拉出來，我平躺在鋪有木板的地窖裡，頭頂懸掛一盞鎢絲燈泡。大城先生幫我站起來，一站立就能感覺到鎢絲燈的熱度，我這才注意到地窖內堆滿木箱子，裡頭裝有同樣大小的玻璃瓶罐，看起來跟犬鰭他們麻布袋裝的東西是相同的。

「盤尼西林！怎麼會，這麼多！」阿通手緊壓著胸口，好像快換不過氣。

我呼吸幾口，發現地窖內確實空氣不順，也許容納三個人已經是極限。

「這些就是魚嗎？」我問。

大城先生沒有直接回答，皺著眉頭拿起放在木箱上的一個記帳本，翻開來對上面的數字喃喃起來：「二十，總共二十，日高先生缺二十，太巧了，很奇怪。」

我心頭往下沉，這就是日高先生找宮城順次的原因？

「這些東西哪來的？原本是日高先生的貨嗎？」我問阿通，但阿通開始咳嗽，退到牆邊。

「不行，要趕快上去，趕快！她們會來！」

我立刻揪住阿通領口，用力搖晃，「誰？羅太她們嗎？」

呼吸聲轉成嗚咽聲。

「對不起，對不起，這眞的是爲了宮城先生……」我只聽得懂這幾句，其他字句跟哭聲黏在一起。

我跟大城先生互望彼此，這時隧道洞口傳來詭異的吼叫聲。

有東西從隧道滑出來，是一張字條跟一條繩子，看來哀叫的人是石仔的機率比較大。攤開字條，上面寫：交出東西，否則封洞。羅太。

大城先生坐下來，閉眼沉思，毫不擔心哭泣的阿通，每分每秒都在消耗變稀薄的氧氣。

我忍不住作勢要打阿通，他趕緊護住頭。

「當初羅太說，她知道大城先生在哪裡，能帶我去找他，還告訴我有個與那國島的日本頭家在追殺宮城先生。如果我跟羅太合作，宮城先生就有機會活下來，而且宮城先生的貨物會分一半給宮城家人……」

「你自己呢？拿多少？」

「沒有！眞的沒有！眞的是要給宮城先生家人……」

我的拳頭高舉，阿通馬上捂住臉，皺成團的臉發紅，嘴唇間頻發出求饒的聲音，讓我想起那個戴眼鏡滿臉面皰的傢伙。我鬆開手，發現額間掛滿了汗珠，地窖越來越悶熱。

「要死就一起死在這裡吧，引燃鎢絲燈把盤尼西林一起燒光算了。」我講話也開始在喘了。

「不行，不可以，宮城先生的家人須要知道！我答應過宮城先生！」阿通抱住我的下身，我整個人跌坐他身上，他還是不肯放手。

大城先生突然站立起來，頭撞到鎢絲燈，害我心臟縮了一下。

「順次偷日高先生的盤尼西林，不對，要還日高先生。」

「不行，羅太說那個人會呑掉所有錢……」

「我會照顧宮城家。」

阿通的眼睛睜大，匍匐著抱住大城先生的腿。

「想悶死我們的羅太要怎麼辦？說啊？」我對阿通吼，「我們只有兩個選擇：要不一起死，要不乖乖交出貨物。」

大城先生歪一下頭，點個頭，「好，交出貨物。」接著一次扛起好幾箱，拿垂在洞口的繩子綁起來，綁好後拉動幾下，繩子開始拖著木箱往上移動。

過一會，空的繩子再次垂降下來，傳達合作的意願。不，空氣越來越稀薄，還是充滿威脅的意味。

我們在氧氣稀薄的地窖，重複同樣的動作，彎腰、搬運、捆綁、呼氣，清出的空間也無法增加空氣，胸口變得腫脹，頭開始暈眩，沒辦法思考我該怎麼一人溜走找到玉芳。

活著是自私，死去也是自私。如果我自私一點，乾脆讓地圖永遠留給陌生少女吧，連那條詛咒的金鍊條一起留給她吧，這樣最輕鬆了。管你的，陳前輩，你交代我的事情從來沒讓我好過。

等木箱終於搬完，我已經趴在地上，感覺肺部的空氣一滴不剩，我快要不行了。我的頭突然被打一下，勉強集中精神，看彎腰的大城先生正揮動手肘，將繩子捆在我跟阿通腰際。我撐起剩餘的力氣，聽從大城先生的指示，把頭、肩膀、手腳塞進隧道內，努力往上爬，不時踢到柔軟的東西，也許是阿通的頭，但此刻我只想將眼前無盡的黑暗甩開，我只想掙脫，用盡所有力氣揮動手腳，拋開所有的泥沙，往有空氣的地方爬。

等到汗水變成濕冷的水珠，覆蓋在全身上下，一點一滴吸走體內的熱時。我曉得，我成功回到地面，我在呼吸，我還活著，肺部終於重新灌滿空氣。

我們正被拿著槍管、油燈的女人包圍，一旁有雙手被反綁、嘴巴塞布的石仔跟犬鰭。沒有玉芳？她該不會逃跑了？

杏子舉著槍管，從女人的行列中踏出來，眼裡沒有半點猶豫。

「投降吧。」

我們三人高舉手，讓女人圍上來，反綁住雙手，用濃重油耗味的破布塞進嘴裡，一點空氣都跑不進去，就算反胃想吐也吐不出來。

杏子走到我身後，冰冷的槍管隔著衣物頂住我的腰際，推我往前，走向沒有路燈照亮的芒草小路。我看不到背後的狀況，想必那群女人同樣有辦法把那堆貨物搬去哪個神祕地方藏起來，嘲諷我們這群笨得可以的男人。

臉龐突然滑過冰涼的綴飾。

「阿雲，這是為了你。」

杏子口中溫熱的氣息自我耳鬢後延展開。我無法轉頭看她，不知道她想做什麼。無論她是站在哪一邊，我都希望她別受傷，因為我知道她還是我認識的那個杏子。但是此刻的我沒辦法保護任何人，更別提陳前輩的託付了，搞不好我就要死在南方澳。陳前輩，你一定覺得我很蠢吧，爲了一個尋父的陌生女孩，把你的計畫跟我的性命一起賠送掉。

如果可以重新選擇，我不想要因爲別人而奔命。如果還能重選一次，我想爲了自己而跑，無論是進入地獄，還是面對怎樣的困境，我只想跟重要的人陷進同一張痛苦的地圖。

沿路上伴隨石仔，努力自破布的縫隙中迸出的咒罵，路旁的芒草越長越高，逐漸變成低矮的樹叢，長在細軟的沙灘裡，與低鳴的海浪長年相伴。

我們踩上沙灘，走到一間立在海邊的小木屋，窗邊透出內部有橘暖的燈火在閃爍，屋子周圍掛滿破爛的漁網跟船具，乍看是普通的漁民工作間。

門板打開，一股濃烈的魚乾味襲來，在懸掛如木頭色的魚乾底下，手腳被捆綁在椅子上的玉芳坐立在中央，睜大眼睛看著門外同樣被捆綁的我們，她身上還是同一件長衫，但脖子上的金鍊條不見了。本來還期待玉芳逃跑了，想不到終究是失去戒心的小女孩。這下子我們眞的是一群笨男人，所有東西都被騙進女人手中。

站在玉芳背後的是羅太，舉起豐腴的臂膀，臀部擠出嬌艷的曲線，迎接我們的到來。身旁有個女人幫羅太燃起一根菸。

槍管推我們走進更裡面，門板在背後砰地關上。

「現在你們還想找到宮城琉球仔嗎？找到的話，日高先生恐怕會要了他的命唷，偷走二十箱盤尼西林是有代價的。」羅太緩慢吐出煙，坐在離門邊最近的椅子上。杏子手拿著槍站到羅太旁邊，板著相同硬冷的臉。「聽我的勸，貨物歸我，你們趕快離開日高先生身邊吧。宮城妻小的錢我會想辦法交給他們，你們不必擔心。」

大城先生努力發出聲音，幾乎要把嘴內的破布吃進去。羅太給個眼神，旁邊的女人俐落撐開大城先生的下頷，抽出吸飽唾液的破布，甩掉牽絲的黏液。

「日高先生要找『人』。我們找到宮城順次。失蹤貨物還日高先生。」

「男人最討厭的地方就是自以爲有勝算。」她再次吐煙，罩住屋內唯一的燈泡，「如果你太過堅持，我就只能通報你們違法偷渡，順便跟他們買幾包上海菸。」

其實羅太說得有道理，如果眞的找到宮城順次，反而會害他喪命，還不如謊稱他死了。只要能放棄找宮城先生，就能早點回到都南，早點拿回地圖。

「二十箱盤尼西林哪有什麼損失？日高一個月就賺回來了。他在意的是背叛的感覺，害怕你們學宮城背叛他。」

嘴巴塞著布的犬鰭發出聲音，等有人把布取出，他發出像狗的嗚咽聲。「妳以前說過想快點賺錢，就要投靠與那國島叫日高的男人。妳還說哪天賺大錢記得回來，妳會備好烏魚子跟紹興酒……」

羅太扭過身體，蹺起另一隻腳，「日高是危險的人。當初他爲了跟香港的阿片走私牽線，把我先生的管道透露給海關，不然我也不用躲在台灣。」

「不對，東西還日高先生，錢給宮城家，去香港找順次，找妳丈夫！」大城先生反轉背後的手，漲成難看的青紫色。

「還聽不懂嗎？琉球仔跟我先生一樣，他們不可能會回來，他們已經死了！」

羅太說話突然梗住。她警覺到背後的金屬管子。

舉起槍的人是杏子。羅太不用回頭也知道狀況，嘴角僵在奇異的角度，讓她的表情看起來碎裂，失去原有的從容。

「杏子，妳知道自己在做什麼嗎？」

「對不起，我不知道，但我不想繼續下去，我不想當等待的人，對不起。」

杏子拋給我小刀，我背對著刀蹲下拾起，試著對準大城先生的手，幫他割開。繩子寬又粗，不好劃開，整間屋子只聽得見纖維緩慢裂開的聲音。羅太半句話都說不出來，手上的菸繼續燃燒著，一節節縮短，其他女人緊盯杏子的槍管，不敢擅自行動。

終於繩子順利斷了，我跟大城先生連忙替石仔、犬鰖、玉芳鬆綁。

「我知道羅太在打什麼主意。」玉芳嘴裡的布一抽開，便開始急促吐出被憋住的字句：「我想到，可以先把貨還日高先生、把報酬分給宮城家，然後我們再一起去香港找人……」

「先不說那個了，趕快走。」我拉住玉芳。

「不行，我們還沒找到人……」

「夠了沒，根本找不到人，失蹤、逃亡、死掉都一樣！不要找人了！」

「不一樣。」玉芳掙脫我的手，不打算挪動半點腳步，「不找找看怎麼知道他們有沒有死？他們可能需要幫忙……」

「需要幫忙的是我們，活著的人！」

「你就只會在意那個破地圖！」

「我在意？哈，我還希望地圖不見、消失最好，省得我被你們這群人氣死！要找你們自己找，我要走了！」

我瞪著玉芳眼眸裡的自己，看自己的憤怒在一個少女的眼珠裡燃燒，只剩下悲傷。

「不，你答應過我……」

「我答應了那麼多人那麼多事，但有哪一次眞的有好下場？沒有，要不是人死了，要不只會給我找更多麻煩。我不想要了，我幫不了妳。」

我緩慢向後退，想從她的眼睛裡離開。

「等等，會有辦法的，你不要……」

我搖頭，向後退。到現在我才確定，我連自己都幫不了，又怎麼可能爲別人奔命。

「可是我需要你……」

我轉頭跑向杏子，拾起她失序的眼神，抓著她的手一起跳進靛藍清冷的海邊，逃離滿是魚乾氣味的屋子。

屋外狂嘯的海風聽起來像是人群的吵架聲，在我們身後拚命追趕。

潔淨的沙灘確實地落下我與杏子的腳印，鋪展成一條通往某處的道路。我能去哪裡，我能走到多遠，我不知道。

我只知道我不願意留下來當等待的人。

再見了，地圖。再見了，安雅之地。

再見了，陳前輩。

無名者的地圖

一九四七年春末

南方澳到安雅（與那國島）

代價：未知

陳前輩扔下火柴，火光迅速點亮他的面孔，他看起來比平常的樣子還蒼老。我們團聚火堆旁，送進寫有電報碼、字句的紙張，像在進行神祕的儀式，在重生之前得先經過焚燒。

從今以後，我們與這間木屋曾有的存在，都將變成火光焚毀後的灰燼。

從報社被搗毀以來，我們困在木屋三天，每天吃無數種罐頭，想著該怎麼把沒機會印出來的稿子，送到山下無數人的手裡。三天，如果我沒數錯太陽、月亮升起的次數的話，那麼確實過了三天，但感覺像是終身困在木屋。稿子最終去處只有不拒絕任何事物的火堆，擁抱了等同於毀壞。

如果我從未收到那張字條呢？如果我沒答應陳前輩跳上竹筏，劃開濃稠的基隆河呢？我會見證到這場消失的儀式嗎？

公雞跟狗蛙開始爭辯，今天到底是不是十五，狗蛙堅持月亮沒有正圓，十五還沒到啦。鷺鷥反駁，十五早就過了，堅持自己每天都有在記日子，說到一半突然住嘴，把身上的一本小簿子丟進火堆。

我把玩著寫眞機膠卷，猶豫該不該丟進火堆，鴣鴣一手按著我肩膀，我明白他沒說出的意思，深吸口氣餵給火舌，路人的臉、二十八日的動盪……全在火焰下萎縮。大家沉默下來，剩鴣鴣嘀咕著向月娘祈求平安，保佑大家路途順利，回家與家人團圓。

「希望還有明天。」

背後有酒瓶碎裂的聲音，大家一齊視線轉後，看陳前輩跌坐地板，化掉平時身上的武裝，此刻只剩下破碎無助的枯瘦肉體，浸泡在酒精內，好緩解止不住的痛苦。

「火鼠啊，多虧你的蠢蛋朋友，分不清敵友，一夕就毀了我對許君的承諾。」

我握緊拳頭衝上去，「還不是你的錯，寫那些文章，害報社所有人丟掉性命！寫社論有比那些人命偉大嗎？說啊！」

等腦中的熱血消退，我意識到人已經在木屋內，雙手指甲陷進陳前輩的咽喉。陳前輩仍張著那雙細眼，冷靜地看著我，瞳孔囊括進我的倒影，好像那是他死前唯一能做到的事情。倒影中的我，成了永恆困在陳前輩眼睛中的金魚，衝撞不破那顆深黑的瞳孔。

我毆打自己，臉頰一陣僵痲，眼鏡順勢飛了出去，感覺自己跌進模糊的世界裡，困在裡面大聲吼叫也不會有人來拯救。

「好了，燦雲。對不起，是我沒保護好你的家人朋友。」

眼鏡重新掛了上來。鏡面折疊陳前輩的臉，從縮小到變成正常大小，平日如面具的表情刻意沒戴上，願意讓我看清楚他眞實的樣子。

「我們沒辦法像紙張一樣被燒掉，怎麼辦？」

「現在台中、高雄的鎮壓恐怕是個預告，他們一定會派軍隊來台灣支援。你們絕對不能被燒掉，你們要逃跑，想辦法活下去。尤其是你，李燦雲。」

「陳前輩。」鴉鴒打斷我們，「月亮躲進雲層了。」

我們在屋外一字排列開，吹著冷涼的夜風，周圍安靜得像是被人遺忘，此刻我們成爲飄蕩的幽靈。

「多謝關照。」

「再會了。」

「再會。」

「保重。」

「謝謝你們。」陳前輩對他們行最敬禮。

鴉鴒、公雞、狗蛙、鷺鷥對我揮揮手，轉身走往樹林不同方向，這才提醒我，大家原本都是來自不同的歸屬地。不知道他們會不會先回家，看家人最後一眼？陳前輩始終沒有抬起身體，朝同一個方向維持敬禮，直到再也聽不見那群人的腳步聲，他才恢復站立的姿態，掩上木屋的門，坐回他專屬的桌子，只不過上面沒有半點紙張。

機器全關掉了，無聲息地包圍我與陳前輩。他拿起地板的空酒瓶，舔舐瓶口殘有的酒液，對著裡面呼氣，吹出同一個低沉的音頻。

「李燦雲，你知道追求自由的代價是什麼嗎？」

性命吧。我回答，我希望這不是答案。

陳前輩放下酒瓶，小心解開頭上的繃帶，血與髮絲黏成泛黑光的石塊。

「我去找水來……」

「不准離開屋子。」

他從抽屜裡拉出一張地圖，在桌面攤開展出一張台灣北部的地圖，一條蜿蜒的路線從坪林抵達宜蘭，然後再延伸去南方澳。

接下來他說的話，我反覆在腦中奔馳數千遍，始終不明白他為什麼要託付這個任務給我。為什麼不選擇自己活下來？

「從南方澳坐船往東到『安雅之地』，然後用下面寫的這組電頻發出訊息。總有一天會有人回應你的。」

「什麼是『安雅之地』？誰會回應？你嗎？」

「這個嘛。」他笑著把地圖摺成四方大小，塞進我胸前口袋，「也許吧，我會努力看看。」

我盯著他頭部的暗黑色澤血塊，難連同將他退去假面的笑容與交代我的事情一同消化。

「你會陪我去吧？」

他沒有回應我，攙扶著桌子站立起來，光是挪動腳步就足以讓他的嘴唇發白。他把自己丟到機器面前，伸出修長的手指彈起開關，機器用疲憊的運轉聲回應他。

「喂，不要不回答我，你說代價是什麼？」

陳前輩回過頭，對我笑了一下才戴上耳罩。

——時間會推向我們相遇的那天。

我還佇立在門邊，不打算接受這一天，會是我們最後一次的對話。

□

背後有槍聲響起，旁邊的沙子彈起來。

「不准逃！」男子的怒吼聲聽起來有段距離。

我跟杏子定住，不敢挪動半個腳步。我們很可能不小心誤闖海軍巡邏的範圍，雖然附近看不到任何軍事基地，只有大片的沙灘，白淨的沙在月光下很潔白，沒有任何東西能掩護。

「手舉起來！」

我緩緩舉起手瞥向杏子，她同樣緩慢抬起手，向我露出從沒看過的眼神，既堅定又放空，勾起我心裡的不好預感。我還來不及確認，血色的耳環便快速兜轉一圈，面對遠方的軍人閃爍。

「請等一下，我是顧紹濂上將的未亡人，上頭有重要事情交代……」杏子丟下放下手中的槍，高舉手緩慢轉身。

「狗屁，聽口音就知道你們滿腦奴化思想！」

「不，她真的是上將夫人，我可以證明。」另一個方向傳來有威嚴的女人聲音。轉頭看，確實是羅太的聲音。

軍人原本一步步踩在柔軟的沙子上，朝我們舉槍逼近，聽到斜後方前來的羅太聲音，槍管稍微傾斜，看起來有所猶豫。

接著，槍聲響了。

杏子維持著舉槍的姿勢，扳機緩緩放開，硝煙自槍管瀰漫出來。等煙霧散去，她緩緩放下槍，眼神沒有半絲遲疑。

軍人已癱軟在沙灘，從這裡看不到血液有沒有滲出來。

我第一次覺得沙灘潔淨得駭人。

杏子全身癱軟，全身顫抖，羅太朝我們跑過來，張開雙臂接住杏子。

「傻孩子，沒事了，沒事了。」

羅太將杏子埋在懷裡，兩人跪在沙灘上，聽杏子的哭聲如遠方的海潮，強烈的疼痛一陣陣地釋放。

看到癱軟的人體臥倒在沙灘上，我失去了站立的力氣，只能坐在沙灘上與不動的軍人靜聽杏子的哭嚎。即使悲傷再怎麼濃烈，也貫穿不了海浪的沖刷聲，不問過去、不問未來，無情捲走一切遺留在沙灘的事物。

「我不想留下來……我想跑走……」

「噓，我懂，留下來很痛苦，我知道喔。」羅太溫柔撫順杏子的頭。

「為什麼他們可以開槍，但是我無法、我不行……」

「因為妳知道比開槍更有力的武器，妳比他們還堅強。」羅太把杏子抱進懷裡，「不管妳去哪裡，我的店永遠會等妳回來，妳想去哪裡都可以。」

抱在一起的她們，呈現的姿態如不畏懼世事變化的石像，堅硬的核心僅有她們能理解，我沒辦法輕易介入。

膽怯的影子接近過來，是面色蒼白的阿通，小心蹲下檢視倒地的軍人。

「還沒死！羅太，他還沒死，還在呼吸！」

羅太換上厲色的神情直射我，手還是繼續溫柔地安撫杏子。「你，沒名字的男人，趕快搭船離開台灣，這裡我會想辦法善後，杏子我也會好好照料。」

「為什麼要幫我們？」

「大概是，杏子讓我回想起被拋下的痛苦吧。我不該一心想復仇，害我差點失去留下的意義。還存在的人不該也不須要用仇恨折磨自己。我發覺，最想要的是守護仰賴我的女孩們，僅此而已。」

「大城先生他們開來了！」阿通指著遠方，確實有艘舢舨在海面載浮載沉，上面有好幾個人在招手的影子。

「可是，杏子……」

杏子抬起滿是淚水的眼睛望著我，嘴唇微微顫抖。

我想那就是她該說的話，她須要留在這個地方。

「杏子就拜託妳了，羅太，我一定還會回來。」

「祝你們平安，下次我會備好烏魚子跟紹興酒等你們。」

我的腳用力踩進細軟的沙灘，試圖在沙灘上跑起來，沙子乘載不了我的施力，我再怎麼費力跑，跨出的步伐還是有限，但遠方的舢舨確實在等我，等我跳進冰冷的海水，往下越走越深，水淹到我的胸口，我拚命掙扎，我還是想活下來，想活著繼續被陳前輩的地圖折磨。

有個俐落的身影跳下水，滑開海面朝我游來，到我身後架起我臂膀，那股力量就像那時在下大雨的樹林，帶我直往前方衝去。生與死掌握在自己手裡，也不在自己的掌握裡，無論如何，那一刻自己至少決定了些什麼，於是勇敢地踏出去。

「你答應過我，意思就是我也答應了你，所以我不會輕易放棄的。」玉芳的聲音傳到她熱燙的臂膀，在我胸口震盪著。

我順著玉芳的力道，仰躺著打水，等我們靠到船邊，石仔、犬鰭聯手把我們拉上船。引擎吃力地吸飽海水、吐出，漸漸遠離那片月光下慘白的沙灘。

我試著從那片海灘找到杏子、羅太、阿通的身影，但是只看得出來芝麻大小的黑點留在沙灘，也許是他們的足跡，也許是風自然吹出的沙坑。想起卡在礁石間浮沉的衣料，始終無法知道屍身是否還在那裡，但那對活著的人來說不再重要。

「很可能要過很久才會回來搭。」石仔說完，閉上眼，頭靠木箱。

舢舨載滿了二十箱的盤尼西林，比來的路程還要顛簸。我的內臟似乎開始習慣船的搖晃，不再反射性擠壓出食糜，能夠安詳地仰望夜空逐漸消褪，被日光吃乾淨，度過了平安的一日。

遠方再次望見如張口巨人的都南，代表一切終將回歸平靜。等宮城先生的事情落幕，等玉芳還我地圖，我就要履行答應陳前輩的承諾。

沒想到就算我試圖逃跑，最後那張地圖還是把我拉回了都南，到頭來我還是離不開安雅之地。

大家跳下海裡，合力抬起船，扛到沙灘地，把貨物一一搬到礁石縫裡，拿破布、廢木頭罩住洞口藏好。大城先生只拿一箱作爲給日高先生的證物，帶好羅太送的死亡診斷書，由我塡上宮城順次的名字跟資料。

死亡年月日時分：昭和二十二年三月一日午後四時零分。

直接死因：瘧疾【註】。

發病或死亡期間：不明。

「這次我不拿，是我太大意。你們分就好，把我的份給宮城家也沒關係。」犬鰭垂頭，一個人往前走。石仔輕嘆口氣，沒說什麼，跟在後面一起走進蘇鐵林。

「妳還想找到爸爸嗎？」

玉芳聽到我的問題，停下腳步。「我本來就不認爲會順利找到爸爸，只是因爲跟爸爸有過約定，所以我覺得非得去一趟不可，不然爸爸可能眞的會死得不明不白。」

「妳不是說，我如果不帶妳回去，妳就永遠無法離開那場惡夢嗎？」

「喔。」她吐了吐舌頭，「也算是啦，但那時只是覺得那樣子講，你會心軟吧。」

我第一次收到她的笑容，緊緻的小臉掛上勇敢的笑容。

眞是服了這個麻煩的傢伙。

我們往市區方向走，直到置身在撲來的汽油與炸物香氣，才能確定自己確實回到了都南。來往的人似乎比上次看到得少。每當有人瞥一眼大城先生懷裡的木箱，我們的肌肉就跟著繃緊，儘管想隱瞞懷裡的昂貴物，但誰應該都曉得，抱著木箱走在街上，肯定是能賣錢的貨物。

大城先生帶我們轉進巷子，我想起來上次在這裡遇到那名被追趕的女人。我們繼續走進去，沿路是石頭砌成的圍牆，走到底部有一幢低平木房，周圍有石牆圍起來，環繞一座標準的日式庭園。圍牆旁站立兩個男人，他們的腰間配帶軍刀，其中身材粗壯的男子看起來很面熟。他注意到我跟玉芳，顏面繃緊成凶狠的形狀。我想起來是之前追趕女子的男人。

大城先生對粗壯男人點個頭，男人仍不打算收起殺氣，帶我們走進牆內，要求我們放下木箱，一字排開站立。他們的手貼上身體，確定我們身上沒有任何武器。

「又一個女人。」男人在玉芳身邊打轉，笑的時候頻頻作勢要觸碰玉芳。

「騷擾我還不夠嗎？」後方有名女子打斷男人像野獸繞著玉芳轉。

她身上的紅色浴衣裹著細瘦如紡錘的身形，用孩子般的靈動腳步，踏著飛石奔向我們，

註　瘧疾：請參考附錄十。

揚起的衣襬露出燒燙的疤痕，讓我確定是上次看見的那名浴衣女子。眉上的劉海正好掃過她的眉毛，凸顯眼睛與鼻子的輪廓，不像一般日本人的五官。

「情婦就是便所，張口等吃的貨色。」男人張開嘴，用舌頭舔一輪歪斜的牙齒。

紅浴衣女子走得更近，表情看不出怒氣，瞪大的眼睛維持相同的嬌媚與孩子氣，正準備張口回話時，突然開門聲打斷了他們。

紅浴衣女子馬上閃身彎進曲折的庭園，完全看不到任何身影。

「大城先生，歡迎光臨。」門口一名老婦人彎腰，用莊重的敬語對我們說。「日高老爺還沒梳洗完畢，請諸位先移駕接待室稍坐片刻。」

「喂，掛眼鏡搭，這裡沒你跟女人的事情搭。」石仔把我的臉頰推向街道的方向，「那條路直直走，就會走到大城太太的店搭。」

「阿雲弟仔，幫我們回去報平安呀。」犬鰭勾住我脖子，馬上換成壓低的聲音，眼神飄往剛剛粗魯的男人，「日高先生不好對付，你們先回去，事情比較好辦。」

我想了一下，決定照他們的建議行動比較好。跟玉芳交換個眼神，走出日高先生的宅邸，漸漸走進人車流連的大街，用普通的步伐走著，看人們閒聊間買食物、用品，偶爾逗弄街邊巴望食物的孩子，就像以前拿著寫眞機逛街道一樣，沒有目標、沒有目的，好久沒用如此輕鬆的心情逛市街。

玉芳走在我的旁邊。

「其實那張地圖交給大城太太保管了。」

「嗯，我有猜到。」

「羅太要我留在南方澳，但我不願意，不然我才不會被綁起來。」

「是喔？」我回想起杏子的槍，難道當時射的不是子彈？挾持戲碼只是羅太在裝個樣子？算了，反正暫時不可能知道答案，天知道下次回台灣是什麼時候。

「眞希望有天能回去吃烏魚子配紹興酒。」我用力伸懶腰。

「那是什麼？」

我正準備解釋什麼是烏魚子，發現街道的人潮有異常騷動，不分老幼的男女從屋內跑出來，往我們身後的方向湧去，轉進日高先生宅邸的巷子，嘴巴嚷嚷當地的語言，總覺得眼前的狀況，正在召喚潛藏腦袋的記憶。

這些騷動跟議論的神色，都太熟悉了。沒錯，就像二十八日那天。

急湊的腳步聲襲來，我還來不及回頭看，一個揹著嬰孩的身影閃到面前。是奔跑的大城太太。

「玉芳，妳去追大城太太，我回日高先生宅邸。」

「等等，可是……」

還沒等玉芳說完，我奔回巷子擠進人群，緊貼他人的肌膚，聽他們嘴邊吐的熱氣，夾雜我聽不懂的語言，但我知道他們都在等待，等接下來會發生的任何事情，像極了那天從社子一路遊行到專賣分局，還有聚集在空曠的廣場，等待自己會得到的任何回音。

我終於衝破人牆，典雅的木屋宅邸已被軍用卡車、身穿著深色制服的警察包圍，幾名手抱頭的粗壯男人從別緻的玄關走出，低垂著頭坐上卡車，當中最顯眼的人是滿臉鬍子的大城先生，兩旁是瑟縮的石仔跟犬鰆。

我大叫他們的名字，石仔和犬鰆注意到我，嘴巴緊閉，一直用下巴指往街道方向，死不開口的樣子。

突然有人抓住我的手臂，另一隻手揪住我的領口，我被抓起來了。

糟了，我忘記要低調才對。

「警察大人，他不是唷。」熟悉的女子聲插進來。

他們在我背後，我看不見警察跟女人，只能聽他們反覆交談確認，我不屬於日高先生的屬下，女子從來沒看過我。

「沒錯，他真的不是。」另一個厚實的男子聲疊加進來，聽來跟女人一樣有種熟悉感。

揪在領口的手，一聽到男子如此說，揪在領口上的手才逐漸鬆開，還給我自由轉身的機會。

轉頭看，是紅浴衣女人，另一個講話的男子長有深邃的五官，尤其是睫毛濃密的大眼，馬上汲取了我的某段印象。是那時候遞給我琉球文化復興傳單的青年。

他對我微笑，確認我沒事後，回身繼續跟警察談話。

整棟宅邸的各個角落都站立著警察，不斷有文件、箱子從屋子裡搬上卡車，顯然日高先生被政府通緝了。最後宅邸走出三名高挺的美國人，走近時的陰影，籠罩談話的當地警察們，大家在美國人面前異常安靜，唯有五官深邃的男子照樣笑著面對美國人。

「這次非常感謝你們。」紅浴衣女子突然傾身對我伸出手，我愣愣地握住。「多虧你們，這次搜捕才能成功喔。」

什麼意思？我們被利用了嗎？

卡車的引擎發動，小心倒車退出圍牆，擺正到唯一的出路小巷。車身佔據整條巷子，圍觀人群不得不跳到圍牆上讓路，車子前行的速度比行人走路還慢。

巷子的最前方，突然有淒厲的女聲劃破引擎的震動，隨後看見大城先生長有濃密鬍子的大頭竄出卡車車頂。巷子的人群開始騷動起來，堵在卡車頭前，想看大城夫妻的悲情告別。

「你們認識警察對不對？」我還沒鬆開紅浴衣女子的手，「拜託，我朋友有未滿一歲的孩子，還有一個朋友的寡婦要照顧，拜託逮捕日高先生就好。」

「那可不行，日高先生跑了。」女子用撒嬌的語氣說。

警察大聲咆哮驅趕路人，人群只好如螞蟻翻上圍牆、站到他人庭園，但是抱住卡車頭的大城太太沒打算移動。要不是她背後還揹著孩子，我相信她能拿起棍棒追打那群警察。

一個瘦小的女子跳上卡車，一看就知道是玉芳，踩在車頂的腳靈巧躲過警察的捉捕，跑到大城先生的頭身旁，兩人交耳說了一些話。警察趁機爬上車子，反手銬住玉芳，玉芳開始尖叫掙扎。

「拜託，那個女孩是無辜的，不要抓她！」

「你說的朋友就是他們嗎？」女子抬起眉毛。

「好啦，節子別再鬧他了，我趕快去處理一下。別讓這位先生跑了，待會再聊。」五官深邃的男子對我展開深沉的笑容，走到卡車旁跟警察說幾句話，他們先是有些不信任，但還是要卡車先別啓動，放玉芳下去卡車。男子緊接著在玉芳耳邊說了一些話，玉芳立刻瞪向我，隨後她攙扶悲傷的大城太太，一步步撥開人群走向我們。

車子繼續緩慢、笨重地移動，載著我們熟悉的臉離去。

玉芳安頓好大城太太，繞到男子身後，手放背後環繞著他打轉，我懷疑她手裡拿著小刀。

「現在，你們該解釋清楚了吧？」玉芳憋緊嘴唇說。

「當然。」男子張開雙手，換成演講時穩且緩的語調，「這次的逮捕行動，其實是做個樣子給軍政府交差而已，跟各位確保，各位重要的朋友、丈夫、親人不會有大麻煩……」

「關多久？爲什麼其他人沒事，只有我的『逼拉馬低』要被關？」

「我一定會說明清楚，不過，要不要先進屋內慢慢說？」男子指向宅邸。

女子輕盈跳到玄關前，模仿老婦人管家的姿態彎下纖細的腰。「歡迎各位大駕日高宅邸，我來帶各位到接待室。」

我們尾隨女子穿越日式的長廊，地板鋪滿紙張、髒污的泥鞋印，抽屜全被拉扯下來，只差牆壁缺少血跡殘留，不然幾乎跟那天報社的殘敗有得比。

我們走到長廊末端，連接一間裝潢洋式的房間，擺有沙發、茶桌，角落邊有留聲機和唱盤，牆面掛著風雅的西畫、雕塑品、唱盤，還有一整面的書架，細看擺有《文明論之概略》、《倫理的帝國主義》、《帝國主義與教育》等一系列明治時期的舊書。

我、玉芳、大城太太坐進柔軟的沙發。大城太太將哭鬧的小嬰兒抱到胸前，拿起茶几上來不及吃完的水果，抹在小嬰兒柔軟的嘴唇上。茶几還散落著菓子跟香蕉皮，也許日高先生吃到一半，便發現警察找上門。

牆邊掛有一些人物的畫像，大部分都是同一男人的獨像，猜想應該是我沒機會見到的日高先生。畫像有一幅是一對父母坐前面，兩名兒子站在身後，兩人的手都搭在父親肩上，但父親只摸了其中一人的手背。

「我叫仲村雄一，這位是節子。」

男子坐到我們正對面的單人沙發，應該原本是日高先生的主人座，能環顧整間接待室。節子端著托盤走進來，遞給每個人茶水，很自然地當起女主人的角色。

「難怪我覺得你眼熟，你是仲村家的孩子，村裡的人都指望你去台灣好好讀書賺錢，你是很優秀的孩子。」大城太太緊接著掃視站在櫥櫃邊的節子，「然後妳是日高先生的情婦，沒錯吧？」

節子笑著打開櫥櫃的抽屜，十根手指伸進去撥弄，挾起鑲有亮麗寶石的戒指。

「這些全是日高家族的傳世品，本來要給日高先生遠在日本的妻子配戴。」節子套上戒指，伸直修長的手指，對著光源來回晃動，折射的光線正好照在三人的畫像上，「但那個可悲的男人，沒有勇氣回日本，只敢在都南自稱霸主。」

節子收起戴滿戒指的手，跳到沙發旁扶手，摟住雄一的脖子。

「真正該爲整起事件負責的日高先生逃去哪裡了？現在應該趕緊防堵整個沖繩區域的航路，這次的逮補才算眞正的成功吧？」我努力不去注意節子在對雄一的脖子做什麼。

「琉球軍政府想要的是除去礙眼的東西。如果礙眼的東西跑去日本，那就不礙眼了。放心好了，你們的朋友關個幾天就會放出來。不過那不是重點。」雄一身體向前傾，節子還是緊緊抱著他。「我想要復興琉球文化，有個訊息告訴我，我該跟你尋求協助。」

訊息，難道是……

大城太太激動起身，不小心摔破茶杯。「等等，你還沒回答，我的逼拉馬低什麼時候回來！」

節子拍手，「太好了，我們該多摔壞東西，才不枉費他對我做過的事情。」

「對不起讓妳等這麼久。」雄一摟緊節子肩膀，「節子跟我都是在都南長大，我們很清楚這裡的腐敗跟善良，聽老一輩哼唱古老的民謠，我從來沒認眞記過旋律跟故事，就跑去了台灣，以爲海的距離能輕易靠船隻克服。想不到幾年後，台灣的路斷了，只剩回家這條路，到頭來無法逃避那首我沒認眞搞懂的古老民謠。」

他掏出一張字條，舉到我面前，是草草用墨水寫上的平假名。

「回來都南後，我一直嘗試架設電報機器，試了好久終於能順利收發訊息，沒想到有次無意間收到這組訊息，而且是廣發給很多個電頻。我拿給戰時當過通訊兵的人看，他們幫我翻譯出來。」

紙張上面寫：時間，彼方，等待，安雅。

「『安雅』，那天我聽到你也講了這個詞，是什麼意思？你是爲了某個目的來都南的吧？」

「什麼時候收到的？」

「三月六日。」

雄一留給我與字條緩衝空間，好消化我這一路來，反覆困在我腦裡的畫面。那張褪去能劇面具、額間閃爍如寶鑽的鮮血的頭，開口對我說的最後一句話。時間會推向我們相遇的那天。現在的我才眞的明白，我來安雅之地是爲了見誰。

我要見的是時間，單純的時間而已，不是單一的對象，是此刻擁有記憶的所有人。

「看來是你沒有錯。」雄一握起我的雙手。

我苦笑，任由他握著不放。

「一開始我就有預感，你內心的疑問跟我一樣巨大，我非常希望你加入我們，一起努力復興這個地方吧，連你的使命一起努力！」

「對不起，也許你有些誤會，我是有目的來到這裡沒錯，但我要做的事情沒有你想得那麼偉大。」

雄一不打算放開手，「請不要以爲我是個揮灑熱血的傻青年，我看過台灣人向日本人抗爭，我明白抗爭是怎麼一回事。很抱歉，如果你不答應我，我就不會放你的朋友出來。」

我感覺到除了雄一灼亮的眼神照在我身上，背後燃起大城太太的怒火。

唉，陳前輩，看來麻煩事還沒辦法結束。

「放心，我不會威脅你違法，只是要借助你寫文章的能力。」他示意我的眼鏡，「預感告訴我，你一定能幫得上我們的忙。」

我嘆口氣，跟雄一談妥條件。我答應幫忙辦報刊，但是雄一得想辦法把大城先生、石仔、犬鰆一行人放出來。「還有，你不會逼我違法，但我人在此地本身就不合法，我用你的電報機器，發送重要的訊息出去，可能會害你們陷入危險。」

雄一放開我的手，身體靠向椅子，濃密的雙眼漆上沉思的陰影。我緊握住茶杯，思索還有什麼條件能引誘雄一答應。

突然旁邊有杯子碎裂的聲響，大城太太懷裡的嬰孩發出尖叫聲，然後笑個不停。是玉芳高舉著淺碟，作勢要砸碎。

「不是要破壞這個地方嗎？爲什麼要害怕？」

「說得好，說得好。」節子笑著拍手，像在欣賞表演。

雄一重新坐直身體，「好的，我明白了，我需要你的幫忙，自然你也需要我的幫忙。」他鄭重地伸出單手，「非常有幸能認識你，你是？」

我想了一下，不自覺笑出來。好吧，陳前輩，眞是服了你。無名之人，從今以後將擁有新名字。

「他們都叫我陳先生，請多指教。」

雄一向大城太太擔保，一定會儘快讓大城先生回家。看著這對年輕的革命情侶，我想相信他們，卻還是不敢過於大意，能跟政府人員溝通的雄一，背後肯定代表另一組勢力。節子把一盒首飾交給大城太太，說是作爲這次逮捕行動的補償，他們故意釋放宮城順次失蹤的消息給日高先生，引誘日高先生趁機行動。

但是問到宮城順次在哪，雄一也低下頭說不知道。

「我有答應宮城太太，不，應該稱呼比嘉太太。我一定會盡全力確保她前夫的安全。」大城太太鄭重收下首飾。「雄一，我們一直很看好你，絕對不能讓我們失望。」

雄一起身，對著大城太太鞠躬。

「一定的。」

我們在雄一、節子的凝視下，離開那座男主人已消失的宅邸，漫步回去大城太太店裡。路上嬰孩安靜得像這一切僅是夢境，不曉得在太陽下沉後，這一路經歷的悲傷跟幸運，會不會連同雄一給我的那張字條消逝。

不，我的記憶是眞的，礁溪寡婦手的溫度、報社的鉛字塊、木屋的火光、杏子扣下的扳機，還有我全身感到疲憊的肌肉，都是眞實地存在於這片安雅之地，我不是不存在的人。

敞開拉門，我幾乎不敢相信眼前看到的景象。

玉芳的阿嬤、阿嬸、阿姑全坐在店內，轉身看向我們。老婦人就像當時第一次見面的模樣，用同一抹微笑望著我與玉芳。在廖家醒來的記憶，簡直跟山中逃亡的印象一樣久遠。

「抱歉抱歉，臭警察害我忘了。」大城太太打自己的額頭。

「沒事，平安就好，平安就好。」廖老婦人張開手臂懸在空中等待著。那副身軀似乎比上次見面的時候還嬌小，枯瘦的身體已經撐過一個家族的新生到衰亡，如逐漸枯舊的大樹，想緊抓著殘餘的孫女、女兒、媳婦，與曾經緊繫家族的貧瘠田壤。

我的腳僵住，在老婦人身上看見泥地裡掙扎的父親。

玉芳早我一步環抱住廖老婦人，她的表情冷靜、溫柔，好像失蹤多天後出現的人是老婦人，她想要給老婦人最大的安全感，在對方耳邊不停地說沒事了、真的沒事了。

阿姑、阿嬸讓出空間，讓祖孫兩人享有最濃烈的相處，補足這段失去彼此的時光。

大城太太將嬰孩託給阿姑，示意要我跟她一起到樓上。

「玉芳交給我的時候，紙張很濕，我攤在屋裡晾乾，但是啊。」

但是。我的心跟著腳下的麻布袋下沉。

跟著大城太太上去閣樓，是一個小家庭的生活空間，應有的櫥櫃、鋪好的床被、堆置的木製玩具，都保留著小家庭生命力的痕跡。矮櫃上面有一疊玉芳的舊衣物，旁邊攤放大張的老舊紙張，不用靠近我就認得它。

「但是，字在消失。」

地圖還殘有山稜的粗線條，就像在山中逃亡的日子，反覆凝視自己在等高線圖標定的何處，觀測此刻距離陳前輩所說的目標還有多遠。那些線條反覆在夜裡纏繞著腦袋，我幾乎能平空繪製出來，唯獨下面那串電碼數字，我怎樣都記不起來。早知道我就該背誦起來。

「對不起，字不見了。」

是啊，眞的不見了。

我不知道該怎麼回應大城太太，只能木然地點頭，手指撫過曾經有墨水痕跡的地方。很可能早在防空壕那天，這張地圖就註定走向毀壞，沒有人能爲我見證曾經有的印記。

搞了老半天，早在我決定幫助玉芳的那刻起，我就失去了幫助陳前輩的資格。

我請大城太太讓我獨處一下，她輕拍我肩膀，吐了一口無奈的氣離開。

過一陣子，閣樓下方鼓譟起女人的歡笑聲，過不久就有燃燒柴火的氣味竄上來，伴隨俐落的切菜聲。我繼續呆坐在地圖前，腦袋空白地聽樓下女人的閒聊，聽到大城太太稱讚雄一從小就聰明英俊，多適合做孩子的教師。阿姑問起，在久部良開店需要多少資金，人越來越老，種田太過勉強了。

廖老婦人健朗的聲音回應，是啊，人老了，何必守著死人留下的東西？

大笑聲擴散開來，震得閣樓的屋樑撒落一些灰粉，似乎加快了柴煙滲進閣樓。我的視線開始變得有些模糊，眼睛不知不覺乘載了液體。

這次我眞的迷路了，陳前輩。

二林的清晨

一九五〇年春末
石垣島與安雅之地
回望時天已亮

揉開眼睛，懸在木構屋樑的寫眞合照，覆蓋著窗外透進來的晨光，讓寫眞裡的廖家、豐收的田壤和茅屋，與寫眞外的世界又開啓新的一天。儘管寫眞裡男人的笑容永遠困在寫眞內，但女人的剛毅隨每一天日漸堅硬。

我伸懶腰，小心摺好棉被，別吵醒身旁的阿嬤、阿姑、阿嬸、玉芳。被窩裡的玉芳還是醒來了，抬起迷濛的雙眼，金鍊條在她的脖間翻動。我扭掉桌上的檯燈，一隻手指擺在嘴唇上。她瞇著眼，明白我的意思，繼續睡去。

我躡手躡腳走下樓，打開電燈，照亮整間店舖，窄小的櫃檯坐擁成排的乾貨、瓶罐，如以往沒什麼生意興隆的跡象，卻不妨礙展開新生活的步調。

打開店門，清晨的靛青色染進店內。我檢查招牌「二林商行」是否完好，查看有沒有被人丟臭鳥蛋或殘留鳥屎，確認沒有才小心關上門，往港口走去。

三年前，阿嬤答應阿姑的規劃，把舊屋跟多數的田地變賣掉，換一間靠港口的三層樓店舖，樓上做住家，樓下做店面，客人主要是大城夫妻，再來還有偶爾出現在門口的貓屍、黏招牌的鳥蛋液。

沿海岸線走往魚市場，海鳥早已習慣守候盤繞在港邊，站立在不會打擾漁民的區域等待，等鈴鐺搖下的那刻，漁獲倒進竹簍，鳥群就能挑撿散落的小魚跟螃蟹。偶爾一、兩隻體力不好的鳥，躲在窗台的屋簷上方，拉開窗戶牠們便會被驚動，胡亂拍打翅膀，卻又不打算離去。

我伸長脖子觀望遠方的船隻，終於找到熟悉的船隻。海面上有大城先生的新漁船，靠港的馬達聲聽起來像卡痰的老人。

等船靠近碼頭，石仔先跳上來，跟我隨意招手，再來是肩上揹著兒子的大城先生，兩隻小手拽著父親如獅鬃毛的鬍子，不知道他還會不會記得，父親在獄中幾個月的時間裡，他輪番給獄中的看守員抱過，稱讚笑起來的樣子跟大城先生簡直一個模樣。

「陳先生好——」

「小順次真乖。」我撫摸他的頭，感覺孩子又大了一點。

石仔交給我一封信。還沒拆開信，我大概就猜得到雄一會寫些什麼，肯定又是談最近的時事感言。有時我會想，許總編要是有機會認識雄一，應該會恨不得所有記者都表現得像雄一一樣。

才不會像我，內心聽不到半句人們的心聲，擠不出半點文字。

「雄一他們還好嗎？」

「很好，節子生產很順利，是女孩子，叫『百合子』唷。」大城先生說完，小順次跟著重複好幾遍「百合子、百合子」。

張望一下船隻，還眞的看不到犬鰭的身影。沒想到他眞的決定回台灣，說是那趟旅程讓他想通，自己想守護在羅太身邊。犬鰭走後，石仔還留著犬鰭的舊藥罐，把抽剩的菸屁股塞進藥罐，像在蒐集犬鰭離去後的時間，捨不得隨便丟棄。

「希望會收到他寄來的烏魚子搭。」石仔聳肩，舉起一疊刊物扔到我懷裡。這期討論的是群島知事選舉，我猜銷量應該不會好，倒是貓屍會變更多，當地人不會希望台灣人商店放討論政治的刊物。

屍體變多就多吧。至少這表示報刊的力量還存在，總有一天人們會須要這股力量。

陳先生　安好：

心中總是有許多想法想傳達，但寫再多也比不過當面暢談。想誠摯邀請您與廖玉芳小姐來舍下小居，期待您的回音。

仲村雄一

這次的信僅寫了這行字。信交給玉芳看，她歪頭思考該帶蘿蔔乾還是醃鳳梨過去，接著開始跟廖阿嬤討論起來。結果變成阿嬸顧店，明天其他人全部出發去與那國島。阿嬸小抗議，就剩她還沒親眼看過傳聞中英俊的仲村先生。

我清點貨物到半夜，發覺跳動的脈搏絲毫沒有想睡的跡象，決定一人去海邊散步。自從搬到港口來，我找到一個能固定張望海浪發呆的護堤，坐在上面盯著幽黑的海面，摺起深不見底的波浪。我還是時常感到愧歉，覺得內心的罪惡連海也無法吞噬乾淨，多少人命沉在底部，成就了我吸的每絲空氣，但我讓所有人失望了。

隔天一早，我們坐大城先生的船出發，馬達傳來如咳痰的聲響，冒出些許黑煙。大城先生哼著歌謠，與三年前的航行維持同一種旋律。等船駛近久部良的港口，大城拿出通行證給海關看，登記船號。不過才三年的時間，島間往返的走私，不得不沉澱爲歷史的一部分。

大城先生先帶我們去仲村家，座落在以前日高宅邸的附近，不知道以前雄一是否用這樣的距離，思念困在日高先生宅邸內的節子。大城先生留下抱著玉芳腿部的小順次，說要先回店裡幫忙，晚點過來。

一聽到應門聲，拉開門的是揹著嬰兒的節子。嬰兒的脖子還沒有力氣，趴在母親的背上，轉動有母親神韻的圓眼，凝視我們這列人。或許在她眼中，我們和背後庭院的扶桑花是差不多的形體。廖阿嬤瞇起眼睛，逗弄她發出如水花的響亮笑聲。

「大家請進，別客氣。雄一還在學校，傍晚才會回來。」

當上母親的節子，表情還是有孩子氣的調皮，但是走路與抬起手臂的方式多了沉穩與責任感，已經脫去三年前在宅邸時，應付外人擺出的嬌媚。

我們分明是第一次來到這個地方，一切卻異常地熟悉，不需要節子特意禮貌招呼，我們直接提著準備的甘蔗、點心餅，擺滿小屋子唯一的茶几。小姑、玉芳幫忙節子泡茶，小嬰兒自然地爬進阿嬤懷裡，一旁的小順次瞪大眼睛，觀察柔軟的嬰兒爬行、咀嚼腳趾的樣子。

屋內素雅得沒有雜物，幾只器皿裝著庭院摘的草葉，放置在櫃子上方。屋隅有張小桌子，背後有疊到天井的書架，塞滿密密麻麻的書籍。猜想雄一就是坐在那張桌子前寫文章，正對著種滿奇異花草的庭園，琢磨對琉球獨立的憧憬。

節子將四面的拉門全打開，把屋子的每個角落照得透亮，隨便轉頭就可以看見庭院。我認出芭蕉、木瓜、火龍果，其他是我不認得的果實。她抽出幾根甘蔗，蹲在庭院拿鋤頭鑿出一個土坑，把甘蔗段埋進去。

「這座庭院就是這樣種出來的唷，接收了許多人的心意。」節子清理鋤頭上的泥土，「生孩子後，腳步變得好沉重，跳不起來了。」說完她笑起來。

「是沉穩的意思嗎？」

她眨眼，「你跟玉芳結婚就會知道我的意思。」

我假裝沒聽到，低著頭幫她把土埋回坑裡。住一起的這些年，我沒有一刻不擔心阿嬤會再次提起入贅。至少目前為止沒人提過，我一直以廖家男丁的身分住屋內，其他台灣人以為我是玉芳的哥哥正雄，阿嬤她們也在外人面前叫我正雄，免去許多解釋的困擾，但我心裡很清楚，我不可能取代寫眞裡眞正的正雄。

「來吃點心唷，吃甜甜，好福氣。」

阿嬤要跑跳的小順次停下來，坐她腿上咀嚼切成一段段的甘蔗。阿姑懷裡的小百合子舔到甘蔗汁液，發出飽滿的笑聲，用力踢蹬雙手雙腿。

過好一會，孩子們被餵飽了點心，終於累了睡起午覺，大人才有休息的片刻。我伸個懶腰，想換個精神，驅趕伴隨飽足的睡意。看到玉芳凝視書架上的書本，舉起一本《琉球史的趨勢》【註】翻起來。

我摘掉眼鏡，仰躺在緣側旁，用手臂遮起明亮的日照，壓在眼窩上猜想雄一特地找我的原因，但腦子擠不出半點可能的理由，只想徹底沉淪在舒服的午後，享受鳥叫的庭院、徐徐的暖風、沒半點人影沾染的街道。正當我快跌進夢裡，有人拿書本罩住我的頭。我回過神，瞇起眼睛讀書頁的文字：琉球民族的迷路兒童，兩千年間在支那海上的島嶼徬徨……

「陳先生。」玉芳蹲在旁邊，試著用氣音說話。「那句是什麼意思？」

我躺回去。「我不知道。」

她做鬼臉，「難怪你看不懂雄一的信。」

「我不想當知道太多事情的人。」

「寧可裝傻？」

「不，我就是眞的傻。」

「我也覺得你是眞的傻。」玉芳湊近，擠出一個詭異的笑容，「傻子才會無緣無故把金鍊條送出去。」說完抽起《琉球史的趨勢》，趴在地板上繼續讀，從衣領垂出來的金鍊條，保有如第一次見到時的金黃，幻想它能爲多少人帶來幸福。兜了好大一圈，從東京到台北再到安雅之地，已經令太多人失望了。

金鍊條啊，不管帶來的是幸福還是不幸，我只想像現在一樣擁有片刻靜謐的午後。即使是法律上不被承認的偷渡者，還是能享受日光的溫暖，在光照下仍有清晰的影子可見。

庭院的光線印出窗框，書頁斜射一道陰影，籠罩在書頁中地圖上的小島。炎熱的氣息逐漸退去，傍晚冷涼的風送入屋內，微微震盪晚飯的食慾。大城太太帶了一些魚過來，在炊事場幫忙節子準備料理，屋內立刻瀰漫烤魚的香氣。

註　《琉球史的趨勢》：請參考附錄十一。

活過來的小百合子、小順次，騎到石仔叔叔身上。石仔在地上爬行，口中說自己是馬，但是嘴巴發出牛的叫聲。正當石仔還在繞著屋子爬，小百合子突然像感應到什麼，對著門口呀呀叫起來。

「我回來了。」門口傳來雄一的聲音。

雄一抱起石仔背上的小百合子，對於屋子突然擠了一大群人，沒露出太驚訝的表情，好像我們的出現是再平常不過的事情。

晚飯準備了烤魚跟野菜火鍋，節子、大城太太陪孩子坐在緣側吃飯，桌邊才容得下成年人吃飯。阿嬤不斷爲雄一、大城先生舀菜、挾魚肉，看見碗空了，就趕緊添新的菜。

我鬆口氣，阿嬤今天沒辦法分神顧到我的碗，終於可以悠哉吃飯。

雄一分享在小學校遇到的孩子，年紀還小就知道住島上，註定要習慣離別。

「很多孩子的父母在沖繩賺錢，偶爾才會帶錢回家，所以我很常請學生來家裡吃飯，節子早就習慣多備幾副碗筷。」

「你們的胃口，比不過小朋友呢。」節子伸手拿起石仔的空碗，替他添飯。

「肚子好撐，陳先生、玉芳，要不要一起去散步？」雄一照樣面帶微笑。

我心裡微微不安。他終於要說出口了。

我們循著夜晚的久部良街道，在不同的屋宅間徜徉。我認得通往日高先生宅邸的巷口，第一次看見穿制服的復興會青年，就在滿是走私客的街道，還有試圖讓人們抬起頭的天麩羅香氣。

現在的街道安靜地不像三年前，些許還在營業的店家仍亮著燈火，等待從前裝滿金條、銀幣的客人走進來，可是街道的貓比顧客還多，遊走在房屋街角，嗅聞殘餘的食物碎屑。

「我知道跟當初談好的不一樣，很抱歉我幫不上忙。」

「沒關係的，那次逮補只是個交易，拿到一年份的資金印刊物而已。倒是你，陳先生，過得還好嗎？」

我聳聳肩，「還活著，應該夠好了吧？」

「是啊，活著本身就是很奢侈的幸運。」雄一深邃的眼睛發出光芒，「但如果可以，我還是很貪心地希望刊物能鼓舞到某些人，哪怕只有一個人也行，所以我要努力和現實對抗。」

我們停留在一間亮著燈的店家，店外高瘦的美國軍人，面對靠牆站立的矮小當地女人。兩人頭靠很近地說話，被屋內的爵士音樂聲蓋過。雄一低下頭，帶我們繞往另一個方向。

「嗯，現實就是這樣。」

我們跨出人鬫的街道範圍，來到沒有住屋的空曠野地。雄一帶頭踏進去，感受到野草摩擦腳掌邊緣，有第一次在石垣島種田生活的熟悉感。

朝著天際的方向走去，出現一塊塊從草堆隆起、形狀不一的礁岩，周圍長滿野生的蘇鐵，粗黑鋒利的莖幹給人不該靠近的危險感。雄一呼喊我們一起爬上來，玉芳走在我前方，兩三下爬上礁岩，跳幾階石塊走到雄一身旁。我沒辦法，我得整個身體趴在石頭上，才能抵抗底下海浪要侵蝕一切的恐懼感。

「放心吧。」

我抬起頭，想不到是玉芳折回頭，對我伸出手。

我緊緊握住，讓那隻手有力地帶我往前，就跟三年前一樣。

遠方的海濤用力拍打岩塊，翻出白色的浪花，我們腳下的巨岩跟著吼叫。玉芳想往前，探頭看岩塊底下的海浪，但是雄一阻止她。

「小心，掉下去很可能會不幸喔。以前懷孕的女人要跳過這條溝，才有資格留在世上。」

「何止不幸，太不公平了吧。」玉芳皺起眉頭後退，縮起雙腿。

「可是世界本來就是不公平的，對吧雄一？」我忍不住說，不知道為什麼心中有股怨氣想發洩。

「哈哈，確實很不公平，但既然不公平無法滅除，那就永遠有破壞的必要。」

「你該不會教學校的孩子這些知識吧？」

雄一拍我的肩膀，「不，我只對你這樣說。既然承諾已經壞了，那就讓它徹底毀壞吧，照你的想法直接去做就行了。」

「什麼意思？」

「噓，聽海浪的聲音……」

遠方的海浪，繼續拍打岩塊、沿岸，吞噬上一次留下的痕跡，在地表製造新的傷痕。好一陣子，我們就是安靜地聽海浪聲，沒說任何話，打在臉上的風，不知道是否也敲打過羅太的招牌。

若風能乘載記憶，是不是會記得消失的小林、許總編，還有陳前輩終於能把話講清楚，讓風好好記得就行了。他就不用把生命押注在我身上，讓我一人帶著記憶逃跑，結果還是失敗了，在無人記得的閣樓裡淡去。

我深吸一口氣，海風的鹹腥全灌進體腔。

我推一推眼鏡，「好，我決定好了，你們不會阻止我吧？」

雄一站起身，向我伸出手。我抓住雄一的手，向玉芳伸手，讓她抓住。三人的手串起來，彼此拉起來，面對幽黑及低吼的汪洋。

或許記憶註定是無法強求記得所有的。珍惜起起碼有的一切，就已經很足夠了。

走回冷清的久部良，某間屋子傳來孤單的三線，唱著自己的曲調，不用為了娛樂誰而彈。我們三人駐足聽了一會，感覺像是第一次眞正認識這座島，都南，安雅之地。

□

致看不見的你：

我待在安全的地方，吹著由你那邊送來的風。不知道風是否拂過墳塚的青草？又或者一切是如此突然，我們被迫塡滿新的記憶。請不用害怕，我還沒忘記承諾。

等時間消退血腥的泥地，我們能夠再次出現在光亮的地方。再不久，天就要亮了，我們都在安雅之地等待相遇的時刻。

「你在傳給誰？」玉芳踏著階梯走下來說。

我聳肩，關上發報機，小心裝回木箱。

「任何願意聽見的人吧。」

她拿起桌上的牛皮紙袋，抽出稿子仔細讀起來。

「喂，這期你寫太少了吧？爲什麼不繼續寫那個，許、許……」

「許、總、編。」我代替玉芳唸出來。

她手叉腰，「許總編不是送給你一條圍巾嗎？」

「他是送給陳前輩，不是送給我。」

玉芳把稿子摔在桌上，「那你怎麼不寫清楚！喂，等等，今天石仔要來拿……」

我藉故要清點貨架，躲避一下玉芳的怒火。

雙月出刊算是我們三人的極限了，我寫完文章交給玉芳校稿、編排。雖然是我在旁邊協助，教她漢字的發音、意思，檢查文句正不正確，但她越做越順暢，比一臉嚴肅的許總編還可怕。小林要是還在的話，應該會嚇得哭出來吧。

刊物照樣擺在商行櫃檯，半買半送地給台灣客人，沒想到他們眞的會認眞看過文章，來店裡跟我們閒聊，問以前去東京留學的學生，怎麼都沒在認眞讀書？說某戶人家的阿爸也知道二十八日的事情，要不要改天去他們家坐坐？

我總笑說有時間一定去拜訪，想不到文章能把大家的故事串連在一起，每個人的故事都有機會被寫出來。雖然不知道這種平凡能持續多久，但流血的部位至少得以有去處癒合，所以雄一的報刊得繼續存在吧。

「吃飯啦，快上來吃飯。」廖阿嬤的聲音從樓上傳來。

我對玉芳示意，讓我坐在一樓等石仔來拿稿子，她先上去吃飯吧。

她仍雙手扠腰，踩在階梯上，用質疑的眼神瞪著我。

「如果哪天訊息有回應了，你要怎麼辦？」

我想了一下，老實說我沒想過有人會回應。

「就打聲招呼吧，說這裡過得很好，很平安喔。」

「你回答得不好！」

我忍不住笑出來，她不只管文章，連電報也想要插手。

「不然妳覺得要怎麼回答。」

西沉的陽光滑到房屋的隙縫間，直射到店面內，我不得不瞇起眼睛，門邊的玉芳好像在笑，半邊的臉迎著金黃的光芒。我看不清楚她的面容，但我知道她笑得跟太陽一樣溫暖。

「就說爸爸、哥哥，家就在這裡喔，歡迎隨時回來。」

《安雅之地》完

附錄

一、李燦雲家族的原型——悲劇的士林潘家

如果李燦雲家族的古厝還留著，一樓可能會租給外人成爲士林夜市的店面，樓上大概是堆放雜物，玻璃窗霧濛濛的，很難看清楚裡面的樣子。

士林的舊名是八芝蘭（簡稱芝蘭），能遙望自水田聳立起的芝山巖，附近有雙溪、基隆河環繞。這片在台北城外的小天地分成兩區：舊街（士林神農宮一帶）及新街（士林夜市、士林慈諴宮一帶），顧名思義，先民先是住舊街，後來才搬遷到新街。

舊街因依傍雙溪而逐漸形成繁華的商鎮，餵養幾個古老的士紳家族，以興盛的書香風氣文明，也成爲「士林」地名的由來。其中最知名也是最悲劇的家族，便是潘家。

潘家最爲人知的事蹟，是在一八五九年漳泉械鬥後，街道嚴重毀壞又偏逢大雨，修建一直受阻，他們便提議遷居到地勢較高的新街。因此後來士林的重鎮轉移到新街，演變成今日士林夜市一帶的聚落。

一八九五年日本人進城後，潘家自然擔當起官方與地方溝通者的角色。然而在一八九六年一月，也是日本人正式管理台灣的第一個新年，芝山巖發生一起悲劇，有六名在芝山巖學堂擔當首批殖民地教育者的日本人，在那天遭不明台灣人斬首殺害，屍體

丟棄田圃溝渠，稱為「芝山巖事件」。

官方立刻查辦凶手，三天後宣布逮到「暗通土匪」的潘光松，當場斬首處刑。後來總督府訂定在每年二月一日舉辦芝山巖祭，紀念犧牲的六氏先生，到一九〇五年更是擴大成為在台身亡的教育家慰靈大會。

六氏先生的悲劇收錄進公學校的課本，成為每個台灣人都應該知道的故事。不過追究起來，官方並沒有詳細記錄凶手的犯罪過程，包含關鍵的潘光松如何暗通土匪，也找不到相關證據。

根據潘光松旁系後輩——林潘美鈴女士在自由評論網的投書，轉述長輩形容當時駭人的景象：家中婢女要將潘光松的身體、頭部縫合才能埋葬。

李燦雲父親描述自己父親的死狀，與士林潘家的遭遇很相近，但不同的地方是，潘家沒有參與抗日行動，但李爸爸表示李家有。芝蘭一帶多山，在日治初期確實有抗日分子在台北山間行動，也因此才會釀成「芝山巖事件」的悲劇。

順帶一提，八芝蘭是漳州人的聚集地，泉州人多居住在社子，例如燕樓李家、兌山李家。李姓追溯起來應是泉州人，所以李燦雲父親說李家在八芝蘭有積業，又有著與潘家相似的命運……好像不是完全不可能，但又會讓人懷疑眞實性。不過，長輩說的歷史故事時常就是如此，對方堅信是眞的卻找不到官方資料佐證。可是要因此推斷說長輩是騙人，似乎也不太對，不是嗎？

喔對了，還有一位道地的士林人，若李燦雲家族還在芝蘭，也許會跟這位人物擦身而過——那位人物是史明。李燦雲大概不會猜到，史明在《史明口述史二》中自述，他在一九六〇年代末左右就開始計畫在與那國島架設無線電基地，只不過在基地即將完成之際，沖繩在一九七二年交還日本，ＮＨＫ在與那國島建設的基地台蓋過了他的訊號，這個計畫只好宣告終止。

參考資料

林潘美鈴，〈芝山巖 潘光松 六士先生〉《自由評論網》二〇〇六年四月十四日：https://talk.ltn.com.tw/article/paper/66769

二、山中逃亡的李燦雲，巧遇神祕的廢村

登山界有個湖桶村的滅村傳說。

現今流傳的版本，大致是在坪林地區的湖桶（胡桶）古道附近，有座居住好幾百人的湖桶村，過往是淡蘭古道的中繼站，許多往返台北、宜蘭的旅人會到村中休憩。在日治初期，搜捕抗日分子的日本軍警追查到湖桶村來，要村裡人交出藏匿的抗日分子。村裡人表示沒有窩藏，且當時正在舉辦廟會活動，軍警便誤會廟會活動是在抗爭，於是下令屠村，據說整整殺了三天，屍體棄置在廟會的看台底下，棄屍地稱爲「十三溝」。

現址只留下村子房屋殘垣，以及疑似是當年廟會看台的平台，另外還有一座一九九八年八月八日設立的「胡桶義民爺廟」碑文，立碑者名字叫「汐止東山老人小嬰兒」，讓屠村傳說增添不少可信度。

可是追查日治時期的官方資料，不會找到湖桶村的屠村紀錄，而且傳說故事有許多可疑的地方，像是：若日軍確實有屠村，怎麼會放過如此好的宣傳機會？屠村故事，怎麼會過了將近一百年才立碑紀念？

在碑文設立之前，一九九四年七月十三日《聯合報》曾報導〈湖桶鬼莊走一回〉：

「湖桶村民被滅絕的年代，因老一輩鄉民的說法互異很難得到答案，但從青石遺跡、瓷器碗盤及口傳故事，有可能是在清朝道光、咸豐到日本佔領台灣前十年之間，而傳說的凶手也不一樣，有人說是土匪，有人認爲是生蕃，更有人明白表明就是日軍攻佔台灣時所爲……」似乎在立碑之前，傳說故事的版本更加多元。

再來一九〇六年三月十六日《臺灣日日新報》漢文版寫到深坑廳的開墾狀況，提到湖桶村座落的大粗坑庄概況：「雖有開墾多少之部分，無如磽确不毛，遂放棄之。」也許不適耕種，再加上鄰近隘勇線，常干擾耕種事業，才是棄村的眞正原因。

無論湖桶村的滅村眞相是什麼，李燦雲都在該地度過了平安的夜晚。

三、黑市利益與澀谷事件

卑鄙的第三國人，靠黑市賺大錢。這是戰後日本人對居留的台灣人、朝鮮人的印象，他們厭惡第三國人仗勢戰勝國人的優勢，可以拿到比較多的配給，轉售給黑市賺取更多利益，但第三國人販賣的東西確實更新鮮好吃，這大概是日本人對第三國人的矛盾心情。

日本在歷經空襲肆虐後，城市暴露出許多荒廢土地，於是在交通便利的地方，主要是車站附近，開始搭起一間間像夜市的露店販售黑貨，好一點的名稱是「自由市場」，講難聽一點就是黑市。

幾個重要城市的車站：新宿、澀谷、新橋、三宮、梅田等，都曾有興盛的黑市，且每個區域有特定的暴力團在把持，畢竟誰都不想放過黑市的賺錢機會。

有利益就有衝突。戰後以來，黑市頻傳衝突事件，有時是第三國人不滿警察的逮捕，有時是暴力團與第三國人擦槍走火，而一九四六年七月十四日發生在新橋的刺傷事件，就是屬於後者。

根據當年外交部整理的事發經過：十四日下午三點，台僑張育勳準備從新橋回家，途中遭松田組的人員刺傷，接著十幾名台僑去找松田組理論，演變成暴力衝突。十六日，松田組率人到新橋黑市搗毀台灣人攤販，乘卡車持刀棍攻擊台僑青年團。十七日，另一邊的澀谷黑市，警方盤查時與台僑發生鬥毆，逮補數名台僑，在僑務處林處長的交涉下，警方才同意放人。

事情到這邊，透露了台灣人尷尬的處境：被劃分爲第三國人的台灣人，能如同眞正的戰勝國人享有不受日本警察逮捕的特權嗎？可是此時日本還沒簽署《舊金山和平條約》，尚未正式宣布放棄台灣，且佔有龐大利益黑市的第三國人，對日本警方來說是必須嚴格取締的對象。

第三國人曖昧的法律地位，在龐大的黑市利益糾葛下，變得更加複雜。

參與事件的松田組，其實在同年六月，剛經歷組長松田義一意外身亡，混亂下由妻子松田芳子接任組長，是日本的第一個女性黑幫老大。松田組本來就看中新橋一帶的土地，強行要求收回台僑土地租約，成爲整起事件的導火線。

種種的衝突事件，使得在日台灣人群起激憤，不斷向中國駐日代表團表達不滿。十九日，台僑聽聞松田組將號召兩萬人大舉襲擊台灣人，約有六百人聚集到華僑聯合會請求協助。林處長下令群衆解散，派卡車載送台僑返家，但在抵達新橋櫻台時，與警方發生槍擊衝突，現場兩名台灣人及一名日本警察身亡、四十多名台僑遭捕，整起事件稱爲「澀谷事件」。

究竟是誰先開槍？爲何開槍？台日說法不一。台灣方面多指稱，日本警方與暴力團串通，藉此剷除台灣人在黑市的勢力，且坊間也傳聞現場除了松田組人手，亦有落合一家、萬年冬一等其他暴力團現身。

台灣報紙也在追蹤澀谷事件，如該年七月三十一日《民報》報導〈向麥帥、朱將軍通電請對日政府問責——台中開澀谷事件講演會〉，期盼麥克阿瑟爲首的ＧＨＱ、駐日代表團等向日本政府問責，懲處凶手、撫卹死傷者，可是就同年十二月的判決結果來看，台僑多判有期徒刑，即使隔年複審，結果幾乎維持原判，頗辜負衆人的期望。

而身處在日本的台灣留學生們，也開始對中華民國政府累積越來越多的失望，如同李燦雲感受到的氛圍。

參考資料

何義麟著，《戰後在日台灣人的處境與認同》（台北市：五南出版，2015.03）。
何義麟著，〈澀谷事件的史蹟踏查〉《台灣學通訊》第102期，頁26-27。
〈外交部電國民政軍務處軍務局爲東京澀谷事件辦理經過〉國史館檔案史料文物查詢系統 卷宗檔001-067130-00003-016。

四、學生聯盟與投奔新中國的青年們

上述提到澀谷事件，加劇留學生們對中華民國政府的失望。此時期，擁護共產主義的人士如黨員楊春松，以及擔任中國駐日代表團委員的謝南光等人，也都聚集在日本，拉攏留學生加入共產黨。

戰後成立的學生聯盟、留日同學總會等學生組織，原本是作爲與駐日代表團、華僑總部之間的聯絡橋樑，但是在共產勢力吸納黨員的趨勢下，內部逐漸分成左右兩派意見。

尤其是一九四七年二月二十八日的二二八事件，留學生對中華民國政府不滿的聲浪達到最高，加速學生轉而支持共產主義的「新中國」，一些懷抱理想的留學生便決心偷渡到中國，投向新中國的懷抱，例如「李君」的丈夫，也是我的上一本小說《食肉的土丘》的林信宏。

爲什麼要冒險去正在打國共內戰的中國呢？其實置換成他們的角度，以及當時所能接收到的資訊，與其維持法律地位不明的台灣人身分留在日本生活，不如前往比國民黨更願意革新、求變的新中國，何嘗不是一種選擇呢？不過，仍有些人選擇回台灣家鄉落腳生活，也有的人回台灣後感到失望，也許是主動，也可能是逼不得已，於是再一次地離開台灣，如李燦雲經歷的亡命過程。

參考資料

何義麟著，《戰後在日台灣人的處境與認同》（台北市：五南出版，2015.03）。

五、李燦雲走過的二二八遺址

天馬茶房附近的導火線

李燦雲在二十七日，請小林去太平町茶房消費，眼尖的讀者應該會立刻聯想到「天馬茶房」。

天馬茶房位在今天的台北市南京西路一百八十九號，座落在日治時代的太平町。太平町大約是從民族西路到長安西路的延平北路區域，日治時期坐立許多有名的料理店。除了天馬茶房之外，還有維特咖啡（戰後先後改名萬里紅公共食堂、黑美人大酒家）、台灣料理店東薈芳（後改爲蓬萊閣）、西餐廳波麗路等，旁邊臨近大稻埕及圓環，能想像以前的太平町是多麼繁華熱鬧的地方。

那些料理店不僅是聚餐敘舊的場所，文人士紳時常聚集店內討論時事，這一帶也是台灣文化協會人士的匯聚地，崇尚文化及自由風氣興盛。

天馬茶房的經營者詹天馬，在日治時期是非常有名的電影辯士，人們會慕名去電影院聽詹天馬爲無聲電影做生動精彩的口白說明。每個辯士的表演風格皆不同，但身負娛樂的功能之外，還得爲民衆解說知識，因此須具備一定的知識量，以及對藝術文化有一定的掌握，才能擔當辯士。所以詹天馬經營的天馬茶房，自然吸引許多藝文人士聚集。

一九四七年二月二十七日晚上七點三十分左右，在騎樓販賣私菸的林江邁婦人遭專賣局查緝員盤查。查緝員不顧林江邁的求饒，沒收所有私菸、錢財，並且打傷林江邁，因而引發衆人圍觀抗議，大家說這就是二二八事件的導火線。

然而事件都是一環扣一環，在二二八的前一年十一月十一日，員林的台中縣警局發生警員對法警、看守開槍的槍案，稱爲「員林事件」。

員林事件的起因，是一九四六年五月二十日參議員施江西、牙醫師陳家霖接到鹿港派出所傳喚電話。到場後，陳家霖與在場警察起口角，導致暴力事件發生，旁邊的施江西受到波及，頭部重傷，一度失去意識。

七月十日，施江西向台中地方法院提告當天派出所的警員。十月十六日法院發出傳票，但事件的警員已調派到台中縣警察局，因此高等法院批准派法警前往拘捕警員。

從十一月開始，法警分派各地拘捕逃跑的警員，其中一批人在十一日抵達台中警局，要求交出警員，但警員在局長包庇下，與法警發生槍戰，並且調派其他警力包圍法警，威脅沒收證件及槍枝，最終釀成混亂槍戰，血流滿地。

台灣民眾對員林事件感到相當震驚，警察對法警開槍，不顧法院的傳喚，代表的是警方藐視法律。再加上戰後物價指數飆漲，以及頻傳官員貪污、本省人薪資比外省人低等不公平的事件，不斷累加民怨。

因此，二十七日晚上的緝菸事件乍看是導火線，但人們的怒火其實早已積累許久。遭人們追打的查緝員分頭逃竄，其中一名叫傅學通的查緝員逃到永樂町，情急下扣下扳機，擊中路人陳文溪，使得人們的怒火燒得更旺，拉攏更多人到包庇查緝員的派出所抗議，要求懲處殺人凶手。

留下珍貴影像的專賣分局台北支部

從二十七日晚上開始，台北街頭出現憤怒的人群，敲鑼打鼓遊行，分頭包圍起警局、專賣局，要求懲處凶手。李燦雲就是在此時回太平町找小林，沒想到會看見激憤的小林站立卡車上演說，鼓舞眾人呼喊「打倒貪官污吏」的口號。

直到二十八日，台北室內街道的店家幾乎休業，街上的人們敲鑼打鼓遊行抗議，一批人聚集到專賣局台北支部前（今重慶南路一段二十五、二十七號），焚燒局內的香菸、酒等物品，有張二二八事件的照片捕捉到群衆燒燬物品的畫面。

專賣局台北支部的建築物，最初其實是辰馬商會本町店舖，代理進口日本的酒、醬油味噌醬料等生活用品，現今則變成彰化銀行台北分行。日前曾傳出彰化銀行打算改建成高樓，有文史團體呼籲保留建築物。

對人民開槍的行政長官公署

大約是二十八日下午一點左右，抗議群衆從火車站往行政長官公署（今行政院）移動，現場約有四、五百人，希望能聽到行政長官陳儀對緝菸事件提出交代。然而，行政長官公署四周已經部署部隊，開槍掃射現場群衆，人們四處逃竄，李燦雲也是差點在此喪命。

當日下午，群衆佔領中山公園的廣播電台（今二二八公園紀念館），對全台廣播台北發生的動亂，呼籲人們起而響應。下午三點，台北宣布戒嚴。

上述的種種衝突，人們的怒火更難消退。在《大明報》工作的蕭錦文回憶，那時到處有人高喊「阿山打死人」，每看到穿中山服的人，便用台語質問對方「你是台灣人或阿山仔？」答不出來或不會講台語的人就會被毆打。

忙碌的報社一一被查封

剛開始，大家都沒料到二十七日的緝菸事件，居然會延燒成整個台北的抗爭運動。幾家重要報社《民報》、《和平日報》、《人民導報》、《興臺日報》、《大明報》、《中華日報》，以及代表官方言論的《台灣新生報》等，連幾日關注全台各地的事件後續，開闢熱言區，讓民眾投書表達心聲。

可是約莫從三月開始，不僅各地傳出軍隊屠殺的消息，報社的工作人員也一個個遭到追殺、逮捕，包含《台灣新生報》總經理阮昭日、《民報》社長林茂生、主筆黃旺成等人，名單不分本省、外省籍。二二八事件扼殺了在戰後綻放一時的言論自由，且殲滅了一群從事新聞業的知識精英。

雖然現實中的記者，不見得像李燦雲、陳前輩有個山中木屋可躲藏，但是透過李燦雲的眼睛，濃縮了二二八現場人們的憤怒、恐懼，以及一度興盛的言論風氣，不知是滅是旺的轉折點。

關於多位記者在二二八事件後的遭遇，推薦大家閱讀呂東熹老師著作的《二二八記者劫》。

參考資料

二二八遺址資料庫：https://www.228.org.tw/eseki.php。

陳翠蓮著，《重構二二八：戰後美中體制、中國統治模式與臺灣》（新北市：衛城出版，2017.02）。

呂東熹著，《二二八記者劫》（台北市：二二八基金會，2016.02）。

吳俊瑩，〈由員林事件看戰後初期台灣法治的崩壞〉國史館館刊第37期（國史館，2013），頁81-121。

六、新中華大酒家的興與衰

現今保安街與重慶北路轉角，有間別具歷史感的星巴克，建築物的前身是葉金塗宅邸，壁面的石雕裝飾可看見鳳梨以及「泰」字，代表的是葉金塗創立的「泰芳商會鳳梨罐詰工場」，是葉金塗發跡成巨商的重要事業。

戰後，葉金塗後人將這棟美麗的建築物租給他人營業，在一九四五年風光開立「新中華大酒家」，當時座上賓有《民報》社長林茂生，曾在此舉辦娶媳婚宴，另外外省官員唐魯孫也會到新中華大酒家，品嚐使用本地新鮮海鮮的料理。

李燦雲等人去的酒樓，大致與新中華大酒家有著相同的氣派，供應食材豐富又新鮮的料理。有機會進去那間星巴克的話，不妨望著大片窗戶及天井的水晶吊燈，想像一下當年在此宴會的光景。

就在二二八前一年的九月六日，新中華大酒家有場國民參政員補選的宴會，宴請抽籤選上的當選人：林茂生、杜聰明、吳鴻森及陳逸松出席。林茂生認爲整起選舉遭人動過手腳，早已宣布棄權，卻還是被參議會拱上名單，所以林茂生在宴會席間宣布辭退國民參政員的職務。

新中華大酒家竟無意間與《民報》社長林茂生有著諸多緣分，可惜新中華大酒家約莫在一九六〇年間歇業，建築物輾轉作爲多種用途，後來一度是《自立晚報》的社址，多年後輾轉換了許多經營業者。

新中華大酒家的繁盛與衰落，側寫了日治時代興盛的酒樓文化，隨著政治風氣的改變，逐漸失去士紳文人匯聚的功用。另外戰後初期，國民政府不斷呼籲國共內戰期間，禁止奢靡的酒樓風氣，要求酒樓、珈琲館、茶房等娛樂場所，得轉型成「公共食堂」，並且要求侍應生（女服務生）身著白衣，不可穿旗袍，更不可有色情交易。

這項政策造成侍應生集體失業，向政府表達抗議，後來官方只好變相特許「特種酒家」的存在，但其實也造成公共食堂與酒家難區別的混亂，使得公共食堂成爲私娼的消費空間。

杏子工作的茶房，以及後來輾轉流落到羅太的酒家，就是在這樣的環境背景下，努力在法律灰暗地帶中生存著。有時看攝影師李火增、鄧南光拍攝藝旦及酒樓女子的身影，覺得嬌媚中藏匿生存的機智及柔軟，很像是杏子會有的靈巧，推薦大家翻翻這兩位攝影師的作品集唷。

參考資料：

王御風、黃于津著，《鳳梨罐頭的黃金年代》（高雄市：高市文化局；台北市：玉山社，2019.01）

陳玉箴，〈政權轉移下的消費空間轉型：戰後初期的公共食堂與酒家（1945-1962）〉國立政治大學歷史學報第39期（2013），頁183-230

李筱峰，《二二八消失的台灣菁英》（1990）：https://228.org.tw/228_elites-view.php?ID=26

七、廖玉芳家族的原型——八重山的台灣移民

位在日本西邊的八重山群島，有一群人聽得懂台語，甚至可以接收台灣東部的電台，收聽台灣的廣播節目，在在顯示八重山群島與台灣難割捨的關係。

台灣人喜愛去沖繩旅遊，但不見得知道沖繩的八重山群島，由數個小島組成：石垣島、竹富島、西表島及與那國島等，與台灣有著深厚的歷史淵源。

從日治時期以來，台灣與八重山就有技術移民的交流。日本政府有意借助八重山人的捕魚技術，開發台灣東部漁業。台灣則看好八重山的天然資源，如客家人林發帶一群台灣農民移民到石垣島開墾，種植鳳梨，開啓鳳梨大王的事業。

二〇一六年，黃胤毓導演的作品《海的彼端》，記錄移居石垣島的台灣人家族，玉木家。觀看紀錄片時，很難忘記玉木阿嬤剛毅的個性，還有家族內不同世代，對自己身爲「台灣人」有不同的看法。另外松田良孝著作的《八重山的台灣人》，更是詳細訪問了玉木家及其他八重山台灣人，當中個性鮮明的芳澤嘉代，也成爲廖家女人努力在石垣島生活的參考印象。

廖玉芳家族的身世跟玉木家相似，原是台灣的農民，爲了有更好的發展而來到石垣

島開墾鳳梨，多居住在嵩田、名藏水壩前端的地帶，因靠山所以好發瘧疾。戰爭時期，居民多疏散到台灣或是遷居到名藏附近，開始流行起瘧疾，死了非常多人。

因此，戰爭時期的石垣島居民，除了面臨空襲的威脅外，另一大敵人就是疾病。在名藏水壩附近，留有防空壕的遺跡，也是廖玉芳帶李燦雲去躲大雨的地方。

另外，黃胤毓導演在二〇二一年推出的《綠色牢籠》，帶出另一種面向的八重山移民，有些台灣人迫於生計，或是在被矇騙的情況下前往有著地獄稱號的西表島擔任礦工。最初，李燦雲還不知道廖家底細，以爲自己要被轉賣去做礦工。推薦大家可以看看這部紀錄片，還有記錄劇組田調的書籍《綠色牢籠：埋藏於沖繩西表島礦坑的台灣記憶》。

八、李燦雲聽過的歌曲

尋找杉野的廣瀨武夫中佐

「轟隆的炮聲，飛越的彈丸，洶湧浪濤沖刷甲板，貫穿黑暗的中佐喊叫，杉野在哪啊、杉野不在啊……」

李燦雲壯膽唱的軍歌〈廣瀨中佐〉，是在紀念海軍中佐廣瀨武夫。歌詞描述廣瀨武夫在日俄戰爭的旅順海口戰中，率領商船福井丸執行閉塞作戰。

就跟許多流傳後世的英雄一樣，廣瀨武夫的計畫還沒執行完，便很不幸地遭魚雷擊中。廣瀨武夫急著找要負責引爆彈藥的上等兵杉野孫七，決定一個人回船艙，尋找杉野，如同歌詞所說：杉野在哪啊、杉野在哪啊。

據說廣瀨武夫在擔任「朝日」軍艦的水雷班長時，就跟當時同爲組員的杉野關係要好，時常一起日夜寢食。至於兩人感情要好到哪個程度，倒是留給後人許多想像空間。

總之，廣瀨武夫回頭尋找杉野孫七的故事，在後人詮釋中變成中佐疼惜部下的愛國事蹟。最終廣瀨沒找到杉野，在移動到划艇時，遭砲彈擊中頭部，當場身亡，從此成爲

「軍神」，在尋常小學校的課本中傳唱永記著。

李香蘭的蘇州夜曲

「明日流向何方，可知否？今宵映照兩人的身影，請永遠不要消逝。」

這段歌詞，我覺得是最能體現李香蘭身分複雜的句子。

〈蘇州夜曲〉是出自電影《支那之夜》的一首曲子。那是一部日本帝國的國策電影，由李香蘭擔綱女主角，扮演嫵媚、富有異國感，卻不小心愛上日本男人的的中國女子。許多人看著銀幕上的李香蘭，深信李香蘭就是中國人。

戰爭結束後，李香蘭被貼上漢奸的標籤，至此中國女子的眞實身分才曝光，其實李香蘭的血緣是日本人，本名叫山口淑子。

明日流向何方，可知否？看著李香蘭的身影，誰又知道下一刻，幻象會否就破滅？

李香蘭的際遇，與戰後的台灣人有些相似。台灣人原本是日本帝國的殖民地人，下一刻登陸的國民政府稱這片土地已「光復」，從此台灣人都是中華民國人。戰後唱著中文版的〈蘇州夜曲〉，聽來便多了另一番滋味。

九、吃飯時說話的，不是偉大的人——小林多喜二《蟹工船》

陳前輩要李燦雲背誦的句子，其實是出自小林多喜二的小說《蟹工船》，是宣揚左派無產階級思想的經典作品。

小說改編自眞實事件，大致是講一艘開往日本北方的蟹工船「博光丸」，工人得沒日沒夜地在惡劣環境下生產蟹肉罐頭。船上有張監督貼的公告：偷懶的人，會以「堪察加體操」對待，也就是直接丟進海裡。反抗監督的人，立即格殺勿論。

那艘航行在北方海域的蟹工船，幾乎可說是移動的地獄，勞工沒有地方可逃，只剩下罷工反抗一條路可走……

這部經典在近幾年，恰好說中上班族爲工作犧牲生活的心聲，翻拍成電影，找來松田龍平來飾演接受蘇聯共產思想的工人。

至於爲什麼陳前輩要選《蟹工船》呢？這部分李燦雲沒有一定的答案，但他憑著陳前輩留的那封神祕信件，猜想陳前輩曾經跑到中國，說不定當時加入了共產黨。又說不定，在陳前輩的理想藍圖裡，每個握有資訊的人，可能都是自覺能起身反抗的勞工階級？誰知道呢。

十、走私很正常吧？大城先生、石仔、犬鰆等人的原型，以及宮城順次跑去哪？

二〇〇五年，位於日本最西邊的與那國島，部分町民與町議員組成「與那國自立展望策定推進協議會」，向中央政府提出設立「國境交流特區」，希望與那國島能與姐妹市花蓮市直接通航。想當然，這項提議遭到中央政府的否決。

當年與那國島有意透過地方自治，與距離僅一百一十一公里的台灣直接往來，想不到這個心願在相隔十八年後，終於有了曙光。二〇二三年七月四日，立法院院長游錫堃組成的觀光踩線團，自蘇澳港搭乘高速船抵達與那國島，表示期待台灣與與那國島通航的日子能儘早來臨。

其實早在日治時期，與那國島人就會去台灣求學、找工作，而島上的漁師更是協助台灣發展捕魚技術的重要貢獻者。

兩地在日治時期往來頻繁，許多與那國島人及沖繩其他島嶼的人，居住在基隆和平島、蘇澳漁港（南方澳）一帶，逐漸形成文化混合的移民社區。周邊也開始因應漁民捕魚的季節，開了一間間的料亭。根據松田良孝在《被國境撕裂的人們：與那國台灣往來記》，長輩描述花街的女人三天兩頭就會換一批人，而且都是從台北來的，顯示蘇澳的捕魚季節有多麼熱鬧。

戰爭結束後，台灣、與那國島不再是同一片國家的土地，但兩地的海路仍暢通，成爲走私盛行的漏洞。走私的航線除了與那國島與台灣兩地，還擴及到香港及日本，走私商人透過不同地物品的價差，賺取非常多利潤。販賣的物品多樣，有米、砂糖、糖果、自行車、手電筒等生活用品，還有最爲珍貴的醫材，如盤尼西林、嗎啡、酒精等，以及從美軍得來的軍用品。這就是大城先生、犬鰭、石仔賴以維生的重要事業，遊走在法律邊緣，卻能趁機賺取暴利，直到一九五〇年前後，政府對走私的管制越來越嚴格，捉拿沖繩境內的走私集團首領，走私貿易不再是輕鬆發大財的生意。

不過，二二八事件的當下，居住在基隆的沖繩人也無端捲入其中。現今基隆和平島公園內，立有琉球漁民慰靈碑，一部分是在紀念二二八事件中不幸罹難，沒有機會回到家鄉的沖繩人。根據口述資料，三月十一日國軍從正濱漁港登陸時，與一些台灣人、琉球人爆發衝突，在現今的正濱漁港、八尺門及和平島公園遭到射殺。

松田良孝在二〇二〇年訪問到一位沖繩受難者遺族，受訪者打開父親的骨灰罈，裡面裝的是石頭，父親的死亡證明書寫著「直接死因：瘧疾」，診斷時間距離死亡時間相隔十二年，事實的眞相蒙蔽在混亂且殘缺的歷史迷霧裡。

失蹤的宮城順次，也許是不幸罹難的其中一人，又或者他其實幸運躲過事件，經過多年後會有機會重返回家鄉，與親人重逢也說不定，誰知道呢？

參考資料

二二八遺址資料庫：https://www.228.org.tw/eseki.php

松田良孝著，《被國境撕裂的人們：與那國台灣往來記》（台北市：聯經出版，2017年）

奧野修司著，《沖繩走私女王：夏子》（台北市：聯經出版，2017年）

松田良孝，二〇二〇年二月二十一日〈二二八事件與沖繩人——阻礙受難者認定的厚牆〉nippon.com走進日本：https://www.nippon.com/hk/japan-topics/g00818/?pnum

十一、雄一與節子的原型人物——仲宗根先生與貞代女士

仲村雄一與節子，其實是過度美好且脫離現實的想像集合體。

沖繩在戰爭結束後，美軍成立琉球軍政府作為管理機構，在一九四五到一九四九年間，沖繩的政治主張大致分三派：支持維持現狀的社會黨，支持回歸日本的沖繩人民黨，以及提出沖繩獨立的沖繩民主同盟。

沖繩民主同盟的發起人之一，仲宗根源和，是日本共產黨員，與前妻貞代有點像蔣渭水與陳甜，為政治運動攜手奔走，一起參與興辦《無產者新聞》，還有《大南洋評論》、《鏡》等刊物。不過不一樣的是，兩人後來離婚，仲宗根源和的革命重心也回到沖繩。

仲宗根源和是個政治家，還是個空手道大師，出版過幾本空手道的書籍，但比較引起我注意的是一九五一年，他提出「琉球獨立論」。上一次有人提出琉球獨立，是在一八七九年的琉球處分後，一群稱為頑固黨的琉球人，不甘心琉球王國就此滅亡，開始在清朝境內努力奔走，設法與清朝、日本交涉，但隨著清朝在甲午戰爭中戰敗，琉球王國獨立的請求也就不了了之。

這群被迫成爲日本人的琉球王國人，並非無痛地從此當起日本人，而是經歷了與台灣有些相似的過程，一方面急於想同化成爲日本人，另一方面又遭受日本的歧視。在這樣的基礎下，一名影響沖繩史觀的重要人物，伊波普猷，強化「日琉同祖論」的概念，一方面肯定琉球民族的存在，另一方面認爲日本人與琉球人來自同一祖先。

伊波普猷誕生在琉球處分的前三年，他在《琉球史的趨勢》（也是廖玉芳在雄一家中閱讀的書本）描述琉球處分對沖繩人的影響：琉球處分像是將迷路的孩童帶回家一樣。他甚至形容，半死的琉球王國雖然滅亡，但琉球民族卻復活了，因爲千年前往昔的同胞再次相遇，在相同體制下過著幸福生活。

從伊波普猷的觀點，沖繩並不反對成爲日本國民，但同時可保有琉球民族的主體性。雖然就事後諸葛的眼光來看，伊波普猷的想法太過天眞，沖繩依舊受到日本國內的歧視，自身的特殊文化也逐步受到侵蝕，落實所謂的同化。

不過到了百年後的今天，民族的文化保留是普遍共識，沖繩確實有一群人致力做文化復興運動，而且必須留意的是，不同的島嶼間有相異的文化、語言、音樂以及傳說故事。以與那國島來說，河村只雄的《DUNAN》記錄非常多精彩的方言及古謠，書名是與那國方言對與那國島的稱呼，也是大城先生他們所說的「都南」，「安雅」則是東邊之家的意思。

仲村雄一企圖做的琉球復興刊物，就是奠基在這樣的研究基礎，以及對仲宗根源和喊出獨立口號的美好想像下，塑造的理想與那國青年。不過要注意的是，那個年代的獨立派，其實比回歸日本派還親美，跟我們現在對獨立的想像不太一樣。不過要是眞的獨立了，今日看到的沖繩又會是怎樣的樣貌呢？

參考資料

小熊英二著，經典研讀會、黃阿有等譯，《日本人的國境界——從沖繩、愛奴、台灣、朝鮮的殖民地統治到回歸運動》（嘉義縣民雄鄉：嘉大臺灣文化研究中心，2013.11）。

吳叡人，〈沒有民族主義的民族？：伊波普猷的日琉同祖論初探〉考古人類學刊第81期，頁111-135（2014）。

比屋根亮太，〈沖繩認同的形成——社會「內部」及「外部」因素的分析〉遠景基金會季刊第20卷第4期（2019），頁107-151。

後記

二〇二〇年一月二十八日，我在沖繩浦添的PARCO CITY，見證口罩販售區只剩一根根光溜的鐵架，還有一個低聲咳嗽且沒戴口罩的我。

那天是待沖繩的最後一天。我發燒了。

那時我的大腦還在衝撞沖繩與二二八的故事，不確定能不能成形，就像確定買不到口罩之後，我還該不該留在PARCO CITY等家人逛完街。在那之前，我看了許多口述資料，知道二二八事件後，有些人選擇逃亡到海外，儘管那不一定是常見的抉擇，但我也沒料到會在松田良孝的《八重山的台灣人》，隨手翻幾頁，再次看到關鍵字二二八。

像是找到一個線頭，我接續看完《海的彼端》，緊接著發現《八重山的台灣人》提及的吳蒼生先生，在又吉盛清的〈台灣二二八事件與沖繩——由沖繩來的報告〉中再次被提到，而且，受難者不是只有台灣人，還包含沖繩人在內。

儘管有了書籍的牽引，加上吃了好幾天的沖繩麵與石垣島辣油，聽播送給觀光客聽的三線音樂，我還是不太確定該不該寫。

那次的沖繩行是跟家人一起旅遊，也就是說，我應當做懂事的旅伴，絕不擅自主張把行程的商場換成紀念館。因此，我出發前對沖繩的印象，只大概停留在維基百科程度，連高良倉吉《琉球的時代：偉大歷史的圖像》都沒看過就出發了。爲什麼要看？反正看了也只是徒增傷感。

我根本不確定，沒去過平和祈念資料館、沒看到台灣之塔的我，到底能不能自稱去過沖繩？我不斷提醒自己，此刻任務是陪伴家人，剩下的以後再說吧。反正八重山的小說什麼時候都能寫，也許再放一陣子，等我確定能自由玩逛沖繩各地再說吧。別說是本島的紀念館，就連石垣島、與那國島、西表島、竹富島……我也想坐船闖蕩看看。

只是現在還不是時候、還不是時候……我反覆提醒自己，直到發燒了，驚覺疫情居然像爸爸藉口工作很忙，孩子永遠等不到去遊樂園玩的那一天。誰曉得什麼時候才是時候？

有趣的是，就算不查資料，但作爲觀光客還是隱約感受得到地方走過的傷痕。就在修復完好的波上宮，往旁邊的小路走去，會來到樹蔭濃密的公園，立有好幾座碑塔：小櫻之塔、戰歿新聞人之碑……可惜我還來不及走到對馬丸紀念館，旋即被家人喚回，只好去波之上海灘拍拍照，在長鏡頭內看到海窟洞疊有小石頭。

家人說，與其去台灣離島玩，還不如直接飛去沖繩。想想也是有些道理，不是因爲沖繩能取代台灣離島，而是因爲那似乎是身爲島的命運，在觀光的名義下，輕易地接納遊客前來，但要是置換成戰爭場面，命運也是淒慘得多。

我們最後一天入住瀨長島飯店，一樓大廳掛有一張照片，藍天白雲黃土沙灘，映襯如軍艦的瀨長島，右下角寫「瀨長島復元寫眞（昭和十八年頃）」，表示是上色修復過的黑白舊照，難怪色彩濃艷得如畫般。一首歌〈瀨長島小唄〉就印在藍天白雲的位置：

出航，入航，戰爭船
在太平洋海波上破浪
守護南邊海域
我們的家園，瀨長島，瀨長島

照片不顯眼地掛在大廳，四周擠滿等待泡人衆池的遊客，就跟散落其他地區的歷史遺跡一樣，不會說話、不過度張揚，像是輕盈的沖繩民謠音調，粗心的遊客很容易便忽略了。

我一人浸泡在房間陽台的陶製浴缸，頭部吹著無情的海風，發燒的身體浸泡在溫泉水池，心想這些特意鋪張給觀光客欣賞的表皮，應該需要有人來寫點什麼，讓來沖繩旅遊的台灣人知道，沖繩之於台灣的關係，絕非只是離島旅遊的替代方案。

幸好睡一覺，燒退了，順利回到台灣。疫情變得更加嚴重，沖繩自由行的計畫，恐怕得無限延宕下去。不過，想寫小說的手還是忍不住動起來，很幸運地獲得文化部青年創作獎勵。

很感激撰寫小說的期間，得助於許多前輩與朋友們的無私幫助。謝謝松田良孝先生，他著作的《八重山的台灣人》、《被國境撕裂的人們——與那國台灣往來記》讓卡在我腦裡的東西，有機會活成小說的狀態。也感謝導遊謝安琪小姐的引介，讓我有機會透過視訊諮詢了松田良孝先生，以及生活在石垣島的林小姐與芳澤先生，給予小說許多靈感。還有很感謝有機會能認識與那國島的嘉那原先生、前楚先生、小嶺先生，以及小池先生，給予諸多協助。

很謝謝宥任奉獻半天的時間，一起忍耐飢餓等待Rebirth的餐點，還額外提供我許多對沖繩的觀察以及歷史知識。推薦想去沖繩旅遊的讀者，先翻翻宥任的《沖繩不一樣：那些旅行沒教你的沖繩事》，也恭喜宥任當時提到準備出版的《沖繩自古以來，不是日本神聖不可分割的一部分：琉球王國的前世今生》終於順利出書了！

當然，寫台灣與沖繩關係的著作，大有其他前輩作家，而我也隱約覺得，這層關聯不是只有身在台灣的我們會在意，另一頭的沖繩，想必也期待從台灣這邊獲悉更多關於他們過去的故事。

感謝寫作會幫忙看稿的朋友，在各位眞心的建議下，作品反覆修改多次，每次得厚著臉皮跪求編輯再給我一些時間修改。很謝謝陪伴我寫作過程的總編育如，以及責編亘亘（盧韻亘），謝謝妳們信任我能把小說完成。

最後感謝我的家人，總是包容我任性地創作小說。沒有那趟沖繩家族旅行，可能不會有《安雅之地》。

無論過往的歷史是否太過沉重，此刻的我們仍是幸運的，能見證遺跡走入安詳的時刻。但願如廖玉芳最後說的：家就在這裡喔，歡迎隨時回來。

班與唐

寫於二〇二三年八月台北

國家圖書館出版品預行編目資料

安雅之地／ 班與唐 著.
— — 初版.— —台北市：蓋亞文化，2023.08
面；公分.（島語文學；6）

ISBN 978-986-319-927-4（平裝）

863.57 112010797

島 語 文 學 006

安雅之地

作　　者　班與唐
封面插畫　艸文子
裝幀設計　張巖
責任編輯　盧韻亘
總 編 輯　沈育如
發 行 人　陳常智
出 版 社　蓋亞文化有限公司
　　　　　地址：台北市103承德路二段75巷35號1樓
　　　　　電話：02-2558-5438　　傳眞：02-2558-5439
　　　　　電子信箱：gaea@gaeabooks.com.tw
　　　　　投稿信箱：editor@gaeabooks.com.tw
　　　　　郵撥帳號 19769541　戶名：蓋亞文化有限公司
法律顧問　宇達經貿法律事務所
總 經 銷　聯合發行股份有限公司
　　　　　地址：新北市新店區寶橋路二三五巷六弄六號二樓
　　　　　電話：02-2917-8022　　傳眞：02-2915-6275
港澳地區　一代匯集
　　　　　地址：九龍旺角塘尾道64號龍駒企業大廈10樓B&D室
　　　　　電話：+852-2783-8102　　傳眞：+852-2396-0050
初版一刷　2023年08月
定　　價　新台幣390元
Published and printed in Taiwan

ISBN 978-986-319-927-4

本書獲文化部青年創作獎勵

Gaea

Gaea

Gaea

Gaea